PISCINAS

RUSSAS

RENATA BELMONTE

PISCINAS RUSSAS

TUSQUETS EDITORES

Preparação: Maitê Zickuhr
Revisão: Tamiris Sene e Wélida Muniz
Projeto gráfico e diagramação: Gisele Baptista de Oliveira
Capa: Renata Spolidoro
Imagem de capa: Pico Garcez
Modelo: Sarah Nagle
Tratamento de imagem: 2Art

DADOS INTERNACIONAIS DE CATALOGAÇÃO NA PUBLICAÇÃO (CIP)
ANGÉLICA ILACQUA CRB-8/7057

Belmonte, Renata
Piscinas russas / Renata Belmonte. – São Paulo : Planeta do Brasil, 2025.
352 p. : il.

ISBN: 978-85-422-3693-4

1. Literatura brasileira I. Título

25-2447 CDD B869

Índice para catálogo sistemático:
1. Literatura brasileira

MISTO
Papel | Apoiando o manejo florestal responsável
FSC® C112738
FSC www.fsc.org

Ao escolher este livro, você está apoiando o manejo responsável das florestas do mundo

2025
Todos os direitos desta edição reservados à
Editora Planeta do Brasil Ltda.
Rua Bela Cintra, 986, 4º andar – Consolação
São Paulo – SP – 01415-002
www.planetadelivros.com.br
faleconosco@editoraplaneta.com.br

Para minha amada mãe soviética
e para Chris,
a quem também suponho.

A superfície mais apaixonante da
Terra é, para nós, o rosto humano.
GEORG CHRISTOPH LICHTENBERG

Mas como em terra estranha
elevaremos um canto ao Eterno?
HERBERTO HELDER

Nem se eu tivesse dez
línguas e dez bocas.

HOMERO

Continue a falar esse dialeto
agora que a casa queima.

GIORGIO AGAMBEN

Albert Camus

Les Justes

PIÈCE

EN CINQ ACTES

MINHA IRMÃ,

NÃO PRECISO DE MAIS NOTÍCIAS. BASTA-ME UMA FRASE SUA, FORMULADA NOS TERMOS DA ÚLTIMA CARTA, PARA QUE EU COMPREENDA QUE AS COISAS NÃO CORREM COMO PLANEJADO. É IMPOSSÍVEL RENASCIMENTO SEM MORTE, EU SEI, MAS NÃO LHE PARECE TRISTE DEMAIS QUE TENHAMOS QUE DESAPARECER DE NÓS MESMOS PARA ALCANÇARMOS UM MÍNIMO DE DIGNIDADE? POR QUE O MISTÉRIO DESEJOU QUE FÔSSEMOS OBRIGADOS A HABITAR O EXTREMO DE NOSSAS CONDIÇÕES?

SIM, É FATO QUE NOS ABANDONAMOS. SÓ QUE NÃO HAVIA ALTERNATIVA. NO NOSSO ENCALÇO, PERSISTIAM IMPÉRIOS NOS QUAIS AS TREVAS SE CONFUNDIAM COM O SOL, MAS QUE, AO CONTRÁRIO DELE, JAMAIS SE PUNHAM. TALVEZ A VERDADEIRA LIBERTAÇÃO RESIDA MESMO NO INVERNO DE NOSSAS VIDAS. É COMO LENA DIZIA: NÃO EXISTE COISA ALGUMA QUE IMPEÇA A VELHA TERRA DE GIRAR.

POR ORA, REAFIRMO QUE É PRECISO QUE SOBREVIVAMOS SEM FALSAS ESPERANÇAS, QUE BUSQUEMOS MELHORES ESPAÇOS EM NÓS. NADA LHE FALTARÁ! PROMETO. HÁ UMA INCÔMODA BELEZA NA DOR, IN- Gallimard SISTEM ESSES MEUS OLHOS MAREJADOS. LÁGRIMA JAMAIS FOI COISA CONFORTÁVEL PARA MENINO. MAS ISSO TAMBÉM HÁ DE MUDAR. CUIDE-SE.

COM AMOR,

SEU IRMÃO 23/05/1987

Malena Matrice: Talvez uma biografia

Núcleo central

Os Grimaldi

Luiz Antônio Grimaldi: o patriarca, político experiente.
Esther de Menezes Grimaldi: a matriarca, dona de casa.
Maria Alnilam de Menezes Grimaldi: primeira filha do casal.
Maria Alnitaka de Menezes Grimaldi: segunda filha do casal.
Maria Mintaka de Menezes Grimaldi: terceira filha do casal.
Luiz Antônio Grimaldi Junior: filho do casal, primeiro a nascer dos gêmeos.
Antônio Luiz Grimaldi Neto: filho do casal, o segundo dos gêmeos.

Os Matrice - Weber

Thomas Rock Weber: empresário, filho de Aida e Ernest Weber, casado com Malena Matrice.
Malena Matrice Weber: fotógrafa e artista plástica, filha de Vivian Taylor e Jean Vincent Matrice.
Edoardo Matrice Weber: primeiro filho do casal.
Nathalia Matrice Weber: segunda filha do casal.

Um homem se aproxima de uma mulher no seu leito de hospital. Por alguns instantes, eles se observam no mais absoluto silêncio. Em seguida, com um tom de voz baixo, trêmulo, ele lhe diz: *Há coisas que preciso contar, há coisas que apenas você poderá compreender*. No entanto, ao contrário da expectativa dele, ela permanece absorta, com os olhos fechados, sem proferir qualquer palavra. Ele então se desespera, implora que ela diga o seu nome, ao menos ela precisa saber quem ele é, somente ela será capaz de lhe dar o conforto de que tanto precisa. Passados alguns instantes, de modo suave, finalmente, ela se manifesta: *Por favor, feche as janelas. A luz de hoje me cega, assim como me ensurdecem estes sinos que não param de badalar*. Depois de ele atender seu pedido, ela prossegue: *Nada, nada pode explicar tudo isso. É como no diário de Kafka: hoje, a Alemanha declarou guerra à Rússia. De tarde, fui nadar*.

Prelúdio

Quando Malena lê o *Mundos*

Não fosse maio, aquele teria sido um abril bonito. E isso eu constataria apenas muitos anos depois, enquanto me dava conta de que alguns mundos, realmente, acabam numa noite só. Jamais experimentei meias-estações. Assim é o sofrimento: uma vez instalado em nossa casa, ele se torna inverno rigoroso, a tudo congela. Claro, é verdade: ele também nos permite alguns lampejos de momentos felizes, mas somente com o intuito de torná-los, em seguida, distantes, lembranças dentro de redomas de vidro. Minha mãe tinha aquela elegância serena, típica dos cisnes. Certa vez, na minha infância, pegou-me pela mão e disse: *Em épocas de dúvida, é sempre melhor migrar para o norte*. Estávamos na beira do lago, não sei se por coincidência. Nunca saberei. Mas se me volto para trás agora, é porque tenho medo. Não quero escutar, saber o que dizem aquelas águas. Céu, céu, céu. Não mais o conheço. Preciso tateá-lo com as pontas dos dedos.

De geografia, só lembro das guerras. Ou seja: história. Não à toa. Já na velhice, minha avó falava de um tempo antigo, guardava-o como um bem precioso, o último, o único que não poderiam saquear. Preferia ter morrido nele, mesmo que cedo, antes que intrusos se apresentassem como conhecidos e colonizassem o pouco espaço que havia lhe restado. Não, ninguém se acostuma a conviver com inimigos. Os parentes diziam que, quando jovem, ela fazia rimas. Tratavam-na como se não existisse mais, como se aquela que viam fosse um simulacro. Ela olhava para mim com a estranheza de quem conhece, mas que não acha a palavra certa, com a prévia certeza de que iria falhar. Era eu, principalmente, o seu verso inalcançável. Certa vez, ousou: *quem é você, menina vazia?* Ignorava-me criança, essa divindade contemporânea. Pressentia minhas intenções, sabia que eu desejava sua morte, que sonhava com aquele quarto só para mim. Talvez até temesse dormir ao meu lado. Ou me invejasse. Mas não havia o que ser feito, eis a existência crua, sem esperança. Não, velhice e infância não cabiam juntas naquela cama.

Quem é você, menina vazia?

Por favor, antes que eu comece, perdoe-me um café, permita-me a sensação de que tudo pode ser passado. Porque não quero ter que recordar a seco como é amanhecer sem mãe. Não, não gostaria de reviver aquelas primeiras horas frias, o pavor de abrir os olhos, sair do cobertor quando é ainda escuro. Entender as formas. Aceitar o que os barulhos dizem, o vazio que recebe a gota inicial do desespero, a pequena e intensa pancada, os buracos entre as tábuas (*há como se esconder entre elas?*), sim, não quero lembrar como é acordar numa nova era, angústia é coisa que queima no lugar da frase certa, na garganta, no peito, não há seios, sete anos, podia ser de qualquer sexo, objeto, cabelo despenteado, sendo colocada, às pressas, no cômodo vazio da casa, da vida, criada em silêncios, criadas em silêncio, o trajeto fechado, corredores entupidos, respiração ficando cada vez mais escassa, ofegante, ar desaparecendo, cômodo sendo povoado, pessoas surgindo, todas elas procurando indícios, algo que pudesse justificar o fim da sua infância, porque isto seria inevitável diante daquilo: a gente se torna adulto a partir do dia em que, para sempre, tem que se cuidar sozinho. *Era uma mulher de palavra,* diziam quando falavam de minha mãe, *era uma mulher de palavra.* Mas, então, por que não me legou uma carta de despedida, nem ao menos um bilhete, mesmo que sem poesia? Também para ela, eu, estrofe impossível? Para minha mãe e minha avó paterna, jamais fui suficiente, bastei? Depois dos maridos, contavam, *ausência*; antes deles, relatavam, *alegria*. Mas sempre há Sylvia. Que também não pôde ser para seus próprios filhos, sins só para os dos outros. Há alguma justiça neste mundo? *O verão envelhece, mãe impiedosa, os insetos vão escassos, esquálidos. Em nossos lares palustres nós apenas coaxamos e definhamos. As manhãs se dissipam em sonolência. O sol brilha pachorrento entre caniços ocos. As moscas não chegam a nós. O charco nos repugna. A geada cobre até aranhas. Obviamente o deus da plenitude está morando longe daqui. Nosso povo rareia. Lamentavelmente.* Sylvia Plath e minha mãe, por acaso, amigas? Boas desconhecidas? Mulheres de palavras? Companheiras de abandonos, gemendo juntas? Dor é aliança. Elas, casamentos desfeitos, abandonadas por seus homens, homens estes que abandonarão de novo as mesmas crianças abandonadas por elas e, por fim, abandonarão suas novas companheiras que, se não forem velhas demais, irão parir filhos já também com abandono certo. Para as sucessoras não, não devem existir velas, foram avisadas com antecedência, conheciam o ciclo. Para as primeiras, um buquê de lírios pela inocência, em cima das lápides. Embaixo, no entanto, mato, pela falta de respeito por si mesmas. Meu pai, alto, nariz afilado, francês, apaixonou-se de novo, podia ser mais óbvio? A grama do vizinho é mais verde, foi viver com a mocinha da casa do lado, aquela que me via, matinalmente, colher flores para minha mãe. Quando do acontecido, ela se lembrou que nos desejava bons-dias, até derramou lágrimas, mas adorou a ideia de brincar de boneca, toda menina precisa de laço, ela queria treinar tranças, colocar fitas.

Tempos se passaram e, já com a barriga crescida, madrasta, passou a implicar com tudo que dizia respeito à enteada, *ela é chata, desobediente, esquisita*. Por fim, talvez, a única sinceridade: *Ela disputa você comigo*. Eu, em seguida, despejada naquele apartamento pequeno, *vai ser uma maravilha, você verá, minha filha, não há nada melhor do que passar uma temporada com toda a família!* Minha avó paterna, aquela absoluta estranha, nascida num universo paralelo, vivendo em outra época. Minhas tias já virando inimigas. Eu, ali, largada, sozinha. *Quem é você, menina vazia?* Nosso povo rareia. Lamentavelmente.

Leônidas. Alexandre. Júlio César. De geografia, só lembro das guerras. Ou seja: história. Melhor, nomes de homens. Não de graça. Sempre desejei o masculino. Lembro do arrepio que sentia quando me deparava com aquelas imagens de guerreiros em cima dos cavalos, bustos de gesso, coroas nas cabeças, troncos com sexo à vista. Desde pequena, queria aqueles corpos, suas fortalezas. Admirava, em particular, a aptidão natural que alguns deles pareciam ter de, sem cerimônias, outorgarem-se proprietários de coisas e almas alheias, de disporem do seu poder sem medo. Para certos indivíduos, não há boca, lugar, língua que não possam sugar e dar nomes a partir de si mesmos, eles se entendem marco inicial, única medida. Quando da assinatura de certidões, tomam posse, deixam claro o registro. Muitas vezes, acontece exatamente do jeito que narra este livro: há uma valsa, um ritual para exibir seu território de conquista aos outros. Depois de cumprida a tarefa, colocam mãos, placas e sobrenomes. Aos quinze anos, eu já queria ser tomada por eles, invadida. Conhecia meus cantos úmidos, portanto, ansiava ser entrada para o meu vizinho. Não tinha um quarto apenas meu. Deste modo, nas madrugadas, eu o encontrava onde fosse possível.

Vivia com o corpo quente, tremia, estava sempre pronta para o ato, o gozo. Precisava daquela violência, que fossem fincados mastro e bandeira. Depois das pequenas mortes, retornava à vida, inteira, terror seguido de alívio. Ali, sobrevivente, repetia a única condição na qual ficava confortável e me reconhecia. Quem não se permite ao sexo, eu acreditava, é mais suscetível às feridas do amor, é derrubado quando da separação real. Ainda pequena, jurei para mim mesma que não seria como minha mãe. Dessa forma, eu me consentia o prazer, não um, mas muitos. Jamais apostaria minhas fichas em apenas um romance, precisava de um plano, de alternativas para quando fosse anunciado o engano, o adeus, a despedida. Pensava que estaria a salvo assim. Pensava.

Fecho o livro por alguns segundos. *Mundos... Mundos de uma noite só*. Não, não sei se sou capaz de chegar até o final dessa história. Sinto-me nervosa, mal consigo respirar. A cada página, aproximo-me de desconhecidos íntimos, partículas de memórias ignoradas. Passo então a deslizar, de forma quase automática, o meu dedo indicador pela madeira da cômoda. *Uma leve camada de poeira*. Constato: *a vida é isso. Uma leve camada de poeira sobre uma cômoda de mogno.*

Thomas repetiria, muitas vezes, durante os nossos primeiros anos juntos. *Desde que a vi, naquele jornal, sabia que seria você*. Dezessete de março de mil novecentos e oitenta. Ainda na madrugada seguinte, aqueles elogios impressos desapareceriam. Mas enquanto era dia, eu estava lá, altiva, descrita com generosidade por Santiago Junior, um crítico: *Malena Matrice. Somente dezenove anos. Mas parece uma artista centenária cujas fotografias viajam décadas em direção ao passado até se transformarem em cianotipias. São flagrantes de um tempo suspenso, de um tempo perdido, de um tempo reencontrado. De epifanias da natureza. São como delicadas pinturas a nanquim feitas por uma globe-trotter nipônica do século XIX – mas são "apenas" fotografias de uma jovem nascida quase ontem. Ela expande as possibilidades do retrato, atingindo a simplicidade de quem já depurou sua arte, apesar de tão jovem cronologicamente. Sua estética está decantada no fundo do copo. As folhas-alvéolos das árvores são a expressão in natura do seu próprio corpo projetado. Afinal, o vero artista sempre se oferece em sacrifício. Esse desnudamento – embora muitas vezes nada óbvio, como no caso de Matrice – é condição sine qua non para que a grande arte, nada fátua, seja parida. Abrir fendas e ranhuras no espaço-tempo: eis a missão transcendente desse ofício.*

Por que árvores? Por que arte? ele me perguntaria, na noite em que nos conhecemos. Nua, depois de reter a respiração por alguns instantes, eu lhe responderia: *Hiraeth.*

O sonho antigo de voltar a ter um quarto apenas meu. A fantasia de uma avó amorosa com cabelos brancos, braços flácidos e macios. Uma mãe ainda viva. *Hiraeth.* Palavra galesa que significa saudade de coisas que não existiram, de lugares não visitados, perdidos pela eternidade. Por que me fiz árvore? Queria raiz, ficar perto dela, ser presença vigilante, sólida naquela terra. Por que arte? Única forma que encontrei de honrá-la, seguir seu conselho, migrar para o norte, olhar em frente. Minha mãe, elegância serena, típica dos cisnes, despediu-se de Sylvia. Foi em direção oposta à minha, desceu ao sul do lago, mãos dadas com sua nova amiga, Virgínia. *Uma leve camada de poeira.* Basta um sopro suave de um deus vadio para que tudo que acreditamos se desfaça, para que a dor se instale em definitivo. Sofrimento só admite superlativos, nunca ignorei. E já passei por tanta coisa! Mas esse novo desespero, não, esse não sei se consigo suportar.

Quanto mais terei que viver com isso? Não vejo frestas. Demoliram-me casa, sobrei porão, faltam-me portas e janelas.

Quando começamos a nos relacionar, agi, ainda que de forma inconsciente, do modo que achava melhor: ofereci para ele o pior de mim. No início do nosso namoro, eu não me sentia tranquila, tudo soava perfeito demais, aquela promessa de felicidade duradoura me deixava desconfiada, nunca havia conhecido espaços seguros. Portanto, natural que ficasse reticente, ele me afetava muito, coisa de espécie, de pele. E eu precisava não perder o controle, meu pavor de ser rejeitada me impulsionava a tentar abandoná-lo antes que ele pudesse fazer isso comigo. Preferia a lembrança bonita, a leve camada de poeira, não havia ainda me mudado para este país, parecia incapaz de aceitar que todo samba é mesmo triste. Além de tudo, era herdeira de minha mãe, logo, eu me obrigava a ser também uma mulher de palavra. E havia rubricado, na minha escritura interna, desde cedo, a cláusula mais rígida: jamais sangraria por amor, não me permitiria existir sem segundas opções. Mesmo o encontrando com frequência, eu refutava a possibilidade de um compromisso sério, às vezes, até me envolvia com outros. Embora tivéssemos pactuado uma relação sem amarras, somente agora sou capaz de admitir: jamais fui de fato livre, não ficava confortável com nada disso, apenas vivia desse jeito porque era regida pelo medo. Em diversos momentos, inclusive, eu lhe permiti vestígios do que fazia para que a nossa relação terminasse e eu pudesse antecipar o sofrimento, para respirar, entre infeliz e aliviada, o seu fim. E foi agindo dessa forma, perigosamente, que me perdi nas contas e, em desespero, dei a cartada para o abandono definitivo: fiquei grávida. Tinha certeza de que ele não passaria neste teste, afinal, algo deste tamanho era demais para qualquer homem. Eu me preparei para escutar a sugestão tão temida, para a frequência dos seus telefonemas diminuírem, para os dias se seguirem em silêncio, para experimentar, enfim, aquela sensação pesada, mas com a qual saberia lidar, pois ela me era uma velha conhecida. Ao menos, mesmo que tudo desse errado, eu teria meu filho, não restaria mais sozinha, era o que acreditava. Pronta para ser magoada, abruptamente, contei para ele, então, a novidade. Sou incapaz de esquecer o espanto. Vi seus olhos crescerem. Por alguns segundos, ele apenas me observou, nada conseguiu dizer. Em seguida, pegou-me em seus braços e me deu um beijo demorado. Não entendia como ainda eu não havia me dado conta disso. Tudo que desejava era mesmo formar uma família comigo.

Ao longo dos anos, fui compreendendo melhor a minha relação com a fotografia. Deixar-me ser capturada, permitir-me um olhar demorado sobre o que me encantava, nada mais era do que uma aproximação, uma forma de guardar para sempre tudo aquilo que me era caro. Mas, ambiguamente, nessas circunstâncias, eu não me permitia uma entrega de fato, restava observadora, segura, distante através das lentes. Três anos depois de *Hiraeth*, apresentei as fotos de *Ravissement*. Nesse segundo projeto, eu me dediquei a retratar pessoas em estado de êxtase, deslumbradas com um mundo que sempre esteve próximo, mas que se apresentava para elas, naquele momento, de um modo completamente distinto. Mais uma vez, eu me expus sem me sentir exposta, falei de mim a partir do outro. Ainda na infância, tinha decidido que não seria uma órfã clássica, não permitiria que ninguém sentisse pena de quem eu era. Quando crescesse, faria de tudo para não ser associada à menina sem mãe, meus eventuais fracassos não encontrariam justificativas nisso. Eu me tornaria uma mulher de sucesso, dona do meu próprio corpo e dinheiro. Bastava que eu trilhasse meu caminho com prudência, que não me deixasse desviar. Pensava que estaria a salvo assim. Pensava.

Após o nascimento de Nathalia, muitas vezes me questionaram quando eu faria uma terceira exposição. No início, eu não sabia como responder, mas, com o passar do tempo, assumi que tinha perdido o gosto pela fotografia. A contemporaneidade havia banalizado o ato de registrar imagens e nada mais parecia ser capaz de atrair novamente o meu interesse. Se na intimidade eu era esquiva, na arte eu me colocava à disposição do que via. Bom, era nisso que eu acreditava. Que estranho descobrir, agora, que tal ideia não fazia o menor sentido. Como pude achar que não me interessava mais por retratos se vivi, ao longo dos últimos quarenta anos, com a câmara em punho, registrando ansiosamente cada expressão daqueles novos seres humanos que passaram a me rodear? Como algum dia cogitei que não os amava do jeito que deveria se, justamente, precisava-me através das lentes porque não conseguia lidar com a força brutal daquilo que sentia? Por que não eles, as minhas verdadeiras obras-primas?

Vejo-os, agora, nessas fotografias. Todas tiradas por mim. Consigo ainda enxergar, no rosto de Edoardo, o eterno olhar infantil de quem acredita que precisa fazer apenas coisas boas para conseguir ser amado. Meus Deus! Como ele (*logo ele!*), meu menino, teve coragem de agir assim? Não temia as consequências, a possível devastação de nossas vidas? Nessa foto de Nathalia, continuo percebendo a sagacidade que é a sua marca. Ela sempre foi bonita, mas carregava algo muito além disso, qualquer coisa difícil de explicar. Talvez uma atitude desafiadora que começava a dar seus primeiros sinais no modo como, já aos quatro anos, posicionava as mãos. Nunca compreendi suas escolhas. Minha filha escritora, linda e brilhante, líder natural! Mistério puro. Por que tantos enganos? Como pôde esconder de mim esse segredo terrível? Meu Deus! O que pretendia com esse plano? Achou que sairíamos impunes de tudo isso? Aliás, o que sei sobre qualquer coisa? O que posso dizer, então, de Aida? Dessa mulher que, por mais de três décadas, tratou meus filhos como se fossem seus, que desejava o meu lugar? Que adorava posar ao lado deles porque isso lhe permitia a fantasia de que era a verdadeira matriarca? Que me incomodava com sua presença dissimulada, com suas manipulações caseiras e cotidianas? Que tanto me fez sofrer? O que hoje posso pensar se, no seu leito de morte, ela tentou me dizer a verdade, mesmo que eu não estivesse ainda pronta para escutá-la? Devo perdoá-la? Pois foi a única que, de alguma forma, agiu com arrependimento e sinceridade? E ele? Thomas? O que achar desse seu rosto que, apesar de envelhecido, ainda me permite um frio na espinha? Jamais deixei de considerá-lo excitante, perigoso na sua estabilidade. Admirava o quanto se tornou bem-sucedido. Mesmo depois dos filhos e desafios naturais, aquilo que existia entre nós não desapareceu. Ele, o único homem que amei, que me deu chão e teto, que me transformou de modo radical. Não seríamos cúmplices de tudo? Inclusive de mentiras? Meu Deus! Como pude me enganar tanto? Meu Deus! Quem são essas pessoas que sempre chamei de família? Afinal, o que sei delas? O que pretendiam com isso? Quem são vocês? Simulacros? Verso inalcançável? Por favor, me digam! Quem são vocês, pessoas vazias?

Vejo-os na cabeceira. Não, retratos não falam. Além do mais, não quero escutar, saber o que dizem aquelas águas. Será que se gravam também pensamentos? Neva em mim. Resto imersa em silêncio, neste escuro profundo, diante de uma janela que se recusa a me abraçar. Céu, céu, céu. Não mais o conheço. Preciso tateá-lo com as pontas dos dedos. Tudo que vivi: visões de Gideão? Prefiro agora música a fotografia. Mais realista. Coloco para tocar. Não, não sei como essa história termina. Mas ela começa assim:

Primeira parte:
Muitas noites de um mundo só

Edoardo

Há aqueles surdos que escutam apenas quando os outros gritam. Mas existem os imunes a qualquer tom de voz. Cegos em qualquer língua. Sem dúvidas, eles, meus pais, pertencem à segunda categoria. Talvez porque nunca enxergaram, em nenhum dos muitos idiomas que conhecem, a palavra que nomeia o sentimento composto de amor e repulsa na mesma medida. Violência, esse substantivo de bárbaros, facilmente traduzível. Não lhes ocorreu que fosse apropriado. Impossível cogitar coisa assim como o próprio registro.

O humano, este insondável estranho. Meus pais jamais puderam admitir. Nem mesmo um para o outro, quando deitados a sós, lençóis cobrindo seus corpos. Ambos, no entanto, viam indícios e não possuíam a coragem necessária para inaugurar um novo ciclo. Aquilo parecia demais até para eles, então faziam o que lhes cabia: tentavam cortar o mal pela raiz. Da minha infância, eu me recordo de um episódio em especial. Meus cabelos eram espessos, negros, indomáveis, diferentes dos outros da família. De quem eu os havia herdado? Não, ninguém nunca se perguntou em voz alta, mas quase sempre me levavam sem demora para descartar meus cachos. Eu saía do barbeiro com a cabeça quase raspada. Meu pai ficava satisfeito. Certa vez, prometeu um presente se eu falasse, na ordem correta, a hierarquia do quartel. *Soldado, cabo, sargento, subtenente, cadete, tenente, capitão, major, coronel...* Quando se deu conta de que eu realmente tinha aprendido a lição, começou a dizer que tudo não passava de uma brincadeira, vivíamos numa democracia, tal conhecimento não servia para nada, devia ser jogado no lixo. Portanto, eu havia sido enganado, não existiria qualquer recompensa pelo meu esforço, *você vai crescer e precisa, desde agora, se tornar esperto, exija adiantado, estou te treinando para a vida*. Sempre foi carismático, até quando se mostrava desagradável. Todo mês, de modos diversos, o jogo de bobinho se repetia. Eu queria escutá-lo, ansiava por aquela segurança, ser seu filho, mesmo que não ganhasse nada material com isso. Eram poucos os nossos momentos de intimidade, e eu me espelhava em meu pai, não o contrariava. Certa vez, no entanto, durante uma de suas longas viagens a trabalho, meus cabelos resolveram se rebelar mais cedo do que o combinado. Solenemente, eu me recusei a ir à barbearia com minha mãe, gostava daquele ritual masculino. Ela pareceu achar justo. Afinal, faltavam apenas sete dias para a volta do marido. Minha avó, então, trocou a mão direita por uma escova e tomou como missão redentora me transformar em criatura da sua linhagem. Minha irmã tinha um desses pôneis de brinquedo, cor-de-rosa, crina colorida. Passei a penteá-lo com um acessório de plástico, alguém precisava ser subordinado a mim, o poder é algo muito caro, aprendemos a importância dele pela repetição daquilo que conhecemos. Semanas depois, meu pai, finalmente, chegou. Ele me abraçou com força, *mas que menino cabeludo, é mesmo o meu filho?* Em seguida, olhou para minha mãe com reprovação. Logo depois, me convocou para uma brincadeira de luta no quarto, não perguntou o que eu estava fazendo naquela hora. Quando ele me demandava, tinha que ser imediatamente atendido. Dias se passaram. Numa manhã como qualquer outra, quando fui atrás do meu pequeno escravo, eu o encontrei, no baú, desolado. Alguém tinha cortado, na raiz, o seu rabo de cavalo.

Violência, esse substantivo de bárbaros. Passei tempos convencido de que eu havia sido o responsável pelo triste destino do pônei. Foi o que me disseram, na ocasião. *Você sempre adorou mexer com tesoura, deve ter cortado o cabelo do brinquedo ontem de noite e, como estava com muito sono, esqueceu.* Chegaram também a sugerir: *Você devia estar brincando de levar o cavalinho na barbearia, tipo como seu pai faz com você.* Lembro da minha perplexidade diante do assunto. Recorrentemente, eu me perguntava se havia ficado louco. Como não me recordava? Na minha despedida de solteiro, entre gargalhadas, enquanto bebia com meus amigos, meu pai confessou o ato: *Não suportava ver meu único filho homem com essa mania de veado.*

Violência, esse substantivo facilmente traduzível. Até hoje, com frequência, sonho que arrancam meus dentes com um alicate enorme. Não chego a reconhecer os rostos dos meus agressores, mas a dor é excruciante. Nessas madrugadas, acordo suado e não consigo voltar a dormir. Perambulo pelo apartamento, vou nos quartos dos gêmeos, vejo-os dormindo, me pergunto se também passarão por tantos tormentos, a existência de todos é assim? Muitas vezes, eu me sinto culpado por ter feito como meus pais, por perpetuar o meu egoísmo, por ter colocado, neste mundo, duas almas inocentes, meus filhos. De que serve este exercício sádico que chamamos de nascer? Não sei exatamente o que meus pesadelos significam, mas não preciso fazer mais terapia para intuir. Diante do meu histórico, não é necessário ser Freud para levantar a hipótese mais plausível. Se em casa eu recebia olhares de desconfiança e não entendia o porquê, na escola tudo ficou muito claro. Era o meu jeito a razão dos deboches repetidos à exaustão e dos risos diários.

Algo na forma como eu me mexia autorizava os meus colegas de classe a implicarem comigo. Para piorar, minhas notas eram altas. O que podia ser mais vergonhoso para um menino? Nunca me interessei de verdade em ficar me embriagando ou falando de futebol, preferia assistir a filmes ou ler sobre biologia. Tampouco me agradava a ideia de tratar as meninas como se elas fizessem parte de um cardume de piranhas, não as via como uma subespécie, minha ideia de um relacionamento afetivo era bem distante do parâmetro daqueles outros garotos. Meus pais haviam escolhido aquela escola porque ela tinha fama de ser bastante exigente e acreditavam que meu potencial acadêmico seria bem aproveitado lá. Nunca se preocuparam em saber maiores detalhes sobre o método de ensino ou quiseram entender o nível socioeconômico das crianças matriculadas. Naquele tempo, não existiam tantas opções de educação formal na cidade. Eles consideravam uma vantagem a possibilidade de eu conviver com a diferença, acreditavam que isso enriqueceria minha experiência de vida. Além do mais, queriam que eu dominasse a norma culta da língua portuguesa com perfeição. Quando nos mudamos para o Brasil, eu tinha sete anos, não dizia uma palavra do idioma local e sofria muito com isso. Os negócios de meu pai tinham crescido muito no país, era certo que ficaríamos ainda muito tempo por aqui, precisava aprender como me virar sozinho.

Eu nunca me adaptei devidamente. E, na minha adolescência, é lógico que os professores percebiam. Mas talvez o meu apelido mais famoso, *bicha rica*, lhes permitisse uma ponta de satisfação, mesmo que não pudessem admitir. Diante do prazer, somos todos infantis, animais crescidos. A indiferença adulta frente aos maus-tratos, ao escárnio, ao ódio sem motivo que me era dirigido tornava aquele espetáculo atraente para qualquer sujeito infeliz. As grosserias atendiam a todos os gostos, satisfaziam espectadores dos mais diversos.

Xenofobia, homofobia, luta de classes, eu era vítima das mais distintas humilhações possíveis, todos esses temas estavam explicitados de modo perfeito no meu enredo. Muitas vezes os insultos ainda eram acompanhados de agressões físicas. Havia um garoto alto, pesado, João Batista, ele era o chefe, líder da quadrilha. Na primeira vez, sem qualquer razão, deu um tapa no meu braço, fez com que o copo que eu estava segurando se espatifasse no pátio. Na sequência, me derrubou no chão. Segurando minha cabeça com força, me obrigou a limpar a sujeira com a língua. *Sua boca já é mesmo imunda, você deve fazer muitos boquetes em outras bichas.*

Semanas depois, aconteceu o incidente do banheiro. Enquanto eu estava no mictório, fui imobilizado por um dos comparsas desse delinquente. Ao me ver aterrorizado, impassível, ele resolveu arriar as calças, disse que ia me ensinar como homens de verdade fazem. Apavorado, gritei, me debati, demorou uma eternidade para algum adulto aparecer. Nos dias seguintes, a fofoca estava espalhada por toda a escola. Além de bicha, eu era porco, fedia inteiro, tinha me cagado de medo na frente do João e do Pedro.

Fui obrigado então a criar estratégias de sobrevivência para fugir desse cotidiano horripilante. Comecei a chegar atrasado no colégio. Era o último a sair da sala na hora do recreio. Sempre muito tenso, caminhava em direção à biblioteca, pedia a Deus para não ser notado no trajeto. Aqueles garotos, além de brutos, eram também muito burros, parecia nula a chance de cruzar com algum deles no meio dos livros. Ao mesmo tempo, passei a treinar uma voz mais grossa, a participar menos das aulas, a conter a forma como gesticulava. Talvez tenha sido somente por conta da repercussão do escândalo, mas o fato é que as provocações pararam. Cheguei até a fazer um amigo de verdade, o Otavio. Começamos a andar juntos, ele se interessava pelas mesmas coisas que eu, também gostava de colecionar miniaturas de garrafas de whisky e álbuns de figurinhas. Depois de anos sentindo ódio de mim mesmo por não ser como os outros esperavam, comecei a experimentar algum conforto. Jamais toquei no assunto com meus pais. Há aqueles surdos que apenas escutam quando os outros gritam. Mas existem os imunes a qualquer tom de voz. Cegos em qualquer língua. É o caso deles, liberais convictos, gostam de cultivar fantasias. Provavelmente, supunham que não era necessário fazer nada, adolescentes se autorregulavam. Ou seja, acreditavam que, se eu não consegui me defender, era porque merecia mesmo o fracasso.

O humano, esse insondável estranho. Otavio, uma década e meia depois do término do colegial, de um dia para o outro, parou de falar comigo. Passou semanas sem me permitir uma explicação para sua mudança abrupta de comportamento. Recebi o fim da nossa amizade como uma forte punhalada. Perder a grande testemunha dos seus percalços é tornar parte de sua história, de alguma forma, invisível. Do nada, ele passou a não atender minhas ligações. Em seguida, pediu demissão. Nas oportunidades em que o procurei para entender o que estava acontecendo, mandou me avisar que não queria ser incomodado. Mesmo assim, recomendei que lhe pagassem o bônus integral na sua rescisão. Fiquei fodido. Que porra estava acontecendo na cabeça desse cara? Num dia, eu o encontrei, por acaso, na saída do colégio de nossos filhos. Insisti para que me apresentasse uma justificativa. Então, finalmente, ele soltou: *O clima da companhia se tornou muito ruim. Estou com medo, não quero mais ser visto como seu braço direito. Além de tudo, desde que éramos meninos, achava estranha sua passividade, você não reagia às agressões, parecia desejar o que estava acontecendo. Eu acreditava que era porque tinha medo de as coisas piorarem. Só que, depois de tudo que tem ocorrido, não sei o que pensar sobre você. Como assim acharam o João e o Pedro, com as calças arriadas, mortos a bala, dentro de um banheiro?*

Há quem compare com os uivos dos lobos. Prefiro leopardos. Diante do prazer, somos todos infantis, animais crescidos. É como disse aquele livro: *agora, silenciada a voz, tudo retornava à ordem, ou melhor, à desordem habitual...* Escuto fogos. Estão comemorando a desgraça do outro: a prisão de um político. Ora, mas é claro! Somos gente civilizada, pagamos nossos impostos em dia, aceitamos as diferenças, criticamos a desonestidade do lugar em que vivemos, estudamos, fazemos doações, gente decente como nós, neste país, infelizmente, é minoria. Mas, agora, passada a euforia, que tal ponderações? Porque se pode até achar certo um sujeito ser responsabilizado pelos seus malfeitos, mas festejar o banimento de alguém da sociedade parece um tanto ostensivo, não? Sou de um tempo em que sentimentos baixos não eram valorizados. Você ficaria assim, feliz, se o preso fosse seu parente? Ah, mas o sacana roubou, prejudicou um monte de gente. Então, na hipótese de eu ter sido o responsável pelos assassinatos do João e do Pedro, estou quite com a justiça? Os caras eram uns filhos da puta, fizeram horrores comigo e, mais velhos, não passavam de uns drogados... Violência, esse substantivo de bárbaros. Deve ter tradução, em qualquer idioma, mas neste daqui, com certeza, muitos sinônimos, nem precisa saber a pronúncia, basta espelho. Aliás, você sabe o que é se sentir, por toda a sua existência, contrariado? Espero que você esteja gravando o que eu digo ou fazendo, pelo menos, um vídeo. Porque o que vou dizer é bonito para caralho. Gostou da rima? Me acha mais respeitável porque uso palavrões? Porque, apesar da minha voz ser aguda, meu pau fica duro apenas com mulheres? Desculpe-me se não correspondo às suas expectativas, às suas categorias medíocres. Bando de iletrados que se pensam elite porque têm uns trocados a mais. Pobres de espírito. Nunca leram os clássicos da sua própria cultura, não sabem nada, vivem de notícias falsas. Postam bobagens em redes sociais, fotos horríveis dos filhos, dicas desnecessárias, mensagens motivacionais de coaches. Bando também de otários que se acham melhores que os outros porque vivem demonizando a esmo qualquer empresário, abominam corretamente Hitler, enquanto, por pura conveniência, silenciam sobre Stalin. Escute bem, se quiser, grave logo toda esta porra. Porque não vou assumir nenhum crime que não cometi e você irá ficar mesmo contrariado. Nunca entendi por que diabos alguém age de maneira tão escrota com outra pessoa, assim, desnecessariamente. A gente se autorregula, não? Estou apenas reagindo à sua violência inaugural. Não faz diferença nenhuma viver agora vigiado, sempre foi desse jeito, tiraram o meu melhor quando cortaram a crina do meu cavalo. Sabe por que nunca me pareci com meu pai? Porque ele é Deus: bom, bonito, simpático, carismático, agradável. Adorado. Não grita, apenas observa, escuta sem julgar, não diz uma palavra. Até atende pleitos quando possível. Mas, na hora menos suspeita, vai lá, dá uma rasteira, castiga. E, nós, os subjugados, seus filhos, apenas dizemos: bom, é a vida. Eu sempre tentei ser amigável, exemplar, a criança bacana, o rapaz legal, o marido perfeito, o pai incrível... e, agora, aprontam isso comigo? Está sendo gravado? Melhor que não apenas em áudio. Foda-se você e esse caralho de Lava Jato. *Soldado, cabo, sargento, subtenente, cadete, tenente, capitão, major, coronel...* Qual a sua patente? Veja, eu também tenho um revólver que está pronto para ser usado. Conseguirá me impedir? Ou o que deseja mesmo é me enlouquecer?

Para, depois de eu ter cometido uma insanidade qualquer, depois de injustamente acossado, você conseguir me punir? Me odeia? Por eu não caber no seu discurso, por eu destruir sua lógica de mundo? É madrugada, estou em casa. João e Pedro, calças arriadas, castrados, mortos a bala...

Nathalia

Quando encontradas, as cinco irmãs usavam fitas azuis nos cabelos. O único garoto vestia suas melhores roupas e, como as meninas, parecia pronto para uma festa. Deviam estar alegres, pois, pouco antes de se deitarem, tinham comido chocolate. Tempos depois, jornalistas relataram que os pais das crianças, numa carta escrita a um parente, haviam justificado o plano. Certamente, nenhuma delas conseguiria escapar das humilhações, e a reencarnação parecia o melhor destino possível para todos. Envenenaram-se, portanto, com cianureto. Da mesma forma que, na noite anterior, fizeram com os filhos. Na época das mortes, os vizinhos chegaram a dizer que os Goebbels estavam aterrorizados com a iminente chegada dos russos. Os russos. Óbvio. Sempre eles. Com sua língua demoníaca, com sua crueldade clássica, com seus rostos rosados característicos. Os culpados pela igualdade irrealizável. Pela revolução farsesca. Na época do meu nascimento, nossa história familiar já havia sido apagada e quase não existiam mais rastros do nosso sobrenome alemão. Só que um modo específico e germânico de sofrer, uma espécie de orgulho brutal de quem se pensa que é seguido do pavor enorme do que se pode fazer com isso, desde que me entendo por gente, esteve impregnado em mim.

Como a imprensa escreveria sobre o que estamos passando se também nos encontrassem mortos? Nós: pai, mãe, filho, filha. Arrumados, belos para sempre em nossas camas, brindes ao desconhecido, taças de vinho recentemente usadas. Sim.

É muito provável que, não achando nenhum bilhete, os jornalistas fizessem um festival de clichês dos nossos obituários. Com certeza, os mais incautos louvariam nosso dinheiro e falariam em meritocracia, enquanto outros mais estudados, só que igualmente preguiçosos, optariam por nos condenar de modo sumário, concluindo que éramos de extrema-direita, mesmo que jamais tivéssemos manifestado qualquer coisa que indicasse isso. Atualmente, apesar do excesso de informações, um tipo especial de burrice se tornou bastante acessível, virou a única democracia efetiva. Basta uma conta em uma rede social para que um bando de sujeitos desqualificados se acredite especialista em tudo que existe. E o pior de tudo é que essas pessoas encontram coro em seus delírios de autoridade, pois outros idiotas, num movimento de manada, acabam as legitimando como instâncias opinativas. Bom. Por que estou pensando sobre tudo isso agora? Já não aprendi que não se controla o imprevisível? Quero ser enganada, mais uma vez? Sofrer, de novo, ao me descobrir impotente diante de um universo de mentiras? Bom. Preciso respirar fundo, me acalmar, não adianta forçar a barra, algoritmos apenas conseguem determinar tendências, já que é o íntimo de cada um que, de verdade, dá o tom à coisa toda. O que nos torna genuinamente humanos vem, afinal, da nossa capacidade de sentir empatia. Apesar de todo esse mundo novo sem nuances, que dificulta julgamentos sensatos, tenho certeza de que, em suas individualidades, as pessoas são bem mais profundas do que os discursos de ordem que alardeiam na mídia. Por exemplo: sei que, apesar do conforto material que sempre nos rodeou, uma pessoa pobre, diante do nosso estado de devastação, conseguiria lamentar o último canto da minha família. Afinal, é impossível que alguém de boa índole, que tenha sofrido pela perda dos seus parentes, não lamente destinos parecidos para outros.

Já um religioso não se revelaria certeza alguma de virtude, pois, certamente, muitos deles ignorariam os propósitos desta nossa última ceia imaginária e não sentiriam compaixão alguma por nossos corpos duros, mortos, adultos. Inclusive, teria quem achasse que os nossos fins, nestas circunstâncias trágicas, soariam aceitáveis por um princípio de justiça. Ora, dada a posição de meu pai na empresa, só podíamos ser apenas um bando de exploradores da miséria alheia. *White people problems*, ressentidos, alguns professariam, mesmo diante do nosso horror. Para certas figuras, os deuses costumam ser maniqueístas. Eis o mistério da fé. E, atualmente, também da escrita. Qual será, então, o resultado do conjunto de palavras que nos colocará em um dos lados da história? Que determinará o nosso desfecho, o deslanchar dos próximos dias? Que estabelecerá, no ideário coletivo, a nossa narrativa? Penso que, já no início, com tintas fortes, a vida de meu pai deveria ser contada para que os leitores entendessem seus motivos. Embora me pareça insuportável escrever nosso registro com tamanho maneirismo, não posso ignorar que as pessoas, em regra, não se preocupam com linguagem, desejam apenas se identificar ou sentir ódio pelas personagens. Melhor que eu me previna logo disso. Desde o começo da minha carreira, deveria ter levado em consideração as regras tácitas do mercado, compreender o lugar que haviam estabelecido para mim, mas o fato é que nunca aceitei pouco e a minha insurgência me fez pagar um preço muito caro. Não ter cedido à performance dos estereótipos, às frases prontas e palavras de ordem, assim como a minha recusa em posar de eterna vítima de tudo, acabaram fazendo com que meus pares, em seus convescotes, me odiassem. De qualquer modo, não havia muito como ser diferente, eu sempre detestei mesmo romances com emoções enlatadas. E foi justo por conta de tudo que vivi que me quis tanto Coetzee.

Afinal, homem e branco, quem sabe, eu poderia passar despercebida, habitar zonas de penumbra com um conforto relativo. Quem sabe, também conseguiria ser, ao mesmo tempo, objetiva e profunda, poética e exata. Certamente, estabelecendo uma distância regulamentar dos demais participantes da comunidade literária, nenhum deles se autorizaria mais a me atacar por conta da minha imagem. Eu escreveria, lógico, continuaria publicando meus textos, mas também daria expediente nos negócios de meu pai, e a renda do meu sustento adviria disso, coisa que me permitiria liberdade. Enlouqueceria, claro, não é possível fugir de si mesmo, mas eu o faria nestes moldes: "T. S. Eliot trabalhava num banco. Wallace Stevens e Franz Kafka trabalhavam em companhias de seguro. À sua própria maneira, Eliot, Stevens e Kafka não sofreram menos que Poe ou Rimbaud. Não há desonra em preferir imitar Eliot, Stevens e Kafka. Sua escolha é vestir um terno preto, como eles vestiam, vesti-lo como um cíclico, sem explorar ninguém, pagando a viagem. Na era romântica, os artistas ficavam loucos em escala extravagante. A loucura jorrava deles em resmas de versos delirantes ou grandes placas de tinta. Essa era terminou: a loucura dele, se for seu destino sofrer de loucura, será diferente – sossegada, discreta." Concluo, agora: se o jovem Coetzee se autorizava a repetir alguns dos seus pares, precisa compreender que, na velhice, também precisará transmitir seu legado. Portanto, eu também não devo sentir vergonha alguma em imitá-lo. Talvez, ao menos, não na narrativa do nosso desastre particular, nesta minha trágica obra-prima pessoal sem contornos didáticos. Mas também é fato que os leitores se acostumaram a pensar a existência como se um *reality show* fosse, querem vilões e mocinhos, tudo sempre muito explicado. Deveria eu insistir num texto mais denso, mesmo correndo o risco de jogar tudo por água abaixo? Ou entrego uma versão superficial da nossa história, uma bem palatável, feita para agradar, milimetricamente pensada para trazer a opinião pública para o nosso lado? Bom. Entre essas vozes internas que me tomam e se contrapõem, não sei qual restará vencedora. Fico angustiada. E enquanto eu ignorar essa resposta, sim, rasgarei todas as minhas páginas. Preciso que nosso enredo seja narrado com o cuidado devido, mesmo que isso não signifique nossa salvação. Será que deveria contratar algum autor, pertencente a um grupo minoritário, para escrever nosso tormento? Claro, um dos bons, daqueles bem inteligentes e afiados. Eles existem aos montes, embora também tenham dificuldade de serem reconhecidos pelo seu melhor, em suas particularidades. Talvez essa fosse uma medida que nos protegeria de muitas críticas. Mas seria justa comigo? Se essa jornada complexa é também minha, por que devo abrir mão de contá-la? Alguns diriam: porque você está, naturalmente, enviesada. Porque você está em carne viva. Bom. Aprendi com minha mãe a amar a arte e os seus criadores, mas é verdade que sempre me faltou o retraimento dela, pois me misturo logo com tudo que conheço. Muitas vezes, quase não compreendo mesmo meus limites, perco todas as medidas. Por conta da minha falta de controle, desde que me entendo por gente, fui julgada rebelde, incompreensível. *Une enfant terrible*, os amigos de meus pais gostavam de comentar, nesses termos exatos, já que, em francês, faziam parecer que minhas atitudes disruptivas encontravam algum charme. Fato é que, ainda cedo, passei a questionar tudo e todos, a sofrer e me perder nos outros. Mas que inferno! Por que tenho que ser essa criatura confusa, passional, que se confunde em suas próprias ideias e usa termos como carne, cólera e transe? Isso não me torna, desde o começo de tudo, desacreditada? Uma caricatura conveniente aos que tanto me odeiam? Por que simplesmente não me é possível ficar sossegada e discreta na minha própria loucura? Não duvido que, se pintada com cores sóbrias, eu fosse levada mais a sério, respeitada pelos que fingem não enxergar o meu valor! Como será que Clarice narraria tudo que aconteceu com a minha família? Bom. Impertinente também essa pergunta, necessário que seja respeitado o seu espaço sagrado de autoria, mesmo morta, ela não deve aguentar viver sendo emulada... Mas o que fazer? Como tratar dessa nossa queda que se aproxima?

O corpo pressente, sim, não há dúvidas, ele é o primeiro a nos avisar. Desde a adolescência, nas ocasiões em que eu propunha questionamentos sobre o meu avô paterno, o vômito, quase em seguida, marcava presença. Portanto, não precisei exatamente tomar conhecimento dos fatos da época para entender que esse era um assunto proibido. Minha avó Aida, sempre a primeira vítima das minhas dúvidas, desconversava. Apenas em uma oportunidade, já no final da vida, perdeu a paciência comigo. Afinal, por que eu insistia tanto em fazê-la relembrar de algo que havia sido enterrado na mais escura das florestas? Por que eu não a amava à altura da condição de única avó com quem convivi? Por que eu não respeitava o seu desejo de silêncio? Não fora ela a presença mais atenta da minha existência? Por que eu vivia em busca de um drama familiar? Por que eu ficava tentando encontrar, logo nos seus tempos áureos, qualquer coisa que justificasse o enorme mal-estar que me acometia?

Se meus pais tivessem me permitido um Deus, em vez de me tomarem como um, pelo menos essa última perplexidade de minha avó teria sido respondida. De Edoardo, logo o primogênito, estranhamente, eles esperavam pouco. Ficavam satisfeitos apenas por ser obediente e aplicado nos estudos. Fora isso, de modo tácito, apenas pleiteavam que ele evitasse o que entendiam como um sentimentalismo exacerbado que não cabia bem na sua aparência de menino. Assim, se respeitado esse comando, na opinião deles, seu destino fluiria como o previsto. Imaginavam que meu irmão não seria capaz de grandes feitos; não enxergavam, em sua personalidade, algo único ou especial. De fato, sabe-se lá o motivo, eles o subestimavam. Mas sabiam que existem muitos lugares no mundo e, alguma hora, acreditavam que ele cumpriria o papel que lhe fora designado e se sairia bem. De mim, a caçula, ao contrário, eles aguardavam toda e qualquer vitória. Na infância, uma ansiedade grande já me consumia inteira e se manifestava através de comportamentos voluntariosos demais para uma garota pequena. Quando interpelados sobre o assunto, meus pais minimizavam tais acontecimentos, defendiam que meu temperamento inconstante era sinal de força, algo fundamental para uma personalidade bem-sucedida. *Uma líder natural*, eles comentavam como os típicos norte-americanos que aparentavam ser, plenos de uma indisfarçável alegria. Para além dessa obstinação natural, em suas visões, eu ainda possuía outras virtudes: era afetuosa se não contrariada, bonita e expansiva. Ou seja: encantava rapidamente meus interlocutores, sabia usar bem termos e frases. Assim eles não precisavam se preocupar comigo, bastava que me fornecessem as orientações necessárias. Portanto, o futuro de ambos os seus filhos lhes parecia muito claro: Edoardo, na vida adulta, exerceria alguma posição operacional na empresa da nossa família, e eu, criativa como era, seria a pessoa que colocaria o negócio para a frente, que empreenderia. Mesmo com convicções tão delineadas a respeito das nossas possibilidades, meus pais não se cansavam de frisar que, na verdade, só queriam que nós dois fôssemos felizes. Isso mesmo: só. Felizes. Muito fácil. Felizes.

Felizes.

Eram os nossos lábios esticados, nossos dentes perfeitos e claríssimos, todos em ordem, encastelados em porta-retratos, ou seja, eram os nossos rostos sorrindo, nas fotos, as verdadeiras luminárias dos dias de minha mãe. Não, ela nunca conseguiu reagir com espontaneidade ao inesperado, havia decidido que não permitiria que ele voltasse a bater em sua porta. O pavor de que algo nos acontecesse, de que morrêssemos a qualquer momento, de que experimentássemos uma tristeza mais devastadora, a assombrava profundamente. Precisávamos estar sempre contentes para que ela pudesse vivenciar a esperança de alguma paz, paz essa impossível, pois se desmanchava assim que ela mesma tomava ciência de sua proximidade. Minha mãe vivia exausta, necessitava exercer seu papel de forma exemplar, como se tivesse que atender com eficiência a todas as nossas demandas. Acreditava que não foi uma filha boa o bastante, afinal, não conseguiu impedir minha avó materna de se matar. Portanto, pelo menos dessa vez, na sua segunda chance, queria ser capaz de afastar o pior daqueles que amava. Para cima e para baixo, ela carregava essa imensa culpa junto com sua câmera, o único objeto que lhe permitia alguma espécie de consolo. Agora, refletindo sobre tudo o que vivemos juntas, chego à conclusão de que aquela sua obsessão em nos fotografar nada mais era do que fruto de sua necessidade de segurança, pois nossas faces sorridentes, estampadas num papel ao alcance dos seus dedos, provavam para ela mesma que estava indo bem em sua missão parental. Minha mãe girava em torno de nós, nos cercava, éramos sua fonte de calor, seu sol, sua alegria. No entanto, paradoxalmente, ela parecia incapaz de grandes demonstrações de afeto. Nossa relação funcionava exatamente como a do astro-rei com a Terra: tínhamos órbitas vigilantes, mas seguíamos estranhos, paralelos, nossos corpos não se comunicavam com a proximidade esperada. Penso que, apesar da devoção que nos oferecia, minha mãe jamais suportou os momentos em que destoávamos das suas projeções. Isso lhe parecia uma ameaça à sua própria concepção de bem-estar, já que nossas escolhas costumavam fugir do seu controle, conversavam com o imprevisível que tanto temia. Percebo hoje que, sempre que se deparava com sua irritação por nos descobrir distantes do que idealizava, minha mãe era tomada por um enorme pânico e passava a se martirizar por seus sentimentos dúbios em relação à maternidade. Ela nos odiava e se amava, se odiava e nos amava, tudo ao mesmo tempo, tudo em profundo descompasso. Sem dúvidas, parecia-lhe insuportável admitir, dentro de si, a coexistência entre a artista brilhante que fora com a mulher opaca em quem se transformou. Tampouco conseguia aceitar que, ao lado da garotinha órfã do passado, habitava nela ainda uma outra. Aquela que, secretamente, culpava a mãe por tudo que lhe aconteceu e ansiava abandoná-la. Aquela que, por muitas vezes, sonhando separações, criava intrigas e confusões, que desejava o pai somente para si e que, para tanto, estava disposta a romper com qualquer amarra.

Não, constato nesse momento: não, esse modo inábil de minha mãe lidar com a própria sombra não é um sintoma seu particular. Na verdade, começo agora a aceitar que ele pertence a todos nós. Até semanas atrás, eu não conseguia reconhecer que padecíamos juntos, que sofríamos da mesma doença. Supunha que, se descobrisse a verdade sobre o meu avô alemão, compreenderia melhor o meu próprio caminho errático. Depois de desvendar tal mistério, acreditava que encontraria a justificativa para a sensação de deslocamento que sempre vivenciei. Na infância, olhava para meus pais e cogitava se não havia sido adotada, tamanha a distância que deles guardava. Sem dúvidas, quando estávamos na presença de minha avó Aida, parecia que vivíamos encenando, algo não soava natural em nossa dinâmica, um desconforto inespecífico atrapalhava o desenvolvimento de nossas relações interpessoais. Minha mãe nunca se autorizou a falar de maneira clara, mas sei que a morte de sua sogra lhe trouxe muito alívio. Preciso confessar, inclusive, que senti algo semelhante e que Edoardo também não pareceu se abalar tanto com o acontecimento. Meu pai se ocupou de alguma dor, mas apenas por alguns dias, logo em seguida, voltou-se para os próprios dilemas profissionais. Sei que soará terrível o que irei dizer, mas, rememorando nossas reações na época do padecimento de minha avó, cheguei à conclusão de que a partida dela parecia representar para nós um recomeço, a chance de nos reconectarmos com aquilo que deveríamos ter sido enquanto família. Sem a sua implicância insistente com minha mãe, sem seus mimos excessivos direcionados a Edoardo e meu pai, talvez nós quatro tivéssemos ficado mais íntimos. É curioso perceber o quanto uma peça mínima desajustada, mesmo que acessória, se mostra capaz de impedir o desempenho normal de uma estrutura, de uma máquina. De qualquer forma, não devo conceder ao que não se pôde um lugar grande demais. Preciso tomar uma atitude concreta, especialmente diante da situação que se apresenta. Bom. Ser sincera comigo mesma, agora, me parece o primeiro passo necessário: por que diabos acreditei nessas mentiras tão óbvias, ao longo de tantos anos? Formulei as perguntas erradas para não encarar as respostas precisas?

Poucas noites antes de ser procurada, tive um pesadelo: enquanto caminhava por uma rua deserta, era seguida por uma mulher apavorante, com a pele toda manchada, uma mulher cujo rosto se assimilava ao de uma vaca. Num dado momento, ela me encurralava numa esquina e implorava: *vamos, olhe para mim, somos muito mais que isso, enxergue-me para além dessas marcas.* Senhor... Penso nas coisas que Renata me relatou. Senhor... Para além de toda essa história, o que mais esse meu corpo ainda tanto quer me revelar? Por que não domino seu dialeto, por que sou incapaz de escutá-lo? Senhor... Como os outros narrarão o que nos aconteceu? Nós: pai, mãe, filho, filha. Será que realmente acreditarão que eu, minha mãe e Edoardo não sabíamos de nada?

Thomas

Нечего на зеркало пенять, коль рожа крива

Mas, dentre os idiomas possíveis, qual daqueles, por acaso, deveria ter sido por mim adotado? Algum, de fato, seria capaz de desestabilizar aquela pretensa normalidade? Revelar, enfim, o absurdo que estava sendo produzido? Das opções menos remotas, existia alguma que se destacava por possuir as palavras certas, por dar conta da tragédia que se avizinhava? Do horror asséptico? Limpo? Não seria melhor escolher uma língua bastante objetiva, que conseguisse reunir com poucos signos toda espécie de significados? Ou era a cegueira o que de fato me cabia, diante daquelas ações cujas justificativas pareciam indizíveis? Tudo isso só me vem à mente agora, enquanto não faz sentido algum este emaranhado de letras combinadas. Enquanto eu mesmo me desintegro e passo a parecer ilógico, descabido. Нечего на зеркало пенять, коль рожа крива. O que será da minha vida depois disso?

Tudo tem que estar lá. Permanecer. Ficar. Rostos, mãos, coisas e pessoas. Vasos sanitários. Limpos ou imundos. Lugares, afetos e ódios. Privados ou públicos. Todos nos seus devidos espaços. Separados. Imutáveis. Imóveis. Aquele mapa em silêncio. Empoeirado. Resistindo ao passar dos dias: não há revolução mais implacável e devastadora. O mesmo terror, noite após noite. E ainda preciso dar conta. Continuar acreditando que valeu a pena, que não existia outro modo. Apesar de toda essa gente insana e ingrata. Preciso dar conta. Continuar acreditando que valeu a pena. Que não existia outro modo. Para que as minhas ações encontrem alguma razão. Porque elas foram a maior prova de amor que eu poderia lhes dar. Mesmo que jamais possam saber. Ainda que restem na ignorância para sempre. Eu preciso que eles vivam. De algum modo. Que permaneçam. Com seus rostos, mãos, coisas e lugares. Com seus afetos e ódios. Privados ou públicos. Tudo, tudo tem que estar lá. Ou melhor: aqui. Nesta memória que já teima. É preciso que fiquem exatamente como eu os deixei. Ou como me lembro deles. Quando os vi pela última vez. Quando achava que a melhor saída era abandoná-los. Quando fechei aquela porta tentando retê-los para sempre dentro de mim. Porque já sabia: se tudo corresse do melhor modo possível, nunca mais voltaríamos a nos encontrar.

Нечего на зеркало пенять, коль рожа крива.

No dia da morte do meu irmão, dirigi-me ao clube de paraquedismo. Sem maiores questionamentos, escutei com atenção os comandos daquele que foi o meu primeiro instrutor e, horas depois, com seu auxílio, realizei o salto. Curiosamente, ao contrário do que a maioria das pessoas costuma relatar, não senti muito medo ou fui tomado por uma alegria acachapante enquanto flutuava acima daquele campo vasto. Apenas fiquei atento às paisagens que surgiam diante dos meus olhos para que elas me permitissem um tempo em suspenso. Tudo o que eu precisava era ficar inteiro, entregue a qualquer coisa que fosse, sem escapatória. Lembro-me de que, ao longo dessa experiência, percebi que o deslumbramento inicial provocado pela natureza havia rapidamente desaparecido. Em questão de segundos, todas as árvores e rios que se apresentavam passaram a compor uma cena repetitiva, desinteressante, parecida com aquelas imagens de domínio público que são vendidas como destinos de férias imperdíveis. Também me recordo de haver constatado que o mundo, para ter alguma graça, precisava mesmo daqueles que o habitavam. E que a pessoa que mais me conheceu, ao longo da minha existência, já não fazia mais parte de nenhum cenário que eu pudesse observar.

Mesmo depois dessa primeira vez um tanto frustrante, ainda passei mais um ano praticando paraquedismo. Inclusive, cheguei a concluir toda a formação necessária para sair da condição de aluno; fui até considerado apto a saltar sem a presença de um profissional. Apesar disso, nunca consegui definir com clareza a razão de ter investido tanto nesse esporte. Talvez fosse a ilusão de que, alguma hora, reconheceria em mim o que lia nos rostos da maioria das pessoas que me acompanhavam nos saltos: uma emoção genuína, em estado bruto, que representava todas as sensações humanas misturadas, só que com um saldo positivo. Meus filhos já eram nascidos, eu sabia que limites se faziam necessários, que qualquer atitude minha equivocada poderia destruir não apenas a minha vida, mas também a da minha família. Só que isso não foi o bastante para aplacar o desespero silencioso que me tomava e insistia que o paraquedismo era o único remédio possível para a dor que eu sentia. Até a partida do meu irmão, eu nunca havia cogitado a ideia de que poderíamos morrer jovens, mesmo diante das situações difíceis em que nos colocávamos. Vou além: jamais me pareceu uma possibilidade morrer separado dele; na minha cabeça, era certo que nos despediríamos desta existência juntos. Portanto, sua perda precoce me desorientou de tal forma que, naquela época, pairar pelos ares me parecia a única forma de fugir daquela minha realidade insuportável, ainda que isso não me permitisse o mesmo prazer que gerava nos outros. Digo mais: creio que justamente era o fato de saber que meu único irmão havia desaparecido da Terra, que vagava indefinido, que tinha deixado de ser matéria, o motivo que me impelia a tentar manter sempre a maior distância possível de qualquer coisa que fosse palpável. No fundo, acho que tudo o que eu desejava era uma nova chance de encontrá-lo, de nos reunirmos. Acredito também que, naquele tempo, eu suplicava inconscientemente por uma oportunidade de decidir meu destino, uma chance de morrer logo ou de voltar a me sentir vivo, precisava sair do limbo desesperador no qual me encontrava. Foi apenas na ocasião do meu vigésimo sétimo pouso que finalmente compreendi que aquilo que eu tanto ansiava nunca me seria possível. Assim, apertei as mãos dos que conviveram comigo por aquele tempo, lhes agradeci a generosidade de suas companhias e segui meu caminho.

Não, eu não tenho uma foto sequer desse período. Paraquedismo é movimento, não combina com qualquer tentativa de lembrança estática ou mesmo com esses exibicionismos gratuitos dos nossos tempos. Em certos momentos até pensei em dividir com Malena as minhas experiências com tal prática, mas imaginei que ela ficaria apavorada ou acabaria desejando me fotografar em ação. E eu precisava que aqueles instantes fossem somente meus, eu saltava procurando uma solidão irrestrita. Por esse motivo, optei pelo silêncio para que evitássemos problemas desnecessários; não me pareceu sensato provocar conflitos. Mesmo quando se é casado, um núcleo de intimidade consigo mesmo tem que ser preservado. Há a hora de falar e a de calar; quando não se sabe essa linha, uma tonelada de energia acaba sendo desperdiçada. Tenho consciência de que meus filhos, assim como a mãe deles, mas por motivos diferentes dos dela, se tomassem conhecimento de que fui paraquedista, não acreditariam. Não os culpo por tais limitações de compreensão a meu respeito; é normal e saudável, até certo ponto, que enxerguemos nossos parentes apenas a partir das lentes que a função destes na família impõe. Além do mais, meus meninos já me conheceram como a pessoa moderada que me tornei, como o ser humano sensato que tanto batalhei para me tornar. Nem cogitam o quanto impulsivo fui, um dia. Definitivamente, a imagem que eles possuem de mim não combina com o meu antigo estilo de vida. É até curioso que, meses atrás, Nathalia estava comentando sobre um amigo que sonhava em se tornar montanhista, quando Edoardo me olhou como se esperasse de mim qualquer sinal de reprovação ao desejo de tal rapaz. Na cabeça do meu filho, sou um homem cauteloso, que reprova pessoas que se arriscam, sou aquele típico pai que critica qualquer indivíduo que age sem pensar nos demais. Não estão errados: ao contrário de muitos colegas que praticavam o paraquedismo por pura vaidade, eu nunca me considerei especial por conta dos meus saltos, tampouco acreditei que merecia ser louvado por eles. Autocompaixão indevida é algo que jamais suportei. Sendo bem sincero, acho bastante incômodo um certo messianismo que reconheço em alguns atletas de alto risco. Compreendo que todo mundo precisa inventar seu próprio motivo para continuar existindo, mas haja paciência com essa turma que nos pede uma admiração irrestrita apenas porque fizeram algo de bom somente para si mesmos, haja saco para essa gente que vive falando sobre superação de limites, motivação e toda essa ladainha...

Enfim, não que eu deva qualquer justificativa, mas preciso dizer: voltar, até então, não era uma hipótese. Porque parecia impossível. Além do mais, uma vez ocorrido o trauma da separação, nunca conseguimos ser como antes, irremediavelmente quebramos a confiança daqueles que ficaram para trás. E no minuto em que me despedi dos meus pais, estava decidido a me tornar alguém diferente e a romper com tudo que fora. Inclusive, com as pessoas que amava. Eu precisava abandoná-las para me curar, embora jamais tenha me acostumado com as circunstâncias em que elas restaram. Eu gostaria de tê-las salvado. Ponto. De tê-las levado comigo. Ponto. Essa é a realidade. Ao contrário dos meus saltos de paraquedas, esse, sim, poderia ser considerado um feito de coragem meu, razão de orgulho para a minha biografia. Mas não fui capaz, essa é a verdade. Ainda que tenha, anos depois, me redimido e dado o meu melhor, diante do que as circunstâncias que cada um deles pedia. Mesmo assim, carrego a certeza dessa impotência insuportável comigo. Racionalmente sei que não sou culpado pelo que lhes aconteceu. Quem nasceu em lugares de guerra compreende que certas tragédias não podem ser evitadas, ainda que legiões de homens tentem impedir. Não escapei dessa triste estatística. Fora que existe um preceito que não pode ser invadido: os cadáveres a que damos causa nunca estão realmente sepultados. Nós os carregamos de algum modo, e é certo que, algum dia, mesmo que de uma cova profunda, eles encontrarão um jeito de nos atormentar. De certa forma, venho me preparando para esse momento, desde aquele meu último adeus. Ao longo dos anos, eu me dediquei a tentar reparar todo o mal que, mesmo sem querer, acabei gerando, tinha a esperança de receber algum perdão. Nunca agi deliberadamente como alguém ruim, apenas fiz o que era preciso. Enfim. Existem coisas que simplesmente se mostram necessárias. Ninguém controla nada. Esse bilhete é a prova disso. Queira-se ou não, aí está posta a existência do maquinista invisível. Da força além. Daquilo que mais tememos. Do que não podemos evitar.

Нечего на зеркало пенять, коль рожа крива.

Quem, afinal de contas, é o autor desta ameaça? Por acaso acha que logo uma pessoa como eu vai sucumbir por conta de algo assim? Por acaso não sabe que o ideal de um mundo higienizado, sem violência alguma, apenas gera mais desgraça para todos? Precisamos de nossas mentiras para ficarmos de pé, são elas que nos salvam de delitos maiores. Certamente, quem bolou esta merda é o mesmo tipo de gente que nunca teve que lidar com nada. Que jamais escutou o choro desesperado de homens e mulheres implorando pelo trágico reconhecimento de suas dignidades. Uma coisa para mim é certa: já está sem vida quem não se comove com a dor dos mais pobres. Esse é um tempo estranho, confuso, mas preciso acreditar que algumas certezas permanecem existindo. Como a roda e a pólvora. Irão dizer o que, agora? Que uma roda não é roda? Que não foram os chineses que descobriram a pólvora? Com certeza, quem está por trás dessa mensagem estúpida jamais teve que tomar conhecimento das pernas e ideias trêmulas de uma mãe. Nunca perdeu irmãos. É evidente que tudo isso não passa de um embuste, mais uma meia verdade numa legião de chamas requentadas que nada iluminam. Aliás, o mundo está ficando cada vez mais sombrio por conta de gente assim: que se pensa luz enquanto é treva pura. A escuridão, sem disfarces, resolveu intervir de novo? O Estado nada tem a ver comigo, este corpo é meu, só a mim pertence! Faço o que bem desejar dele, da sua história, ele sou eu e somos nós que carregamos todo o peso desta existência. Fodam-se todos, seus hipócritas de meia-tigela, mostrem seus rostos, estou aguardando, vou socá-los. O meu nome sempre foi trabalho! Vamos, querem testar? Me coloquem nu, em pé, numa esquina. Verão que eu me viro, sempre dei um jeito de fazer as coisas andarem para mim. Estou exagerando? Será que esse bilhete é apenas uma brincadeira? Uma peça sendo pregada por um dos meus amigos? Acho que não. Sou velho o suficiente para compreender que nenhuma piada existe sem uma desgraça por detrás. Não, não sei mais o que pensar, estou enlouquecendo, quem será que está fazendo isso comigo? O que deseja com essa ameaça? Isso é mesmo uma ameaça? Algo que devo temer? Ao meu redor, todos parecem estar levando suas vidas de forma corriqueira. Não, não sei mais o que é verdade. Quem é o autor disso? O tal do advogado estelionatário? Chico?

Um dos seus meninos? Não, não é possível, tudo isso deve ser um grande engano, não consigo pensar direito, estou soando ilógico, descabido...

Нечего на зеркало пенять, коль рожа крива.

Uma mensagem numa língua que não domino. Deixada, pela primeira vez, na portaria do meu prédio, num envelope sem remetente, por um motoboy de identidade velada. No dia seguinte, outra idêntica apareceu no para-brisa do meu carro para que não houvesse nenhuma chance de mal-entendido. Desde então, venho sendo perseguido: já a recebi por e-mail e, até num restaurante em que almoçava, mandaram me entregar pelas mãos de um desconhecido... Por que essa frase em russo? Uma diabólica ironia? Mas, entre os idiomas possíveis, qual daqueles, por acaso, deveria ter sido por mim adotado? Algum, de fato, seria capaz de desestabilizar aquela pretensa normalidade? Revelar, enfim, o absurdo que estava sendo produzido? Das opções menos remotas, existia alguma que se destacava por possuir as palavras certas, por dar conta da tragédia que se avizinhava? Do horror asséptico? Limpo? Não seria melhor escolher uma língua bastante objetiva, que conseguisse reunir com poucos signos toda espécie de significados? Ou era a cegueira o que de fato me cabia, diante daquelas ações cujas justificativas pareciam indizíveis? Tudo isso só me vem à mente agora, enquanto não faz sentido algum este emaranhado de letras combinadas. Enquanto eu mesmo me desintegro e passo a parecer ilógico, descabido. Нечего на зеркало пенять, коль рожа крива. O que será de mim depois disso?

Renata Belmonte

DEPOIS DOS FINS DOS MUNDOS

MALENA MATRICE: TALVEZ UMA BIOGRAFIA

Piscinas Russas

Sumário

Você precisa saber da piscina.
Obra do primeiro ambiente:

1. As três que avisam. Malena Matrice. Audiovisual.

O coro dos que silenciam.
Obras do segundo ambiente:

1. Retrato de uma família infeliz. Malena Matrice. Pintura.
2. The Great Grimaldi. Malena Matrice. Pintura.
3. As três Marias. Malena Matrice. Pintura.
4. Os gêmeos. Fotografia. Malena Matrice. Pintura.

Corações ao alto.
Obras do terceiro ambiente:

1. A casa onde cresci. Renata Belmonte Grimaldi. Fotografia. Espólio documental.
2. Grace Kelly Grimaldi. Malena Matrice. Colagem.
3. Helena em chamas. Malena Matrice. Pintura.
4. Meu tio Vânia. Malena Matrice. Fotografia.

Por quem os sinos dobram.

Obras do quarto ambiente:

1. As dedicatórias gêmeas. Díptico.
   Espólio documental.
2. Uma noite em um mundo só. Malena Matrice. Pintura.
3. Retrato de uma família feliz? Malena Matrice.
   Fotografia.
4. Thomas. Malena Matrice. Fotografia.
   Espólio documental.
5. Edoardo. Malena Matrice. Fotografia.
   Espólio documental.
6. Nathalia. Malena Matrice. Fotografia.
   Espólio documental.
7. Renata. Malena Matrice. Fotografia.
   Espólio documental.
8. Malena, Teresa e uma selfie possível.
   Espólio documental.
9. Lágrima em lágrimas. Renata Belmonte Grimaldi.
   Filme. Espólio documental.

O russo que eu disse.

Parte externa. Obras:

1. Calle-se, Calle: os últimos dias de Aida. Fotografia.
   Espólio documental.
2. A língua dos mortos. Malena Matrice. Madeira.
3. O russo que eu disse. Malena Matrice.
   Espólio documental.

W: Há algum adjetivo que definiria sua obra e vida?
M: Ficcionista.
W: Mas você, Malena, pessoalmente,
se considera uma mentira?
M: Exato, Andy, mas uma daquelas que
todos desejam escutar, uma bem narrada,
preferível à verdade por ser muito mais bonita.

Malena Matrice, em conversa
com Andy Warhol, na *Interview*.
Outubro de 1987.

Para V.P.B.,
porque todo amor verdadeiro
é sempre segredo.

Capítulo I:
Você precisa saber da piscina

Desde o primeiro instante, somos capturados pela menina. Através dos seus olhos acompanhamos a cena, embora não sejamos capazes de conhecer a expressão que ela guarda no rosto, afinal já a encontramos, irremediavelmente, de costas para o mundo. Seus pés descalços demonstram ser o primeiro indício daquilo que mais tememos, pois em nada combinam com a sofisticada camisola vitoriana em que ela está vestida, ou mesmo com as tranças bem-feitas, as últimas pensadas pelas mãos de uma mãe. Naquele bosque, as árvores fazem companhia ao desespero da criança que, paralisada, escuta o vento soprar o terrível tempo que se anuncia. Logo em sua frente, no fundo da imagem, resta o lago impiedoso. Já dentro das águas, então, encontramos uma jovem mulher que caminha para seu fim. Ficamos com vontade de gritar, implorar que desista, que se lembre da filha pequena, mas a cada palavra frustrada, a cada tentativa perdida, descobrimos nossa própria impotência. Não, nada do que seja dito alterará aquele destino. O horror pode se fazer de calmarias e o azul do amanhecer, a composição toda feita em tons frios apenas confirma o interdito: mães morrem. Ou melhor: mães escolhem morrer. E elas fazem isso mesmo sabendo que crianças indefesas terão que enfrentar suas existências sozinhas. Talvez, percebo agora, precise reformular o que acabei de dizer sob pena de cometer uma injustiça: não se trata exatamente de uma questão de escolha, mães são apenas pessoas que, em extremo padecimento, sentem-se impelidas a escrever um desenlace para suas vidas. Receberão essas mulheres decaídas, algum dia, um olhar compassivo da sociedade ou qualquer possibilidade de redenção? Quando, afinal, seremos capazes de respeitar a memória daquelas que seguiram rumo à autodestruição porque pareciam não encontrar alternativa? Ao lado da foto, encontramos um título: *A vírgula impossível*. Muito já se falou sobre essa obra tão impactante de Malena Matrice, apresentada em *Hiraeth*, sua exposição inaugural. Bastante também já se discutiu sobre seus usos de futuros pretéritos e seu desejo de invadir a esfera do inalcançável. Não, Malena não estava acordada quando do suicídio de sua mãe, tudo no seu quadro é imaginário, reconstrução do para sempre perdido. Não, Malena nada poderia ter feito para impedir o que ocorreu, embora, verdadeiramente, jamais tenha se convencido de tal fato. Anos atrás, a respeito desse seu trabalho, até então o mais bem avaliado de sua obra, ela apenas disse: "Para a maioria das mulheres, epílogos honestos são vedados. Não sou arte senão para lutar contra isso".

"*Hiraeth* sempre foi sobre aquilo que, em tempo real, não cabia em imagens, o reino impossível da fotografia", assim escreveu Malena, na edição comemorativa de uma década da mais icônica de suas exposições, símbolo absoluto do melhor da arte norte-americana dos anos oitenta.

E se sempre parece questionável fazer leituras da obra de alguém a partir de sua história pessoal, no caso de Matrice tal dissociação se mostra não apenas indesejada, mas também impensável. Porque ambiguamente a solidez de sua trajetória consiste justo no modo fluido e na confusão de personas que ela se propôs a adotar, ao longo do período em que esteve ativa. Deste modo, para que se possa adentrar nos corredores de sua alma, para que sejamos capazes de conhecer os complexos bastidores do seu processo criativo, é necessário que se suponha algum começo para tudo isso. E escolhemos como ponto de partida a data de sua primeira morte, aquele abril perdido, mês em que registros não se fizeram possíveis, período em que, verdadeiramente, ela sucumbiu para, em seguida, renascer artista.

No final de março de mil novecentos e sessenta e oito, as memórias do rigoroso inverno que havia tomado conta do Mississippi ainda estavam recentes demais para serem suportadas sem companhia. E os cada vez menos gélidos dias que se enunciavam eram não apenas a prova de que Malena Taylor Matrice, então com apenas sete anos, havia sobrevivido à separação tumultuada de seus pais, como também serviam de prenúncio para a chegada de tempos menos solitários em sua vida. Isso porque, depois de uma longa temporada no vazio, Vivian S. Taylor, sua jovem mãe de vinte e oito anos, estava conseguindo recobrar as forças que lhe pareciam desaparecidas. A cada dia, a cada pílula, ela manifestava um novo gesto em direção ao que, na época, era considerado a "normalidade psíquica" da "condição feminina". Progressivamente, suas crises de choro cediam, bem como sua recusa em se alimentar. Bochechas se desenhavam de novo em seu rosto e, além de acordar cedo para fazer o café da manhã, ela também já voltara a caminhar pelas redondezas com sua menina. Malena se lembra do orgulho que sentia ao desfilar com a mãe pela praça, em desmentir os olhares que davam Vivian como uma morta-viva. Se antes as duas vinham sendo alvo de comentários e sentimentos contraditórios por parte dos vizinhos, agora, já não mais na condição de pobres coitadas, elas pareciam capazes de andar com a cabeça erguida e davam passos largos no sentido de descobrir um novo destino para suas existências. Vivian, inclusive, já consentia visitas semanais do ex-marido à filha em sua casa, algo antes considerado impensável. É verdade que, nessas ocasiões, ela ainda se trancava exasperada no quarto ao sabê-lo na soleira de sua porta. Mas alguns gestos de civilidade, em momentos específicos, chegaram até a ser pronunciados. De algum modo, a perversa dinâmica daquela relação que travaram, enquanto ainda eram um casal, parecia mesmo que restaria apenas como uma tristeza a ser esquecida pelo mecanismo de autopreservação, algo a ser escamoteado no fundo de um depositário. Segundo se recorda Malena, "naquele período, a televisão apenas tratava do assassinato de Martin Luther King Jr. E Jane, a moça que havia assumido as tarefas domésticas da casa de minha mãe, com frequência se escondia para chorar por conta do assunto. Mesmo eu sendo apenas uma criança, já era capaz de me compadecer desta dor coletiva, dimensionava a importância do problema, até porque qualquer pessoa tomar um tiro era algo assustador e perceber que os jornalistas não paravam de discutir o caso mostrava o tamanho da perda daquele homem. Mas a realidade é que, apesar desse zeitgeist, meu sentimento predominante era de esperança e alívio, pois minha mãe parecia melhorar. Mesmo hoje, sempre que vejo qualquer coisa sobre o Luther King, num primeiro instante, esqueço as circunstâncias de sua morte e costumo ser tomada por uma sensação levemente saudosista, quase feliz, pois me faz recordar dos tempos em que mamãe estava recuperada. Talvez eu até a associe a ele e suas palavras de força, também a veja como uma espécie de heroína... É lógico que as lembranças do porvir são sempre muito rápidas e que, quando chegam, destroem qualquer resquício dessa minha sutil alegria. Mas creio que seja justo pelo desejo de reinventá-las ou de algum modo impedi-las que compreendi a força de uma imagem eternizada e fiquei obsessiva pelo ofício da fotografia".

Dentre as coisas de Vivian que lhe foram entregues anos depois do seu suicídio, Malena se lembra de duas, em especial: um mapa-múndi com o nome Brazil circulado e um caderno de anotações que parecia indicar o desejo da mãe de escrever um romance. Muito interessada em poesia desde o início de sua juventude, não era raro que Vivian comparecesse a saraus. E na biblioteca que havia montado no escritório de sua casa, é verdade, constavam muitos títulos. Mas a intenção de se lançar no universo ficcional foi algo que ela jamais tinha mencionado e que acabou restando como uma espécie de mistério. Afinal, por que Vivian, sempre tão próxima do circuito de artistas da cidade, se calou sobre esse sonho? Por que nem com Eva R. Saint, editora e sua melhor amiga, ela dividiu tais planos? Teria sido esse seu comportamento fruto de insegurança ou um meio mórbido de autossilenciamento com o intuito de supostamente não concorrer com a carreira do seu então marido? Teria o sufocamento de suas palavras contribuído para sua própria ruína? Desde quando ela fazia aqueles registros? Muitas perguntas se apresentavam, e mesmo Jean Vincent Matrice, o homem com quem ela tanto dividiu e a quem tudo devotou, parecia desconhecer o grande segredo de sua ex-esposa. Segundo ele, em depoimento no documentário comemorativo de uma década da carreira da filha, "em nenhum momento dos nossos seis anos de casamento, nem mesmo quando discutíamos as provas dos meus livros, ela abordou o assunto. Teria sido até excitante acompanhar esta outra versão de Vivian, talvez isso prolongasse meu interesse na vida em comum que tínhamos. Para ser honesto, apenas posso dizer que, desde o nascimento de Malena, ela somente parecia entretida no desempenho do papel de mãe e, portanto, nunca cogitei coisa do tipo".

Quem era, então, esta Vivian, a desconhecida que escrevia? Teria mesmo ela deixado algum manuscrito? Se sim, onde o havia guardado? Nas linhas do seu caderno de anotações, em letra cursiva, frequentemente, lia-se uma frase, um possível título: *Muito além do cão*. Mas, naquela casa, não habitavam animais ou nada parecido. O que, de fato, significava isso?

Faço uma prece para a mulher que fui, peço que me tome em sonho, que me faça despertar outra, alguém capaz de ultrapassar essas águas... Tal pensamento solto, sem relação com os demais conteúdos do seu texto, já indicava uma intenção para o ato final que Vivian cometeria? E o que dizer da constante presença, por aquelas páginas, dos versos de Emily Dickinson, também uma escritora quase reclusa, ausente de um mundo de maiores partilhas? "Esta é a minha carta para o Mundo. Que nunca escreveu de volta para Mim."

Serviriam tais frases como epígrafes para o romance nunca encontrado ou, quem sabe, jamais escrito por Vivian?

Muitas são as perguntas que, ao longo de sua existência, Malena buscou responder sobre sua mãe. E se as hipóteses, na maioria das vezes, não conseguiam passar disso, uma certeza se impôs como pista: desde criança, Vivian se sentia uma impostora em sua existência. Muito tímida, nos anos de escola, ela guardava expectativas distintas das nutridas pela maioria das outras meninas. Ainda cedo, compreendeu que detestava trabalhos manuais e tarefas domésticas, passando mais tarde a sonhar em fazer faculdade de psicologia. Embora seus pais, os Taylor, admirassem o comprometimento da filha com os estudos e a estimulassem a ir em frente, mostrando-se até um tanto severos com suas notas e disciplina, mesmo eles também estipulavam limites para os voos que ela podia alçar. Universidade? Só se fosse de secretariado, afinal, deste modo, ela podia ajudar nos negócios da família. O script para Vivian, desde o nascimento, havia sido determinado: sob pena de restar solteira e sem perspectivas, ainda nos tempos de aluna, tudo deveria ser feito para que ela encontrasse um marido, pois, assim, as chances de este ser um rapaz com predicados, alguém benquisto e conhecido por seus pais, aumentavam. Proprietários de uma pequena rede de mercearias, os Taylor tomavam como certo que Vivian, depois da formação secundária, passaria a ajudá-los na administração do negócio, junto com Nicholas, seu filho caçula. Não era preciso, portanto, que ela fizesse mais do que o necessário. Afinal, quando se tratava de uma mulher, mesmo os melhores excessos quase sempre atrapalhavam. Enfim, é preciso que se ressalte que tudo isso não era explicitamente dito por eles e que, durante um longo período, seus planos pareceram correr mesmo como o desejado. Não fosse a chegada de um forasteiro prenhe de certezas inventadas que, ainda por cima, se declarava artista.

Há quem insista que a felicidade, de fato, jamais tornou alguém feliz. Porque, no minuto em que se pensa que ela foi alcançada, a queda avassaladora faz seu primeiro aceno, passa a assombrar, no segundo contíguo, mesmo que de modo discreto, aquele que se acreditava a salvo, invencível. Natural, então, que lembremos de Lady Macbeth, arruinada em toda a sua glória, vítima do êxito que tanto almejou. Ora, nesse caso, com certeza, alguém argumentará: não foi uma hipótese de desastre pela felicidade, pois a culpa predominava, já que é impossível um ser humano ficar bem diante de uma atrocidade como a provocada por ela. Bom, preciso destacar: antes de um contraponto, tal observação apenas corrobora o que digo. Porque aquilo que faz alguém verdadeiramente feliz é a paz, mas isso é segredo que nenhum idioma conta, adjetivos se construíram em torno de signos errados, não mereceram suas derivações respectivas. Língua, essa coisa que nos parece dada, mas que necessita de uma apreensão cuidadosa, de um uso delicado, tamanha a sua possibilidade de fomentar equívocos, de se revelar o contrário dos seus absolutos. Língua, essa arma letal que, em plena claridade, pode ser acionada, proferida, sem sanções imediatas. Quantos estragos foram causados pelo mau uso de sílabas, pela formação de sentenças não amadurecidas? Assim, do mesmo modo que as palavras, instantes de felicidade sempre nascem se pretendendo definitivos, mas trazem consigo sua inevitável derrocada, sua autoimplosão iminente. Falar da morte não nos aproxima dela; continuamos sendo sujeitos que quase nada sabem sobre os seus desígnios. Falar da morte apenas parece nos permitir alguma falsa intimidade com o desconhecido, pois certas coisas precisam ser obrigatoriamente vivenciadas para, de fato, restarem compreendidas. Segundo Jean Vincent Matrice, "naquele outono, quando meus olhos acharam os de Vivian, tive certeza de que iria me casar com ela. A cena do nosso primeiro encontro possuía o enquadramento perfeito. E eu não precisei fazer quase nada, tudo já havia se desenhado em outro plano, a arte e o amor se equivalem em sua fonte, nascem do mistério, ambos tecidos pelo destino. Vivian estava sozinha no banco verde da praça, as ondas de seus cabelos caíam sobre o suéter vermelho, e seus olhos apontavam na direção de um horizonte incerto. Era como se ela estivesse aguardando, siderada, por algum acontecimento que a transportaria para um mundo diferente. Em suas mãos, por acaso, via-se um livro em francês. O que será que tanto tentava ler aquela garota que parecia triste de um jeito bonito? Tudo soava encantador demais para ser crível. Mas havia, entre nós, um óbvio empecilho: recém-chegado naquela cidade, eu mal falava inglês, não fazia ideia de como abordá-la. *Ociosa juventude/ A tudo oprimida/ Por delicadeza/ Perdi minha vida*. Foi esse verso de Rimbaud que nos enlaçou e isso já devia ter nos servido como alguma espécie de aviso. Nunca podíamos ter mesmo acabado bem. Tal conclusão era fato que podia ser antecipado. Há inícios que se apresentam já carregados de simbolismos do seu fim. Tolo é aquele que ignora que poesia traduzida não passa de mentira".

Se o contato inicial entre Vivian e Jean Vincent lhes pareceu mágico, já o dele com seus futuros sogros não poderia ter sido mais desastroso. John e Margaret Taylor, pessoas muito religiosas e que concebiam educação formal apenas como um meio para o indivíduo encontrar seu sustento, ficaram horrorizados com aquele francês por quem a filha havia se apaixonado. Pintor? Escritor? Na visão deles, as atividades que Jean Vincent dizia desempenhar nada mais eram do que uma desculpa charmosa para seu fracasso real, para sua preguiça em encontrar um trabalho de verdade, digno de um homem que pretende, de fato, constituir família. O que se podia, afinal, esperar de um jovem que, mesmo num país estrangeiro havia seis meses, pouco conhecia o idioma do lugar em que habitava? Que arrogância era essa que o fazia supor que sua língua lhe bastaria na terra dos outros? Apostava esse rapaz na sua beleza como trunfo total de conquista, a ponto de acreditar que pouco além disso lhe seria exigido?

"Mesmo diante das más condutas claras de meu pai, reconheço a dificuldade de não se deixar seduzir por ele. Audacioso e dono de olhos muito vivos, ele carregava uma confiança impressionante, parecia um leão, rei natural. Quando chegava nos ambientes, tudo se iluminava, o sol se abria, luminárias e candelabros se acendiam, coisas e pessoas encontravam suas melhores versões, tornavam-se grandiosas apenas para tentar impressioná-lo. Ele era absolutamente arrebatador, um verdadeiro deus. Mesmo na velhice, seu encanto continuou. Tinha uma voz magnífica. Lembro-me de, certa vez, ao escutá-lo cantando *La Bohème*, pensar: *se ele tivesse desejado ser um cantor de sucesso, também teria conseguido*. Sem dúvidas, meu pai foi o homem mais magnético que conheci. E ninguém sai impune por descender de alguém assim. Quando abandonou minha mãe, todos os sábados ele me pegava para passear. Lembro que quase sempre comprava brinquedos muito caros para mim, coisas que eu somente tinha expectativa de ganhar em datas especiais. Além disso, ele me prometia viagens incríveis ao redor do mundo, sim, nós desbravaríamos safáris e cavernas, castelos nos esperavam. Sonhávamos tanto juntos que, muitas vezes, quando eu voltava para casa, até febre tinha, tamanho o desespero que me abatia no fim de suas visitas. Bastava que ele fosse embora, que batesse a porta, para que a realidade voltasse e a minha vida perdesse, de novo, o sentido".

Lourdes Matrice nasceu em Reims, na França, no ano de mil novecentos e quatorze, e foi batizada com o nome de Rosine Lourdes Moritz. Filha de Julie Carrier de Moritz com um indivíduo casado, cuja identidade jamais foi revelada, ela teve, desde os primeiros meses de vida, seus cuidados delegados a Marie Matrice, uma antiga empregada de seus avós maternos. Assim, muitos anos depois, quando decidiu seguir carreira no teatro, Lourdes, que sentia verdadeira adoração por Marie, passou a adotar seu sobrenome como uma espécie de homenagem. Sua família de origem jamais aceitou sua vocação artística e, até para eles, pareceu um livramento que o *de Moritz* tivesse sido abandonado. Considerada pelos biógrafos uma atriz extraordinária, dona de um talento raro e genuíno, a verdade é que, para além desses fatos, ninguém nunca conseguiu atestar se o que Lourdes narrava sobre sua juventude havia mesmo ocorrido. Extravagante, ateia, ousada demais para uma mulher de sua época, ela parecia carregar uma tendência imensa para inventar histórias e exagerar acontecimentos, características que costumavam colocá-la em evidência. Fofocas davam conta de que, depois de sua infância católica, ela se desvirtuara e sobrevivera um período como cortesã. Na imprensa local, no entanto, a crítica era quase unânime: pouco importava o que aquela moça havia feito fora dos palcos, pois era na pele dos outros que sua energia vital se fazia presente. Em cada papel que interpretava, mesmo os secundários, ela se revelava protagonista, impossível não se arrebatar com suas expressões tão convincentes. Na verdade, Lourdes era um desses acontecimentos raros, nada menos do que uma diva.

Se, em Paris, Lourdes Matrice logo se tornou conhecida por representar as obras em verso de Jean Racine, foi na Inglaterra que ela obteve um estrondoso sucesso no papel de Lady Windermere, tendo ficado em cartaz com tal peça de Oscar Wilde por mais de trinta e cinco semanas consecutivas. E essa sua primeira experiência internacional bem-sucedida a animou, então, a cruzar os oceanos. Já mãe de três crianças de pais distintos, ela viajou pela América do Sul por diversas vezes, tendo se apresentado em países como Argentina e Chile. O sucesso em solo norte-americano também não tardou a chegar. Depois de estrear no cinema no papel de Sarah Bernhardt, ela decidiu fixar residência nos Estados Unidos, em mil novecentos e quarenta. A Segunda Guerra Mundial havia eclodido, e Maurice Millet, seu namorado da época, tinha sido enviado para combate. Seu coração francês estava em carne viva e um novo desafio lhe pareceu o melhor jeito de lidar com o caos que tomava conta do mundo. Certamente na Broadway encontraria um espaço consistente, afinal dançava e cantava como poucas. É verdade que ela estava chegando perto da idade ingrata de trinta anos, fatal para a maioria das atrizes que sonhava em brilhar em Hollywood. Mas, ainda assim, apostava no seu talento e coragem, além do fato de que havia acumulado, ao longo dos anos de trabalho, uma quantia que lhe asseguraria uma boa vida na hipótese de seus planos não ocorrerem como o planejado. Marlene, Michelle e Jean Vincent, seus três filhos, moravam com parentes paternos, cada qual com sua própria família. Era ela quem os sustentava, seus ex-maridos não passavam de umas criaturas encostadas, homens sem ambições. Caso tudo fosse bem na nova terra, em algum momento buscaria seus meninos. Sim, porque depois de novos sucessos, talvez ela pudesse dar uma parada para que pudessem desfrutar juntos de um tempo de calmaria.

Segundo o ator Martin Liege, "foi no papel de Estragon, na primeira montagem norte-americana de *Esperando Godot*, que o chão de Lourdes começou a ruir. De repente, pela primeira vez, as palavras lhe fugiram. Um vazio tomou conta do seu corpo, ela se viu perdida, uma estranha em si. Recordo-me do seu olhar em branco, de sua boca que abria e fechava de modo aleatório, dos murmúrios que proferia, hiatos de suas tentativas desesperadas de acertar o que precisava ser dito. A plateia, lógico, não entendeu o que acontecia, achou que tal estranheza fazia parte do espetáculo, afinal, o absurdo era a essência da peça, e Lourdes costumava colocar cacos nos textos que encenava. Como estávamos perto do fim, pulei algumas partes e antecipei minha fala: *Estragon, vamos embora...* Mesmo no horror absoluto que atravessava, ela fez jus à atriz impecável que era. Com o rosto cheio de lágrimas, deu-me a mão e, encarando a plateia lotada, em tom de despedida, disse-me: *Sim. É preciso se deixar ir.* Mesmo Beckett, que estava sentado na primeira fileira, levantou-se e nos aplaudiu, pasmo. De modo semelhante, por mais de dois minutos, os demais convidados daquela noite o acompanharam".

Pode uma mulher artista se sentir, de fato, amada? Ou justo sua arte se faz necessária para que ela encontre meios de não encarar o espaço vazio que a todos nós habita? Não seria também o seu fazer artístico um modo de ela mascarar sofrimentos íntimos e de se apresentar ao mundo com uma máscara de especialidade? Depois desse episódio, Lourdes Matrice não foi aconselhada a voltar aos palcos. Havia acabado de completar quarenta e quatro anos. Os médicos, inicialmente, a diagnosticaram como vítima de uma estafa temporária. Mas diante da memória que, dia após dia, insistia em falhar, acabaram sugerindo que ela fosse descansar longe da agitação da cidade grande. Talvez os ares do campo a ajudassem a superar tudo isso. Marlene, Michelle e Jean Vincent, logo em seguida, foram convocados pelo seu agente para ajudá-la, neste seu momento difícil. Naquele tempo, ainda se acreditava que a família a tudo salva. Não, Godot jamais deu as caras.

Em mil novecentos e cinquenta e oito, quando os filhos de Lourdes chegaram para morar com ela, em Jackson, no Mississippi, o movimento norte-americano pelos direitos civis estava estabelecendo seus primeiros marcos. Rosa Parks já havia se recusado, no transporte público, a ceder seu lugar para um homem branco, prática, até então, antiga e obrigatória de acordo com as leis segregacionistas do seu estado. Em Little Rock, nove estudantes negros conseguiram, nas cortes federais, a possibilidade de estudar no

Ginásio Central da cidade, instituto educacional que apenas aceitava pessoas de pele clara. No entanto, muito jovens e imaturos, ao se mudarem, Marlene, Michelle e Jean Vincent Matrice quase nada sabiam sobre isso e tampouco eram cientes dos privilégios que carregavam. Apesar das evidentes dificuldades emocionais que possuíam devido à ausência da mãe em suas infâncias, ela os sustentava e bancava todos os seus luxos. Assim, ao longo da vida, os três tinham precisado fazer poucos esforços. Uma dinâmica relativamente comum havia se estabelecido entre eles: ainda que se queixassem dos efeitos deletérios que a fama de Lourdes gerava em suas rotinas, ela era também uma mulher que idealizavam e, de algum modo, eles se sentiam muito orgulhosos por descenderem de alguém tão admirado. E se não é possível atestar que Lourdes não sofria por saudades dos seus meninos, a realidade é que ela jamais cogitou renunciar à sua carreira e usava seu poder econômico para, mesmo a distância, controlá-los. Por morarem cada um com seus familiares paternos, seus filhos verdadeiramente pouco se conheciam. Seus contatos mais intensos ocorriam apenas uma vez por ano, nas férias escolares, quando ela os reunia. Portanto, a junção dos quatro, já adultos, quase estranhos uns para os outros, numa casa de subúrbio de um país desconhecido, sem dúvidas, era uma aventura desesperada, uma espécie de passeio de montanha-russa sem anteparo, qualquer coisa sem nenhuma estabilidade possível.

Vivian Taylor e Jean Vincent Matrice se casaram, em dezesseis de novembro de mil novecentos e cinquenta e oito, após quase quatro meses juntos, parte desse tempo, inclusive, namorando escondido. Depois de muito tentarem convencer a filha de que tal matrimônio se mostrava um equívoco, John e Margaret acabaram cedendo e passaram a apoiá-la. Eram tão conservadores quanto pais amorosos e descobriram que pouco podiam fazer diante desse relacionamento avassalador. Fora isso, nada lhes parecia pior do que ter a filha distante deles e, no íntimo, também reconheciam que, apesar das grandes chances de estarem certos, o amor costuma mesmo ser um jogo de azar para todos, insensato e imprevisível como qualquer loteria. Assim, na *Primeira Igreja Batista de Jackson,* organizaram uma cerimônia sem exageros, mas com o capricho necessário, torcendo para que estivessem equivocados em suas previsões. Como acreditavam muito na infinita bondade de Jesus, eles se esforçavam para aceitar todo o disparate da situação. Como Vivian podia estar apaixonada por um rapaz que mal a entendia e com o qual se comunicava tão precariamente? Afinal, os chamados do corpo, através dos anos, arrefeceriam. Se pouco compreendia o que Jean Vincent pensava, por que diabos ela estava se unindo a ele? Por outro lado, ponderavam: surdos e mudos também não se casam? Não encontram modos de interagir e criar família a despeito disso? Lourdes, um tanto desnorteada, mas como sempre bem-vestida, compareceu ao casamento ao lado das filhas. Tony Legrand, seu novo namorado, músico sem expressão e o homem que a havia convencido a se mudar para o Mississippi quando do início do seu colapso, logo se desentendeu com os herdeiros recém-chegados e abandonou a mansão que dividiam juntos. Longe do aplauso do público e, pior, novamente uma mulher solitária, mesmo lotada de joias e roupas caras, Lourdes pouco valia perante a sociedade daquele tempo. Aos vinte e um anos, Jean Vincent se tornou, portanto, o único responsável por administrar o imenso patrimônio da mãe, sem que jamais tivesse ocorrido qualquer questionamento sobre a legitimidade dessa escolha por parte das irmãs. Para Lourdes, mesmo tendo sido ela uma pessoa tão emancipada, era como se ele fosse seu sucessor natural, o encarregado divino em cuidar de tudo que lhe dizia respeito. Já em posse de todos os dados bancários da mãe, Jean Vincent passou a dar mesadas polpudas para Marlene e Michelle, além de pagar todas as despesas da casa em que moravam. E, por uma questão de justiça, já que ele havia ficado responsável por gerir tudo, pensou, portanto, que merecia também uma contrapartida: com um quinhão do "montante" da sua herança de uma mãe ainda viva, comprou a mansão em que passou a morar com Vivian.

Eis um vaticínio que desafia suas premissas: o sofrimento. Se dizem que seu único requisito de elegibilidade é estar vivo, nem mesmo os animais escapando de tal condição, talvez não se possa pensá-lo exatamente como uma prerrogativa, pois quase todos acabariam passíveis disso. Mas quem seria exceção? Podemos certificar, de fato, quais são os sujeitos que padecem? Não existem humanos indiferentes a tudo de tal modo que parecem imunes a qualquer dor emocional ou física? Plantas e montanhas respiram? Contam? Há para tais perguntas uma resposta acabada? Ou tudo depende do ponto de vista que adotamos em nossas escolhas narrativas?

O amor, desde cedo, é nos ensinado como algo inato, fundamental para a existência humana. Só que, ao contrário do sofrimento, a ninguém ele está assegurado, parece depender do elemento sorte ou de qualquer outra coisa inexplicável para que possa ser vivido. Além disso, se a dor sempre nos encontra, o amor, diferentemente, se mostraria algo raro e necessitaria ser logo capturado. Ao menos era nisso que Vivian, naquele período, acreditava. O que podia ser pior do que uma rotina burocrática, sem grandes emoções, como a parceria que seus pais tinham? Não era muito melhor agarrar a vida com as duas mãos, mergulhar inteira nas ondas agitadas da alma, do mesmo jeito que Lourdes havia se permitido? Sem dúvidas, sua sogra tivera muitas decepções, mas também havia sentido prazer em grau máximo, possuía uma biografia subjetiva memorável. Vivian preferia correr riscos e ter um instante bem-aproveitado do que suportar mil anos tranquilos. No entanto, quando de sua separação, ela começou a se questionar: tal escolha precisava mesmo ter sido feita? Não podemos experimentar momentos intensos intervalados com períodos de calma? Não seria isso a receita para uma boa vida? "Minha mãe não era ingênua o suficiente para não prever que seu casamento poderia dar errado. Ela estava advertida de que, diante do histórico familiar de meu pai, ele pouco sabia sobre as renúncias necessárias para a constituição de uma família estruturada e talvez encontrasse dificuldades para se adaptar à sua nova rotina. Ainda assim, por uma brutal necessidade pessoal, ela apostava na hipótese mais otimista. Conhecer a paixão em toda a sua potência era a única coisa que, na época, lhe importava. Em sua opinião, a juventude eterna se confundia com isso. E diante de toda esta cultura que celebra e romantiza o sofrimento feminino, podemos mesmo culpá-la por tamanho equívoco?"

Simone de Beauvoir sustentava que "no dia em que for possível à mulher amar em sua força, não em sua fraqueza;

não para fugir de si mesma, mas para se encontrar; não para se demitir, mas para se afirmar; nesse dia o amor se tornará para ela, como para o homem, fonte de vida e não perigo mortal". Já bell hooks dizia que não há amor sem justiça e que o patriarcado permite que homens, que nunca pensariam em mentir no ambiente de trabalho, sintam-se completamente autorizados para fazer isso em seus relacionamentos íntimos. Durante quase três anos, Jean Vincent e Vivian contrariaram expectativas e conviveram na mais perfeita harmonia. Divertiam-se juntos, gostavam de cozinhar para os amigos e cuidavam do jardim que cultivavam. Tudo parecia correr bem melhor do que o planejado. Dinheiro, neste período, não se revelava um problema. Enquanto Vivian se dedicava ao negócio de seus pais, Jean Vincent administrava as finanças de Lourdes, pintava e escrevia. Dispunham de tempo para se dedicarem um ao outro e para realizarem seus intentos. No entanto, numa data fácil de ser rememorada, as coisas entre os dois começaram a sair dos trilhos. O repentino aparecimento de uma outra mulher teve o condão de desestabilizar tudo que vinham construindo. Malena Taylor Matrice nasceu em doze de fevereiro de mil novecentos e sessenta e um, com dois quilos e duzentos gramas, três semanas antes do previsto. Vivian, enquanto paria sua filha, ignorava: outra pessoa, naquele mesmo instante, morria. Sim, porque ela jamais seria a mesma de antes: irrevogavelmente, havia sido cindida. Tornar-se mãe é sempre suportar sua própria divisão. Assim como a despedida de si e do mundo da forma como os concebia.

Em suas memórias a respeito de sua melhor amiga, Eva R. Saint pondera: "Meus anos como editora me ensinaram que todo grande livro guarda uma história secreta, algo que nem os próprios autores, muitas vezes, são capazes de compreender. Digo isso porque Vivian, no início da adolescência, tornou-se enigmática, parecia conter um mistério, qualquer coisa que nunca foi capaz de enunciar em voz alta. De uma hora para a outra, lá pelos seus treze anos, passou de extrovertida para a menina silenciosa que se sentia condenada por conta de uma longa sentença inespecífica. Algo terrível, anormal ou estranho havia lhe ocorrido? Será que sua repentina mudança de comportamento tinha sido causada apenas pelos hormônios da idade? Quem a via, no cotidiano, jamais seria capaz de imaginar o que se passava verdadeiramente dentro dela, pois continuava a ser gentil com quem a rodeava. Mas éramos próximas e eu intuía que tinha qualquer coisa errada acontecendo. Quando se casou com Jean Vincent, pensei que ela expressaria suas emoções com mais facilidade. Um engano imenso, preciso dizer. Até porque, perto de alguém como aquele marido que ela arrumou, tão vaidoso e cheio de si, mulher alguma poderia estar em primeiro plano. Não sei que desamor era esse que Vivian temia a ponto de suportar tantas humilhações conjugais. Apenas uma coisa posso assegurar: ela amava loucamente Malena. Mesmo depois de tudo que ocorreu com sua família, mesmo diante da imensa depressão que a abatia, ela buscava fazer o melhor possível. Nunca cogitei o rumo que tudo isso tomaria".

"A dor de perder minha mãe, ainda tão nova, de não poder me despedir dela, fez com que eu passasse toda a minha existência esperando que ela voltasse, com a impressão de que tudo que me contaram era mentira. Durante décadas, ruminei nossos últimos dias, busquei sinais para o que ela pretendia fazer. Na semana anterior ao episódio do lago, nós tínhamos assistido a um filme, estávamos contentes, ela parecia recuperada. Creio que *Hiraeth* foi o modo que encontrei de lidar com esta dor sem fim, com este meu inesperado abandono afetivo. Tudo que desejava era ser capaz de fotografar o inominável. Recriar o horror. Dar para minha mãe um funeral à sua altura: digno e artístico."

Eu te busco, tiro-a das águas, chego a tempo, minhas forças dão conta, eu te acho, no lago, mamãe, todos os dias, mamãe, para sempre. Hiraeth, *estamos juntas, mamãe, de mãos dadas, a cada amanhecer...*

O que faz alguém seguir em frente, apostar na vida, mesmo sabendo que, algum dia, estará sozinho na superfície, como um corpo devastado, depois de perder tudo que de mais valioso tinha?

* * *

Malena Taylor Matrice foi a mais famosa multiartista americana da segunda metade do século XX. Num tempo em que as câmeras ainda não habitavam celulares, ela ousou falar de si de modo transformativo, reencenando a paisagem traumática de sua infância e se destacando pela coragem em não silenciar sobre temas proibidos de sua época. Bonita de um jeito não incômodo, pessoalmente mais frágil e discreta do que a própria obra, ela sabia se comunicar através de seu trabalho, tendo logo se tornado uma espécie de referência para gerações de mulheres. Sua contribuição proeminente ao debate a respeito das doenças psíquicas que acometiam as donas de casa dos subúrbios americanos teve uma imensa repercussão, especialmente, porque não se imaginava que uma jovem de aparência tão adequada questionasse uma instituição como a maternidade ou ousasse ser voz dissonante da classe social em que foi concebida. Muito longe de uma persona panfletária, cuja arte se confundia com certezas peremptórias, Malena propunha que o público conhecesse o lado de dentro daquilo que apresentava, fazendo-o se compadecer de sua fauna de personagens reais ou recriados. Os títulos que nomeiam seus retratos e a forma como os organizou nas galerias integram uma linha mestra discursiva que se fez perfeita na integração entre matéria e palavra. De fato, o que Malena sempre buscou foi romper os limites das suas próprias imagens: desejava que os indivíduos retratados por ela fossem reconhecidos para além dos seus traços identitários, ansiava colocar luz no centro puro da nossa condição humana partilhada. "A assustadora dama plástica", "a artista inimiga da família", "linda princesa louca", esses foram alguns dos modos pelos quais a imprensa conservadora norte-americana se referiu a ela nos anos em que esteve profissionalmente em evidência.

Se Malena fascinava pela fotografia tecnicamente inovadora e pelos ângulos que seu trabalho expunha, também não se pode negar a importância de sua própria aparência no seu processo de reconhecimento público. Contrariando o esperado, ainda muito cedo em sua carreira, ela alcançou um status de celebridade nunca visto antes por uma mulher preocupada com assuntos como o pensamento estético de Jacques Rancière e o conceito de arte de Walter Benjamin. Suas roupas e penteados eram copiados por outras jovens e, a despeito do seu desejo, ela ocupava capas de revistas. Amiga de personalidades como Sting, Susan Sontag, Andy Warhol, Michelle Pfeiffer, Marina Abramović e John F. Kennedy Jr., Malena acabou se tornando, ironicamente, vítima do voyeurismo que tanto condenava. O analfabetismo visual que parecia virar regra no cenário cultural norte-americano e a insistência de um olhar coletivo pautado numa moral excludente e empobrecida sempre lhe causaram incômodo. Em uma de suas últimas entrevistas da década de oitenta, ela, inclusive, queixou-se de estar se tornando mais conhecida do que sua obra, tamanha a objetificação que a mídia fazia de sua figura. Malena ansiava por se tornar relevante intelectualmente, ser respeitada pelas ações que propunha, mas pretendia também desaparecer enquanto um corpo físico e detestava receber qualquer atenção que estivesse relacionada a isso.

Deste modo, mesmo diante de tantos percalços, quando decidiu abandonar a vida pública, após o estrondoso sucesso de sua segunda exposição, *Ravissement*, tal escolha causou extrema surpresa para quem a acompanhava. Alguns dos seus detratores passaram a dizer que sua renúncia era apenas a confirmação de que seu fazer artístico não se mostrava genuíno, pois bastou um homem rico aparecer em seu caminho para que ela abandonasse tudo que havia construído. Outros sustentaram que seu afastamento parecia um golpe de marketing, um modo de criar barulho para o próximo trabalho. Algumas feministas, inclusive, a criticaram de forma explícita, supondo que seu casamento com Thomas Weber era a causa dessa sua decisão e que isso provava o triunfo do patriarcado. Alguns amigos chegaram a sustentar que, do mesmo jeito que ocorreu com Lourdes Matrice, sua avó paterna, Malena também estava em colapso. Seu pai e mentor, Jean Vincent, na época, quando procurado pela imprensa, recusou-se a comentar o fato. A verdade sobre as razões de Malena, durante muitos anos, permaneceu, então, escondida. Até treze de agosto de dois mil e vinte e dois, quando ela encontrou esta jornalista, e, juntas, pactuamos a escrita desta sua quase biografia.

* * *

No primeiro ambiente do *Piscinas Russas*, somos convidados a entrar numa pequena sala escura e a assistir a um curta-metragem chamado *As três que avisam*, veiculado numa das paredes da galeria. É dessa forma que passamos a ser apresentados a parte dos personagens da intrigante história que Malena Matrice, depois de quase quarenta anos de hiato, deseja nos contar. Assim vemos, inicialmente projetadas, uma sucessão de fotografias de sua sogra, Aida Weber, no seu leito de morte. Em seguida, eu, Renata Belmonte, apareço em cena, lendo o prólogo do meu último romance publicado, *Mundos de uma noite só*. Por fim, no momento contíguo, surge, na tela, Teresa Versant, diretora do clássico documentário *Quando os sinos não badalam*, sobre a ditadura militar brasileira. Com uma expressão soturna, Teresa, então, avisa: *Você precisa saber da piscina.* Talvez pela trilha sonora, uma versão estranha e lenta de Baby, canção imortalizada pela saudosa Gal Costa, no instante em que tal filme acaba, estamos tomados por um inusitado sentimento de medo. Não, o desconhecido para ninguém é fácil. Sim, há águas e pessoas que jamais devem ser desvendadas. *Você precisa saber da piscina.* Nós, mulheres tão distintas, marcadas por uma mesma narrativa: bruxas de Macbeth? "Tão feio e belo dia eu jamais vi." A profecia foi dada. E não há o que se fazer, viramos cúmplices de um mesmo absurdo. Portas se fecham. Da própria inconsciência, ninguém é capaz de escapar.

Aida

Nos próximos anos, será sempre maio, Malena. Você precisa se conformar. Porque o último abril, traiçoeiro, passou mais uma vez sem aviso, enganando quem cultivava a esperança de que no espanto de todos os infernos, invernos, encontraria alguma saída. Para além da porta da morte, apenas a morte. E já é muito, preciso dizer. Assim, distante, rio abaixo de rio, aprofunda-se o nosso desencontro. Você foge das águas, todos os lagos carregam seu nome. Compreendo bem isso. Agora muito mais também consigo saber: no fundo falso de sua gaveta, repousa um envelope pardo, aquele com os retratos do meu suplício. Você não conseguiu se conter, lembra? Clandestinamente, no breve instante em que ficamos sozinhas, fez os últimos registros da minha existência física. Eu já tinha os olhos quase fechados, a enfermeira havia acabado de sair do meu quarto, mas mesmo desse jeito, por conta do ruído inconfundível da sua máquina, fui capaz de perceber o seu quase crime. Fotografar outra pessoa sem consentimento, no final da vida, não lhe parece algo bastante reprovável, uma espécie de delito? Por que você precisava me eternizar daquele jeito, tão destruída? Para que tivesse alguma garantia de que um futuro próspero se anunciaria? Para que seus medos fossem, de uma vez por todas, sepultados comigo? Para não escutar a revelação que eu desejava fazer, para aceitar sua escolha pela ignorância como destino?

Ou você agia sem pensar, como um bicho, por instinto? Já que se acostumou a viver à margem das palavras, no limbo das línguas? O quanto irônico é o humano, não? Deus, pátria, família. Falácias de todos os séculos que apenas têm como objetivo abafar gritos. Mesmo na intimidade dos quartos, inclusive no seu, sabemos que há hierarquias. E os verdadeiros culpados, não, eles nunca são punidos.

Por favor, pare com isso, Malena. Nunca nos demos bem, mas não me agrada vê-la, de novo, tão próxima do abismo. Força é lidar com o próprio corpo cheio de marcas, suportar olhos ensanguentados, proteger nossa cria. Antes, assim como você, também me doía tudo, doía-me o mundo. Só que aprendi que não há como controlar o tempo ou mesmo supor que tal coisa é possível. Relógios nada avisam, Malena, eles apenas espalham impressões falsas, não passam de objetos decorativos, bradam com o único propósito de permitir aos que respiram a ilusão de que conseguem dar conta daquilo que não pode ser mensurado. Afinal, quantos momentos inesquecíveis se fazem num minuto? Ou quantas ações abomináveis são cometidas por segundo? Relógios não possuem respostas, Malena, pois toda uma existência pode caber no menor dos buracos ou se tornar inviável em longos discursos burocráticos. Sempre foi tarde demais para nós duas, sabemos, mas eu me lembro da primeira vez em que você tentou coisa semelhante a esta de agora. Na ocasião, lívida, eu a observei ficando cada vez mais próxima da varanda... Ignorante da melhor atitude a ser adotada, resolvi, então, manter certa distância e não dar nenhum passo, tamanha a minha incapacidade de precisar qual hora era aquela, ou mesmo se a seguinte lhe seria possível. Como instrumento de medida, eu tinha somente o seu corpo, o modo como você, já perto demais do parapeito, inclinava-se para baixo. Tudo isso com Edoardo no colo, pois, sem dúvidas, você, tão julgadora de sua mãe, jamais repetiria aquele que queria acreditar ter sido o seu gesto final, não, nenhum abandono infantil, com certeza, você cometeria. Estarrecida, a princípio, eu me mantive afastada, mas, de onde estava, pude ver caindo a fralda do menino... Trinta metros depois, já em solo, descobrimos juntas que ela permanecia intacta, que nada havia se modificado em sua matéria, pois, apesar da queda, caso lavada, a fralda estaria pronta para voltar à guerra, isso que chamamos de vida. Teria esse primeiro despencar lhe servido de desestímulo? Teria você ficado com medo ao se dar conta da longa trajetória de despedida? O quão suscetível é o humano, não? Mais frágil que uma mera fralda, treco fácil de ser destruído. Faço esses questionamentos, Malena, mas a verdade é sempre mais sofisticada, feita de nuances nunca muito claras, respondida somente por gestos genuínos. E, naquele instante, você não conseguia raciocinar em termo algum, estava tomada, apenas desejava que sumisse o sofrimento imenso que a acometia, pois nada mais em sua existência parecia fazer sentido. Você mal sabia dizer do leite que pingava do peito, do útero inchado, das noites em claro, do choro sem trégua, do desespero nascido da repetição e do cansaço, da ausência de uma aldeia para chamar de sua. Havia também a dor pela perda da sua casa, veja, sua própria casa, desaparecida, invadida (vingança do passado? ironia? poesia?), um bebê muito diferente do imaginado (de quem era mesmo esse seu filho?), uma sogra perversa, insuportável, no caso, eu, eu, sempre ocupando espaços indevidos, eu, apresentando-me como uma espécie de mãe perfeita do seu marido, eu, nada generosa quando dos seus desacertos, eu, frequentemente a ridicularizando pela sua natural inexperiência, quando, na verdade, Malena, tudo que você necessitava era que uma outra mulher mais experiente iluminasse seus caminhos. Você, a mãe sem mãe, jovem mulher inconsciente da ciência do feminino. E Thomas quase sempre se mostrando muito desinteressado a respeito das suas queixas, parecia-lhe mais conveniente fingir que não via a realidade: o fato é que eu agia mesmo, dentro do lar de vocês, como sua pior inimiga. E deste modo, Malena, dia após dia, você ia se sentindo cada vez mais destroçada, solitária. E isso a fazia se lembrar repetidamente de sua mãe, seu espelho ao contrário, seu corpo convite... Talvez quando da queda da fralda do Edoardo, você até cogitasse: *quem sabe assim, sabendo desta minha situação limite, meu marido dê os ares? quem sabe ele apareça com aquele seu paraquedas secreto para nos levar para bem longe dessa velha insuportável? quem sabe ele, finalmente, decida fazer nosso resgate?* Você se lembra, então, de quando achou o crachá do Thomas do aeroclube e do alívio que sentiu, melhor isso do que aqueles seus pensamentos obsessivos de abandono, não, não havia outra mulher dormindo com ele, aos sábados, ele desaparecia era para saltar, melhor que você respeitasse sua privacidade, melhor que nada comentasse sobre o assunto. Mas a realidade é que esse seu medo travestido de silêncio foi se transformando numa massa enorme, num oceano indefinível, incapaz de ser navegado (mar? rio? lago?). Você, então, olha para cima, questiona as extremidades azuis do planeta. Nos livros infantis, as lágrimas são sempre também dessa cor...

Céu, céu, céu... Você, então, olha para cima, *como podem ser ensolarados mesmo os dias mais terríveis?* Você, então, olha para cima, estranhamente, busca meu apoio, tenta me encontrar. Afinal, mesmo você tendo me achado uma pessoa terrível, odiável, eu sou sua única referência daqui do alto, sua mãe mora embaixo, foi enterrada por você num quadro. Mas não, Malena, desta vez, eu não estou perto de você, hoje não posso salvá-la, puxá-la novamente pelo braço. Agora as circunstâncias mudaram: são suas mãos que se revelam envelhecidas, são suas mãos que se mostram nuas e vazias, já não há mais fralda, tampouco menino. De mim, então, desta sua horrível sogra morta, você tenta, desesperadamente, recuperar números e calendários. Ao longo dos nossos anos difíceis de convivência, havia algo de anormal que poderia ter sido notado? *Em épocas de dúvida, é sempre melhor migrar para o norte...* Vamos ser honestas: você nunca desejou, Malena, de fato, alcançar o passado... Lógico, pequenos sinais podiam ser percebidos, mas você preferiu sempre olhar para a frente, soava-lhe insuportável encarar tudo que vinha de baixo... Lago, lago, lago... Malena, preste atenção, neste momento, não tenho mesmo como impedir o seu desatino. Céu, céu, céu... Malena, tente me escutar, desista disso, pense no Edoardo e na Nathalia... Céu, céu, céu... Malena, é verdade, seus filhos já estão crescidos, mas se lembre dos seus netinhos, peço-lhe ponderação, as coisas podem mudar, serem ressignificadas, há de existir melhor caminho! Céu, céu, céu... Malena, saia de perto desta balaustrada, seu pé, seu sapato, seu salto, cuidado! Meu Deus! Calma! Por favor, Malena, pare de supor que é possível medir o tempo, claro, é necessário dizer sim ao incontrolável, suportar o vazio que é a nossa própria matéria, aquilo que preenche nosso íntimo. Malena! Por favor, antes desse seu passo final em falso, desse seu gesto extremado, vamos recontar a parte que lhe falta, as cenas perdidas, o real não pode ser inteiramente fotografado, ele se apreende apenas em partículas, mas vamos abrir os mapas, eu a ajudo a reconstituir cenários, há de haver algum março, qualquer abril seguro, outro tipo de maio... Na sua história, apenas restou o papel de vilã para mim, fui cristalizada desse jeito por você, mas quero que saiba que carrego também algo de bonito. Mesmo nos seus retratos dos meus últimos momentos, não, você não me permitiu qualquer complexidade discursiva, reduziu-me grosseiramente à representação da velha insana que queria destruir a mocinha apaixonada por seu filho. Sim, talvez lhe faltasse o contexto inteiro, só que você, Malena, nunca pareceu se interessar em compreender os bastidores, a longa trajetória dos meus desacertos, minha juventude desperdiçada pela espera por uma aprovação impossível, pela crença desmedida em um messias maldito. Não é terrível isso? Conhecemos alguém e o supomos pronto, não buscamos sabê-lo nas suas idades anteriores, ignoramos os principais fatos de sua biografia. Por favor, Malena, deixe-me apresentar minhas razões, talvez isso ajude você a enxergar que existem outros caminhos...

O acaso? Não exatamente. Mas começo pelo caso da casa. A minha. Antes, um conjunto de vidas organizadas. Ou assim me contavam. Ou assim eu sabia. No entanto, eles, os outros, haviam chegado para destruir tudo. Eles, os outros. Aqueles que desejavam tirar de nós o mínimo dos mínimos.

Ecologia de gente, Malena, é corpo de filho.
Pobre ilha, pobres de nós, seus velhos habitantes incautos.
Não há dialeto no deserto. Bárbaros não falam, apenas cospem sílabas.

Renata

— Vamos gravar, querida?

As três que avisam

Material bruto.

Depoimento de Renata Belmonte para Malena Matrice (leitura do prólogo do livro *Mundos de uma noite só*).

Gravado em 13 de setembro de 2022, às 13:31, em sua residência.

[00:00:00]

"Na casa onde cresci, não havia fotografias com homens. E as mulheres emolduradas, nos porta-retratos da nossa pequena sala de estar, me pareciam jovens demais para servir como personagens da história da família que nunca tive. Minha mãe costumava contar que aquelas moças eram nossas tias e que moravam na sua cidade de origem, um lugar muito distante. Não raro, mudando o tom de voz, ela narrava casos de sua infância e falava sobre a ilustre senhorita que enfeitava a mesa principal: minha avó. É uma longa tradição... *Minha mãe era linda, eu sou linda, espero que você não fuja à regra... Melhor legado não poderei deixar.* Houve um dia, no entanto, que após um desses seus comentários, a pergunta veio à tona: *Como era o rosto de minha*

avó na data de sua morte? Passado o espanto inicial, olhando fixamente para mim, ela disse: *Idêntico a este que você vê no retrato. Acontecerá o mesmo conosco: partiremos deste mundo muito cedo, antes da devastação de nossos traços e da destruição de nossas verdades mais absolutas.* Após ouvir suas palavras, não me contive: *viverei o suficiente para conhecer meu pai*? Mas isso, não, isso ela jamais respondeu."
[00:01:07]

Teresa

Nas minhas veias, sangue com sódio. Até hoje, um rio salgado corre em mim. Meu corpo: mapa de águas impossíveis, desde o dia em que me tornei incapaz de chorar. Tempo, dizem, é medicina. Mas eu fui salva pela minha ferida.

As três que avisam

Material bruto.

Depoimento de Teresa Almeida Versant para Malena Matrice.

Gravado em 19 de setembro de 2022, às 10:31, em sua residência.

[00:00:00]

"Aquele clube ainda existe e, apesar de sua piscina ter sido reformada, ele pouco mudou. Todos os dias, pelos seus corredores, nascem e morrem amores adolescentes, negociações são fechadas e maledicências se espalham. Seu salão continua abrigando festas de casamentos tradicionais, assim como as de debutantes que, uma geração após a outra, bailam em torno de sonhos construídos a partir de cenas de filmes românticos. A vida por lá, sem dúvidas, apenas anuncia seus ciclos através de ritos bem delimitados. Até a morte dos mais velhos é comunicada de um jeito que faz com que todos eles guardem a fantasia de que seguirão importantes pela posteridade. Preciso te revelar uma coisa, Malena: na minha juventude, eu era incapaz de compreender o sentido daquele lugar porque sabia que, apesar de tudo que ele oferecia em termos de espaço físico, ninguém ali se sentia feliz. Digo isso porque as pessoas que o frequentavam, reféns de moralismos, viviam repetindo modelos aprisionantes de comportamento, como se não existissem outros modos de existir. Curiosamente, agiam desse jeito para que pudessem ficar confortáveis, já que acreditar que há uma ordem divina para o funcionamento do mundo parece sempre a forma mais fácil de se fazer parte de algo. Fora que não é mesmo simples renunciar às garantias fictícias que uma vida em comunidade pressupõe. Por experiência própria, eu posso atestar o quanto se revela penoso questionar qualquer estrutura desta ordem. Todas as vezes que cogitei romper pactos antigos, uma sensação muito assustadora me dominou, quase me impelindo a desistir. O medo é o sentimento mais poderoso do mundo, pois foi o primeiro que conhecemos e o único que, ao longo dos anos, não deixa mesmo de nos acompanhar. Enfim. Desde que inaugurado, oito décadas atrás, aquele clube oferece uma ideia ilusória de proteção social. No fundo, ele é o verdadeiro teatro daquela cidade, já que serve como uma espécie de palco para que seus sócios, quase todos herdeiros de outros sócios, encenem personagens de si mesmos e representem os papéis estáticos que lhes foram definidos como uma espécie de veredito. É isso que explica o fascínio daquele lugar. Inclusive, em boa medida, seus títulos caríssimos de admissão servem para impedir que a maioria da população possa ali adentrar. Tal providência permite o espaço necessário para que muitos deles perpetuem seus espetáculos toscos, supondo honrar a memória de suas famílias. Nos últimos anos, Malena, você não percebeu um total emburrecimento coletivo? Não ficou perplexa ao descobrir alguns amigos, que antes você até julgava esclarecidos, defendendo coisas inadmissíveis? Não se horrorizou ao ver quase metade da população deste país defendendo a volta da ditadura militar? Os sócios daquele clube, em sua maioria, representam exatamente esse tipo de gente a quem me refiro. Por conta do seu poder aquisitivo, eles até frequentaram boas instituições de ensino, mas lhes falta um capital cultural mais amplo, e essa ignorância os transforma em completos analfabetos políticos. Sendo que o pior é que nem possuem uma disposição genuína para aprender, pois, apenas porque possuem dinheiro e um conhecimento superficial dos fatos, acham que tudo sabem. Eles se alimentam de generalizações, tomam situações específicas como regras globais. Falam de valores, propósito, citam suas crianças, mas seguem praticando o contrário do que tanto defendem. Sabe? Aprendi, a duras penas, que integrantes de uma mesma classe econômica costumam se proteger de forma intrínseca. Infelizmente, Malena, nunca deixamos de ser colônia, pois as espadas, mesmo que invisíveis, permanecem em nossos pescoços. A questão é que o povo daquele clube, em certa medida, concorda com tudo isso, mas está do lado oposto ao nosso. Sabe por quê? Porque eles gozam com tranquilidade de suas piores prerrogativas. Porque eles não produzem nenhuma atividade de transformação pessoal. No fundo, Malena, essa gente anseia ser reconhecida como importante não apenas pelos seus iguais, mas também por pessoas de uma casta que reputam superior à delas, como, por exemplo, os brancos milionários da nossa capital financeira. E como não existe esperança sem espera, enquanto nada de melhor lhes acontece, eles ficam aguardando a chegada da vida de verdade, entre drinques,

de frente para o mar. Afinal, apesar de o sol nascer para todos, sem dúvidas, permanece um privilégio se deitar numa daquelas espreguiçadeiras de plástico. Assim como antes, Malena. Assim como sempre."
[00:04:08]

(Uma pausa de dez minutos é feita. Teresa toma um copo d'água. Em seguida, a gravação é retomada.)

[00:00:00]
"Você acredita que, na época em que rodei o *Quando os sinos não badalam*, cheguei a ir semanalmente naquele clube? Que usei parte do dinheiro da herança que recebi do Humberto para comprar um de seus caríssimos títulos de admissão? Eu sei que essa informação pode parecer incompreensível para você, Malena, mas aquele lugar era o cenário de uma das lembranças mais importantes da infância de Tom, talvez a que tenha definido o tipo de pessoa que ele se tornou. E eu me sentia muito conectada com ele sempre que circulava por lá. Naquele tempo, estava sendo engolida por uma depressão profunda e esse foi um dos modos que encontrei para lidar com a imensidão da minha dor. A morte de ninguém querido é fácil, mas perder bruscamente um amor torna o luto da ordem do insuportável. Logo, se não havia lápide possível para o meu Tom, se não podia velá-lo como merecia, ao menos, eu o fazia vivo em minha memória, ao visitar os lugares que frequentou. Quando eu passava o dia lá, costumava observar as crianças nadando. Inclusive, com frequência, descobria-me tentando rememorar as palavras exatas de Tom, o ritmo de suas falas, o modo como ele enfatizava um episódio do passado. Enfim. Cinquenta e um anos nos separam, mas ainda consigo escutar a voz

dele narrando a história: *Era um domingo qualquer de mil novecentos e sessenta e dois. E, pela primeira vez na vida, meus pais concordavam com algo. É verdade que as motivações deles para tanto eram bem diferentes, só que eu estava alegre mesmo assim. Para meu pai, tudo aquilo se baseava apenas num cálculo eleitoral. Já para minha mãe, viciada em seu próprio sofrimento e sempre alheia a tudo que de externo acontecia, aquela circunstância não apresentava nada de incomum. Eu e meu irmão tínhamos dez anos, as Marias já estavam na adolescência. Junior nunca foi de grandes aventuras, preferia ficar enfurnado com seus discos. Como eu precisava correr, gastar energia, ter uma companhia de menino, Lena sugeriu que chamassem Nelsinho, o filho do nosso motorista, para brincar comigo. Nelsinho batia muita bola e ficou empolgado com a ideia de ir, algum dia, no clube conosco. No final de semana, portanto, lá estávamos, nossa animação era visível. Quando chegamos, lembro de ter sentido um estranhamento, pois uma colega da escola evitou falar conosco. Também achei esquisito que nossos vizinhos nos cumprimentaram de modo distante, apenas acenaram com a cabeça e não fizeram questão de ficar puxando nosso saco como costumavam. Pois bem. Ansiosos, eu e Nelsinho fomos logo nadar. Em instantes, iríamos dar início à nossa competição de caldos tão aguardada... Só que acabamos impedidos de fazer isso por um dos funcionários. Com uma fala firme, o homem nos abordou e exigiu que o Nelsinho saísse da piscina, disse que a administração do clube tinha colocado, na água, um produto químico que fazia mal para gente de sua cor. Nelsinho, como faria qualquer menino de sua idade, relutou, então, em acatar a ordem dada e acabou sendo retirado da piscina à força pelos braços. Foi uma cena trágica. Não esqueço do olhar atordoado do menino, do seu corpo franzino e infantil emergindo, tremendo de frio e pavor. Não esqueço das mães das outras crianças esfregando toalhas nas costas miúdas dos filhos apenas porque eles tinham dividido a piscina com um garoto negro. Não esqueço também do nojo e desprezo que senti de toda aquela gente e, pior, de mim mesmo. De algum modo que não sabia explicar, eu tinha conhecimento de que era parte importante daquela torpeza. Minha mãe, irritadíssima, ameaçou o tal funcionário, disse que Nelsinho era seu convidado. No entanto, nada do que ela argumentava podia mudar o que tinha ocorrido. No caminho para casa, tudo foi ficando ainda mais doloroso. Um silêncio tenebroso se instaurou entre mim e o Nelsinho, na época, não tínhamos recursos emocionais suficientes para lidar com aquele horror. Éramos somente dois meninos se deparando, pela primeira vez, com a dimensão mais obscura do humano. E o pior foi que, depois desse episódio, mesmo sem entender exatamente o motivo, acabei pedindo para Lena não convidar mais o Nelsinho para brincar comigo. Por muito tempo, Teresa, eu me culpei por essa atitude, inclusive, não dormia direito, ficava revirando na cama de angústia, não entendia com clareza a razão de eu ter agido desse jeito. Mas agora, mais velho, compreendo: eu jamais conseguiria olhar de novo para o Nelsinho sem lembrar daquele fato. E eu queria esquecer tudo aquilo, voltar ao meu estado de pureza infantil. Precisava acreditar que o mundo lá fora era melhor do que o ambiente caótico familiar em que eu vivia. Até porque, depois daquela situação, Nelsinho tinha deixado de ser, para mim, só mais um amigo, ele acabou se tornando para sempre uma vítima. E eu, seu eterno algoz: alguém que, por razões alheias às próprias escolhas, havia sido concebido para reproduzir para sempre injustiças.*

Tom se chamava Antônio Luiz Grimaldi Neto, Malena. Mas, desde criança, ele era conhecido, pelos mais próximos, apenas como Neto.

Tom se chamava Antônio Luiz Grimaldi Neto em homenagem ao seu avô paterno, um conhecido político de direita. E sempre que seu nome era pronunciado, eu percebia uma espécie de frisson nas pessoas, pois Tom era lindo, carismático e sua história de vida contrastava muito com a de todos nós. Quando eu o conheci, ele já fazia parte do nosso grupo revolucionário há mais de um ano, coisa que me deixou pasma, pois rapazes como ele não costumavam se envolver com lutas sociais. No entanto, conhecendo-o mais de perto, fiquei surpresa ao constatar que, em nada, ele se parecia com a caricatura que eu havia mentalmente traçado. Tom fugia de todos os estereótipos: mesmo muito novo, seus olhos brilhavam ao falar dos intelectuais franceses, ele amava ler *Marcuse* e se revelava genuinamente preocupado em mudar o *status quo*. Inclusive, durante as nossas reuniões, sua atitude confiante permitia que nossos demais companheiros justificassem para si mesmos os planos que fazíamos, pois se alguém tão abastado como ele, nascido no topo da pirâmide, estava se insurgindo contra tudo aquilo, era porque o sistema se revelava mesmo perverso e precisava ser destruído.

Tom se chamava Antônio Luiz Grimaldi Neto, Malena. Aqueles que o conheciam, desde a infância, o chamavam de Neto. Já no nosso grupo de resistência, ele respondia por Iscariotes. Sim, um rapaz de muitos sonhos, existências e nomes. Só que, para mim, apenas um: Tom, meu Tom. O grande amor da minha vida, arrancado dos meus braços, numa madrugada de maio. Tom, meu Tom. Para sempre desaparecido. Como você sabe, Malena, nunca me conformei com o ocorrido. E passei boa parte da minha existência tentando provar que foi o pai dele, Luiz Antônio Grimaldi, governador nomeado pelo regime militar, o verdadeiro responsável por isso."

[00:05:54]

Tom

E na madrugada final, enquanto eu caminhava de volta para casa, vendo toda aquela miséria espalhada pelas ruas, pessoas deitadas em calçadas, gente se confundindo com lixo, homens, mulheres, crianças, todos feitos de carne, assim como eu e você, gemendo de fome e medo, múltiplos alguéns cujos nomes jamais importaram para a história oficial, cujas existências seriam provavelmente curtas demais para que fossem registradas fora dos discursos de números, naquela madrugada, em que eu não cogitava que acabaria sendo o nosso último momento juntos, juntos e apaixonados, naquela madrugada fatídica, enquanto eu me misturava com as sombras de um mundo que nunca desejei meu, lembro-me de pensar, Teresa, que precisava mesmo de um Deus. Porque era insuportável a sensação de impotência que me acometia, a minha quase nula capacidade de fazer algo para mudar o meu entorno, pior, minha total responsabilidade na reprodução daquilo que eu mais desprezava. Desde a infância, nos passeios pela cidade, eu ficava horrorizado em ver tantos meninos à míngua, implorando qualquer centavo para comprar um pão, um pão!, algo que existia onde eu morava quase como o ar que respirávamos, ou seja, essas cenas me rasgavam por dentro, talvez porque eu também sentisse medo de que, em uma outra existência, acabasse castigado por ser quem eu era ou fosse escolhido, numa espécie de fila aleatória de reencarnação, para voltar a este planeta em condições de miserabilidade. Por alguns anos, inclusive, esse foi o meu pesadelo mais frequente e, durante as noites, acordava apavorado. Portanto, quando pequeno, sempre que sofria pelos arroubos autoritários de meu pai, cogitava que tudo podia ser muito pior, imagine se, fora tudo que já vivia, eu ainda tivesse que batalhar por comida? E me questionava a respeito deste tal criador tão bondoso que os membros da minha família honravam. Nas missas, eu via meus parentes se ajoelharem em respeito a estátuas impávidas e acabava obrigado a fazer o mesmo, a ter que dançar essa coreografia estúpida, sem música, carente de sentido. Não agir conforme tais regras, na opinião deles, era demonstração de descaso com o divino e avançar esse sinal podia gerar consequências imprevisíveis, pois ninguém era capaz de prever o castigo que a tal suposta entidade celeste nos mandaria. E eu ficava muito irritado com toda essa ladainha, mas minha condição juvenil me impedia de uma revolta pública mais efetiva, sério, como adultos escolarizados acreditavam que receberiam uma proteção espiritual maior apenas porque participavam de um teatro mesquinho? E nas ocasiões em que eu tentava levantar esse ponto com os que me rodeavam, era bastante retaliado, minha avó fazia questão de dizer que o inferno não estava distante daqueles que ousavam criticar os grandes escritos. E em certa medida ela possuía até mesmo alguma razão, pois logo que deixávamos a nave da igreja, a realidade catastrófica já nos esperava em suas escadarias. Em questão de segundos, nos víamos rodeados por mendigos implorando por esmolas, todos eles muito sujos e acompanhados de esposas sem dentes na boca, enquanto seus filhos se multiplicavam em torno de nós como se fossem baratas perdidas. E eu ficava estarrecido em como aquela cena era vista com naturalidade pelos que me acompanhavam, sem dúvidas, naqueles domingos, presenciávamos um espetáculo grotesco, mas ninguém fora eu parecia se dar conta disso. No fundo, o contraste entre a nossa condição social e a daqueles desafortunados permitia que meus familiares se acreditassem como uma espécie de prometidos, seres de uma categoria melhor, já que ocupavam espaços de privilégio sem terem precisado fazer nenhum imenso sacrifício. Eles também deviam sentir uma satisfação inconsciente quando escolhiam, dentre todos aqueles pobres que nos cercavam, quais eram sortudos o suficiente para merecer umas míseras moedas de suas economias. E essa emulação de uma realidade fictícia parecia parte fundamental de todo o jogo, pois se dentro do templo as pessoas da minha família pediam e agradeciam bênçãos para o seu superior imaginário, lá fora elas cresciam hierarquicamente ao representá-lo perante aqueles desfavorecidos. E o pior de tudo é que esse poder tão mesquinho lhes parecia imprescindível porque também permitia que passassem a alimentar a fantasia de que eram pessoas muito dignas, ao mesmo tempo em que transformavam em certeza a ideia ridícula de que tudo que possuíam era porque, de verdade, mereciam. E eu ficava pasmo com essa completa ausência de autocompreensão alheia, em algum lugar do meu âmago, até vivenciava certa inveja dessa segurança que tinham, como acreditavam tanto nessas mentiras que se contavam, como não sentiam medo de terem também um destino terrível? Talvez fosse por esse motivo que, nas missas, eles se levantavam e se ajoelhavam tanto, talvez isso representasse uma espécie de prova de devoção para não entrarem na lista dos banidos do paraíso. E eu me lembrava de Lena dizendo que *a fé é um sentimento tão bonito que se basta sozinho* e ficava desolado, pois não havia sido tocado no coração por nada parecido, não achava que podia ser real o pai bondoso lá do alto, afinal, se ele existisse mesmo, o meu da terra não seria tão ruim e tanta gente não morreria diariamente por carência do mínimo. No fundo, mais do que compaixão, eu era tomado pelo terror de que algo pior passasse a acontecer comigo, mais do que bom, eu me revelava medroso, embora também carregasse uma indignação genuína, incomum entre os nascidos nas mesmas circunstâncias que as minhas. Só que, independentemente das razões que me habitavam, eu ficava mesmo compadecido com a desgraça dos outros, sentia minha garganta se comprimir, engasgava a seco, meus olhos lacrimejavam, jamais suportei a ideia de que as coisas precisam ser aceitas do modo como elas se apresentam, esse sempre me pareceu um discurso conformista, coisa de quem nunca sofreu, pois mesmo que eu não tenha conhecido a fome, na época, pensava-me capaz de entender sua devastação por conta do seu paralelo com o vazio íntimo que me consumia. Se para cada doença é preciso um remédio específico, analgésicos costumam servir para quase todas as dores que existem e, portanto, em algum ponto, todas elas se equivalem em sua busca por um conforto elementar. Mas, no meu caso, diferente dessas pessoas cujas dificuldades eram facilmente percebidas, ninguém podia imaginar o que eu carregava por dentro, meu padecimento consistia num grande segredo, minhas feridas se faziam invisíveis a olho nu e demandavam que eu percorresse um longo percurso através das palavras para que pudessem ser notadas, coisa que me impelia a um confronto interno insustentável. Para os outros, eu não passava de um rapaz inconsequente e essa máscara social, em diversas ocasiões, até me servia, pois ajudava nas minhas tentativas de fuga do pavor que morava dentro de mim. Portanto, embora eu fizesse discretos acenos de reconhecimento para o desespero que vivenciava, preferia depositar toda a minha energia na transformação das estruturas, quem sabe alterando a paisagem externa, sendo parte de uma insurreição, eu também não mudaria? Quem sabe eu não conseguiria me libertar daquela opressão diária? Quem sabe eu não vingaria os que tanto amava? E na madrugada final, logo depois da nossa despedida, antes de eu fechar a porta do seu quarto, Teresa, lembro de pensar o quanto significava para mim tê-la encontrado. O quanto você permitiu uma rica e nova camada de percepções para minha vida. Mesmo novo, eu já havia estado com diversas mulheres, mas algo como o que tínhamos, não, não pensava ser possível. Bastava que eu me aproximasse um pouco mais de você, que inspirasse seu perfume, que a visse sorrir, para que todo o meu universo se modificasse. Eu gostava muito de escutá-la. Aprendia com o que falava. Apesar de nunca ter conhecido sua mãe, eu me sentia, por exemplo, capaz de descrevê-la de tão perfeitos que eram os seus relatos. A mesma coisa posso dizer do lugar em que você cresceu, tão distante do meu bairro. Se encarávamos com naturalidade o fato de que pertencíamos a estratos sociais distintos, era porque talvez comungássemos tanto dos mesmos ideais e estivéssemos tão enlouquecidos de paixão que nada disso, na época, importava. Nossos planos para um futuro bonito, emocionante e virtuoso juntos ofuscavam qualquer dificuldade momentânea, com a nossa coragem construiríamos um lugar mais justo e igualitário, achávamos, inclusive, que não precisaríamos de nada muito além do que já possuíamos para sermos felizes, no fundo, acreditávamos que nosso sentimento era tão precioso que desejar algo mais do que aquilo se assemelhava a pecado. Jovens e pueris como todos os outros, imortais em glórias fantasiosas, nós presentificávamos o futuro a partir das ações emocionantes que estabelecíamos, ignorávamos que, em qualquer viagem, mesmo que digam o contrário, o passado é sempre bagagem indispensável. Se prestássemos mais atenção agora, se fizéssemos uma retrospectiva da nossa relação com as lentes da maturidade, é provável que constatássemos que as nossas motivações individuais, em certo momento, entrariam em atrito, pois quase nada resiste à calma repetição dos dias, tudo se desgasta, ainda mais uma paixão avassaladora como a que vivíamos. Mas o fato é que, naquele tempo, eu achava muito atraente o seu modo descomplicado de ser. Tudo em você espelhava uma simplicidade encantadora, ainda mais para mim que vivia sempre prestes a um colapso. Fui criado cheio de obrigações, qualquer coisa fora da linha podia me gerar um castigo. Quando eu percebia, por exemplo, você não se preocupando em calçar os pés ou em se arrumar para receber as visitas dos companheiros, isso me encantava muito, nenhuma das mulheres de quem estive próximo, ao longo da vida, jamais se comportou assim, regras de comportamento orquestravam suas rotinas, elas necessitavam de chancelas por suas aparências, especialmente as vindas do masculino. E essa sua liberdade pessoal me deixava muito, muito impressionado. É verdade também que você era bonita sem precisar fazer esforços, isso ajudava na facilidade sedutora com a qual transitava entre as pessoas. Lembro que, na primeira vez em que eu a vi, fiquei muito impactado com a sua presença firme sem ser agressiva, com a inteligência através da qual articulava suas ideias. Você era decidida, dona de si, coisa que contrastava demais com sua aparência delicada. Claro, impossível que os homens ao seu redor não ficassem fascinados. E eu pensei em tudo isso que lhe disse agora, Teresa, naquela nossa madrugada final, antes de eu fechar a porta do seu quarto, enquanto eu a observava nua, na cama, vulnerável, enquanto eu via a colcha cobrindo suavemente seus peitos tão lindos. Como era possível eu sentir tanta ternura por alguém que, minutos antes, havia me deixado tão alucinado? Talvez o amor verdadeiro consista exatamente nisto: na alternância sem contradições entre desejo sexual e um afeto tranquilo. E depois de eu tê-la beijado por inteiro, e depois de percebê-la adormecida, entregue nessa comovente e inevitável confiança na vida que é o sono, eu me vesti com cuidado para que você não despertasse e saí de fininho. Precisava organizar coisas importantes e descartar qualquer rastro que pudesse permitir que nos localizassem, afinal, já na semana seguinte, faríamos nossa travessia para a clandestinidade e ninguém próximo de mim podia cogitar que eu estivesse envolvido nas lutas contra o regime. Seria perigoso demais para os meus irmãos saberem o meu paradeiro, pois também dividiam o teto com o pior homem que conheci: sim, ele, meu pai, o responsável por todos meus desatinos; sim, ele, meu pai, aquele cuja herança eu precisava negar; sim, ele, meu pai, meu principal inimigo. E na madrugada final, logo depois de deixá-la, Teresa, enquanto eu caminhava de volta para casa, vendo toda aquela miséria espalhada pelas ruas, pessoas deitadas em calçadas, gente se confundindo com lixo, homens, mulheres, crianças, todos feitos de carne, assim como eu e você, gemendo de fome e medo, múltiplos alguéns cujos nomes jamais importaram para a história oficial, cujas existências seriam provavelmente curtas demais para que fossem registradas fora dos discursos de números, naquela madrugada, em que eu não cogitava que acabaria sendo o nosso último momento juntos, juntos e apaixonados, naquela madrugada fatídica, enquanto eu me misturava com as sombras de um mundo que nunca desejei meu, lembro-me de pensar que precisava mesmo de um Deus. Porque apenas ele podia me salvar daquela situação terrível em que eu me encontrava. *Iscariotes*, assim fui chamado pelas costas, e não esqueço o inusitado tom de deboche daquela voz que vinha de alguém tão próximo. Sim, eu não precisava nem de um rosto para sabê-la, jamais poderia estar enganado sobre de onde provinha, mesmo na escuridão absoluta, certos sons são reconhecíveis de imediato, especialmente os muito familiares. Mas por que ele estava me abordando naquele lugar? Como havia me encontrado? Virei-me para trás. Uma pancada forte na cabeça me derrubou no ato.

Capítulo II:
O coro dos que silenciam

Sieg Heil, quase podemos escutar. Vemos, então, homens, muitos deles, todos brancos, com suas jaquetas esticadas em braços direitos levantados. Eles precisam de uma crença, desejam se apegar a qualquer coisa que prometa tornar suas vidas menos difíceis, a situação coletiva está desesperadora, faltam empregos, para muitos, até comida. O que esperar de um país devastado por uma guerra, humilhado em sua economia, sem nenhuma autoestima? Muitos desses indivíduos se sentem apunhalados pelas costas, afinal, acreditam que estão perdendo seus espaços. Além do mais, os criminosos de novembro pareciam ter entregado para os estrangeiros toda a honra que eles pensavam que possuíam e não há paz verdadeira quando tantos, numa mesma nação, restam destruídos. Uma mudança radical parecia se fazer necessária, uma verdadeira remodelação das estruturas. Desta forma, alguém com pulso e autoridade representava um novo horizonte, a melhor saída. Sim, é nisso que esses indivíduos acreditam, enquanto dizem *Sieg Heil*. Ou melhor, quase todos eles, pois um se fez exceção à regra e, por conta de sua imagem eternizada, até hoje resiste: August Landmesser. Foi esse nome, ou melhor, esse homem quem involuntariamente entrou na história, tornando-se para sempre o protagonista de tal célebre fotografia. No seu rosto, a expressão contrariada pode ser lida também como uma espécie de desconfiança, mesmo que não tenhamos como dizer ao certo o que acontecia, naquele momento, em seu íntimo. Isso porque, embora, no passado, ele houvesse se filiado ao partido, sua recusa, naquele instante, em fazer a saudação nazista clássica, indicava uma mudança de convicção, além de uma total ousadia. Destoando dos outros presentes naquele estaleiro, permanecendo impávido, August devia saber que seu comportamento não parecia apenas inadequado, mas também podia configurar um crime. Que coragem abrupta foi esta que o tomou, que o fez se desviar daquela massa humana embrutecida, sem nenhum senso humanista? "O amor", explicou-me Malena Matrice, enquanto conversávamos sobre o tema. "August estava apaixonado por Irma Eckler, uma judia. Eles chegaram até a se casar, tiveram duas filhas, mas restaram separados pelo regime. Irma foi presa pela Gestapo e morreu no campo de concentração, longe da família. Uma de suas crianças foi enviada para um parente e a outra para doação. August, dizem, desapareceu durante um combate na Croácia, mas só foi declarado morto anos depois. Apesar do contexto trágico, esta é uma das minhas fotografias favoritas. Sempre fui fascinada por quem desafia convenções sem sentido, por quem não se intimida em fazer o que é preciso."

Se a disposição para amar pede de um sujeito a capacidade de se colocar vulnerável, entregue ao risco, é decerto porque o amor não existe como um dado da natureza, mas como uma conquista a ser experimentada sem garantias. Os destinos trágicos de August e Irma são exemplos disso. E quem há de assegurar que a aventura que ambos empreenderam valeu ou não a pena, que seus finais trágicos justificam ou maculam a história que partilharam? Talvez ambos fossem cientes de que, dadas as condições às quais estavam submetidos, era preciso que um novo pulsar fosse inventado, algo intenso e fora de parâmetro, para que suas existências ganhassem sentido. Ao contrário de como gostam de narrar os românticos, que tudo atribuem ao acaso ou destino, em nada é desabonador pensar que o encontro de Irma e August pôde todo ter sido feito em torno de um objetivo comum. O mesmo racional, inclusive, vale ser aplicado para qualquer relacionamento, mesmo para o de Vivian e Jean Vincent Matrice, pais de Malena. Pena que, no caso deles, havia um uso demasiadamente desequilibrado de forças e o pior de cada um começou a ficar muito claro justo quando do nascimento de sua única filha.

O quarto do bebê já estava até arrumado, mas era como se ele fosse algo imaginário, parte de uma brincadeira de meninas. E o que antes se configurava somente como uma fantasia passou a demandar uma energia imensa, tornou-se fora de controle, cresceu mais rápido do que o esperado. Margaret, ao lado da parteira, pedia, então, que a filha fizesse força, que se empenhasse mais um pouquinho. Sim, naquele momento, permeada por uma dor excruciante, Vivian constatou que não estava pronta para viver nada daquilo. Claro, ela estava ciente de que essa era uma das possíveis consequências do sexo que experimentava com o marido. Mas o fato é que os prazeres da carne ainda se faziam para ela miragem do caminho. Assim, diante de tantos impronunciáveis, pouco lhe restava além do grito. A hora do parto estava adiantada, o bebê, imperioso, não aceitava mais qualquer espera, precisava sair daquele útero para colonizar logo os colos e olhares de toda a família. John, Nicholas e Jean Vincent, no andar de baixo da casa, bebiam e falavam amenidades, ainda que estivessem apreensivos. Vivian, trêmula, incapaz de dizer algo compreensível, restava apavorada, temia terrivelmente a perda da criança, mas naquele momento, mesmo que não soubesse, também a odiava muito por fazê-la passar por tudo aquilo. *Um pouco mais, vamos, você consegue, em breve, tudo estará terminado, falta pouco, isso, faça força, empurre, grite.* O choro tão esperado... Jean Vincent já no quarto, deram a menina para ele antes mesmo de a mãe conseguir tocá-la, *calma, você precisa descansar, terá todo o tempo do mundo para carregar sua filha, precisa produzir o leite agora.* Vivian se descobrindo, então, mero artefato, coisa sem subjetividade alguma, construída para um fim, porque, afinal, se seu desejo merecia ser tratado como deserto de sentidos, era justo o seu leite, a água mais pura de todas, que a transformava ainda mais em um objeto, mesmo que rara mercadoria. A partir daquele momento, estava talhada a existir para atender os desígnios alheios, precisava demonstrar utilidade, servir. Como toda arte, gente não deveria ter sua singularidade aniquilada, esse é o primeiro passo para um desfecho ruim. Exaurida e incapaz de compreender o vazio ruidoso que a engolia, Vivian observava Jean Vincent claramente admirado, enlouquecido de amor, pai desde o primeiro instante. Já muito seguro em sua novíssima função, ele cantava para a neném uma música que ela não conseguia identificar, uma canção cujo ritmo e letra lhe soavam indecifráveis. Que dialeto era aquele que ela jamais havia notado seu marido usar? Profundamente incomodada por não se sentir incluída naquela partilha,

Vivian, pela primeira vez, questionou-se com honestidade sobre os motivos que levaram seus pais, no passado, a se oporem ao seu casamento. E, por alguns segundos, fez-se luz e tudo lhe pareceu insuportavelmente claro. Afinal, mesmo no seu próprio parto, assim como também em quase todas as outras ocasiões desde que se juntara a Jean Vincent, ela havia deixado de ser protagonista de cenas que eram iminentemente suas, pois ele, seu charmoso estrangeiro, sempre ocupara todo o espaço possível, arrebatando os corações de qualquer um que passasse por perto. Inclusive, ele começara a fazer isso mais uma vez, transformando, agora, sua filha recém-nascida em alvo de conquista. No instante em que tiraram a neném dos braços dele, *ela precisa receber o colostro*, escutou-se logo um berreiro, sem dúvidas, a pequena Malena ficava mesmo muito melhor com aquele homem que já lhe parecia tão perfeito. Sua recusa, nos dias seguintes, em aceitar o líquido sagrado da mãe, deixou Vivian ainda mais devastada, com mamilos e espírito muito feridos. Não, não era assim com as outras mulheres, ninguém havia lhe dito nada semelhante, sentia-se muito envergonhada por não ser capaz de atender ao mínimo exigido. Não, não era assim com as outras mulheres, ninguém havia lhe dito nada semelhante, sentia uma raiva incontrolável por não viver o conto de fadas que havia lhe sido prometido. Era terrível o que a acometia, essa sua inaptidão para o que deveria lhe estar assegurado de modo espontâneo, natural, mas ela precisava eliminar esses pensamentos, não queria refletir sobre isso, precisava ignorar tamanha dor, seguir bem, não existia alternativa. Se ser uma boa mãe sempre lhe pareceu o caminho óbvio de todas as boas mulheres do mundo, o que explicava esse seu desvio de rota, o desespero imenso que experimentava? Ao longo dos anos, havia sido, sim, uma pessoa correta, digna. Não podia aceitar que, pelo resto de sua existência, tudo fosse como naquele dia, ou seja, ela em desvantagem, perdida, enquanto Jean Vincent e Malena seguiam em frente numa sintonia particular, fina. Talvez ser mãe começasse, de fato, quando a mulher, vestida do personagem que lhe fora designado, passasse a fazer as atividades típicas de sua nova função como se não estivesse mais atuando, fingindo. Talvez ser mãe fosse apenas consequência de um exercício contínuo de rotina. Por conta de tal percepção, Vivian, que sempre detestou tarefas domésticas, nos primeiros anos da filha, dispensou, então, qualquer ajuda externa, passando a cuidar das coisas da casa, além de cozinhar para Jean Vincent e dar conta de tudo relacionado à sua menina.

Para onde vai aquilo que a gente nunca formula, mas que vive sobrevoando nossa mente, letras desesperadas por se tornarem palavras, revoada de pássaros negros em delírio? O que acontece com nossa voz não enunciada, aquela que nem sabemos que ouvimos, aquela que é produzida por um vácuo tão profundo que se torna matéria de um grito sem orifício de saída? Se desde a adolescência Vivian se sentia uma estrangeira, como poderiam supor que ela não procuraria para si também um forasteiro, um par parecido? Se tudo o que ela necessitava era mesmo de alguém que não lhe fizesse perguntas demasiadas para que ela não tivesse exposta sua incomunicabilidade fundamental, todo o seu mal-estar de ser viva? Num silêncio sepulcro, Vivian, naiviv, a contrária de si, a má viva, *naive*, subsistia. Enquanto isso, a outra mulher, aquela que a fazia refém de enigmas, recusava-se a negociar qualquer resgate, a falar sua língua. Talvez por isso, em segredo, Vivian tanto visitava o único território que podia acessá-la. Sim. Era muito bonita a sua caligrafia.

"Tenho a impressão de que Vivian carregava a impressão de estar o tempo todo fora do lugar, como se lhe faltasse algo, como se alguém não tivesse lhe revelado o sagrado segredo do feminino. Nos lugares que frequentávamos juntas, quando solteiras, lembro de achar que ela parecia sempre meio deslocada, ausente dos momentos. Ela fugia de maiores partilhas até mesmo com suas melhores amigas. Quase nada nos contava sobre o que se passava em seu íntimo. Não sou capaz de dizer exatamente o motivo de tudo isso, mas penso que essa sua inadequação era fruto da fantasia de que estava aquém do que se espera de uma mulher, talvez porque tenha sido muito criticada, desde menina. É possível, inclusive, que ela se escondesse do mundo como uma tentativa desesperada de mascarar sua vulnerabilidade, que tenha se apagado por medo de acabar reconhecida como uma impostora. Esse seu autodesprezo, parecia-me, desde aquela época, sem limites. Fora que, quando Malena nasceu, o fato de ela se sentir vigiada por Jean Vincent, em seus cuidados com a filha, deve ter sido insuportável. Presenciei, algumas vezes, ele se comportando como se fosse seu superior, como se estivesse no topo de uma hierarquia e tivesse todo o direito de exigir dela mais empenho e compromisso com a família. Mesmo Vivian sendo responsável por tudo da casa e viver recebendo elogios de admiração das pessoas da cidade por conta disso, Jean Vincent jamais parecia satisfeito com nada, fazia grandes exigências e sempre considerava um problema grave qualquer coisa que não houvesse saído dentro do previsto. Com certeza, muitas vezes, Vivian deve ter desejado jogar tudo para o alto para respirar fora daquele furacão que havia se tornado a sua rotina. Até porque, quando descobrimos que é pura ilusão a ideia de que marido e filhos nos salvarão de uma existência infeliz, ficamos todas chocadas, um tanto de luto por quem fomos e pela perda dos nossos sonhos. Talvez Vivian nunca tenha encarado esse seu primeiro vazio. É bem provável que, viciada na imagem de admiração alheia que despertava, tenha preferido aceitar tudo em troca dessa fantasia. Tanto ela quanto Nicholas precisavam, mesmo adultos, do olhar de reconhecimento alheio, ambos faziam qualquer coisa nesse sentido. Eu era muito jovem, no período em que os conheci, mas guardo fortes lembranças dela e de sua família. Vivian, pouco tempo antes de conhecer Jean Vincent, havia começado a estudar francês, acalentava a ideia de viver em Paris, respirar novos ares, ser livre. Era inspirador vê-la entusiasmada com esse projeto, inclusive, não duvido que tenha se casado contando que realizaria tal objetivo. Como sabemos, nada disso ocorreu. E mesmo compreendendo todo o sofrimento que ela passou nos seus últimos anos, para mim, foi um choque tremendo o seu suicídio", conta Andrea Canard, psicanalista e, nos tempos de escola, namorada de Nicholas.

Morta de orgulho. Costumamos usar essa expressão quando vemos uma pessoa fazer algo digno de nota, qualquer coisa que mereça ser elogiada enfaticamente. Mas se prestarmos atenção à literalidade das palavras, talvez fiquemos um tanto incomodados com o que isso significa. Porque a necessidade de ser é também a de estar com o outro, ou seja, a de tecer laços afetivos. E a medida da renúncia de quem se é para fazer elos pode ser destruidora para certos indivíduos. Basta pensar em Vivian, nos seus desejos abandonados de ingressar numa faculdade de psicologia e viajar para Paris, na sua autoimposição em se tornar uma esposa e mãe exemplar. Tudo isso para quê? Pela ilusão do amor alheio, para ser admirada por terceiros, por um senso interno avassalador de perfeição. Sem espaço para o desenvolvimento do seu potencial genuíno, aos poucos, dentro dela, foi apodrecendo justo aquilo que tinha de mais bonito, mesmo que ela não fosse exatamente capaz de perceber o que lhe acontecia porque, além de muitíssimo ocupada com os afazeres domésticos, ficou fissurada nos elogios que recebia. "Vivian sempre se mostrou uma preocupação para Margaret e John por conta de suas ambições. Fora que se acreditava que ela seria uma péssima dona de casa, pois não tinha aptidão alguma para limpeza ou cozinha. No âmago de seus pais, havia uma preocupação latente com essa sua não adequação aos papéis femininos. Talvez por esse motivo, mesmo que eles não gostassem nada do Jean Vincent, fizeram menos resistência do que o esperado ao casamento deles. É possível, inclusive, que até tenham se sentido aliviados ao verem a filha apaixonada por um homem. Sabem-se lá os preconceitos e medos que carregavam. A verdade é que, desde o começo, eu fiquei muito espantada em acompanhar a transformação pela qual Vivian passou. Tanto a emocional quanto a física. O nascimento da Malena teve um impacto impressionante sobre ela. Deixou de atender aos meus telefonemas, não comparecia mais aos encontros dos nossos grupos de amigos, era como se tivesse desaparecido do planeta. Entendo que a realidade da mulher se modifica quando ela tem uma criança, que surgem outras prioridades. Mas o caso da Vivian foi além disso. Hoje, tenho certeza de que ela estava tomada por uma tristeza avassaladora, algo que não cogitava ser possível e parecia incapaz de nomear. É provável, inclusive, que ela não quisesse nos ver porque não desejava mentir sobre si, ao mesmo tempo que também deveria lhe parecer insustentável falar com qualquer pessoa sobre o que a cometia. Qualquer palavra fora de contexto poderia gerar o pior julgamento que uma mulher pode receber: o de que não é merecedora o suficiente do milagre da maternidade. Isso deveria lhe parecer uma vergonha imensa e temia que Jean Vincent deixasse de amá-la. Por diversas vezes, tentei conversar sobre o que estava lhe passando, só que ela sempre se mostrava evasiva. Para piorar a situação, parecia que apenas eu estava me dando conta da existência de um problema. Porque, lá em Jackson, nossa comunidade não cansava de elogiar Vivian para Margaret, quase como se lhe atribuíssem propriedades mágicas. Vivian passara a ser vista como uma mulher admirável, sem distrações frívolas, apenas preocupada com o bem-estar da família, uma verdadeira super-heroína...", conta Eva R. Saint sobre sua melhor amiga.

Para onde vai aquilo que a gente nunca formula, mas que vive sobrevoando nossa mente, letras desesperadas por se tornarem palavras, revoada de pássaros negros em delírio?

Para um lago. Mortífero.

Vivian matando a todos de orgulho. Esplêndida e admirada na sua comunidade. Eterna e memorável na obra da filha. Morta? Viva, para sempre, Vivian. Representando. Representante. Representada. Em seu glorioso suplício.

A suave, mas estranha melodia sussurrada por Jean Vincent no ouvido de Malena quando do seu nascimento, algo como um canto nórdico, não saía da lembrança de

Vivian. Uma memória auditiva meio perversa porque, ainda que tentasse, ela não conseguia reproduzir o que havia escutado. E nem valia que se esforçasse muito para tanto, pois nas poucas vezes que o fez, sentira-se perdida já de início, embora tivesse perfeita clareza da música que estava impregnada em sua alma. Essa dissonância, essa sua incapacidade de materializar em sons ou palavras o que habitava dentro de si, obviamente, causava-lhe muito prejuízo, mas estava de tal modo confusa e exausta que o custo do enfrentamento de mais uma dificuldade lhe parecia demasiadamente alto. Então, optava por evitar mergulhos íntimos mais profundos, melhor fingir que preferia vagar sem rumo. E nas poucas vezes que pediu para que Jean Vincent cantasse novamente aquela melodia, ele assoviou uns sons que não condiziam com os que ela havia retido no seu espírito. E sempre quando ela mencionava tal fato, ele se irritava, dizia que ela devia estar ficando completamente maluca, pois não fazia o mínimo sentido o que tentava insinuar. Afinal, por qual motivo ele a enganaria, faria algo dessa ordem? Nessas horas, é verdade, ela nunca sabia como retrucar suas falas, restava emudecida, até porque as brigas do casal se faziam em dois idiomas que não se cruzavam de fato, restando sempre inacabadas, como se não completassem todo o seu ciclo. Mesmo que rebaixada a um certo silêncio, a verdade é que Vivian guardava a convicção de que não há nada mais perene do que a memória auditiva humana, pois a mente pode até perder a razão, mas os sons marcantes de nossa existência serão sempre reconhecidos por nós, mesmo que tenhamos esquecido de quem fomos. O nascimento de Malena, sua única filha, portanto, estaria por toda a existência ligado a essa recordação involuntária, a essa música não identificável pronunciada por Jean Vincent, a essas doces sentenças ritmadas de um jeito intraduzível para ela, logo ela, a mãe, a mãe da menina. Amor talvez fosse o nome da canção que guardava no peito, mas que a garganta não parecia capaz de reproduzir, mas amor talvez também pudesse intitular esta sinfonia do Jean Vincent para a menina. Não, nada para o seu marido podia ser do tamanho ou jeito esperado, ele equilibrava aquele raro encanto que os excêntricos carregam consigo e todo o seu muito, para os que não conviviam com ele, parecia algo interessante demais, enquanto para ela passara a se tornar suplício. O *amor, o amor, o amor*, ao seu redor, as pessoas não paravam de dizer, repetir, minuto a minuto. O amor como uma substância mágica para o fim de qualquer mal, o amor como uma solução para todas as dificuldades do mundo, o amor como aquilo que faria com que sua neném aceitasse logo o seu peito, o amor como o remédio que curaria todas as cólicas dela quando o sol as abandonava, o amor como a manifestação da providência divina que faria secar suas lágrimas nas madrugadas em que atravessavam insones, o amor, o amor, o amor, essa coisa imensa que, ao mesmo tempo, transmutava-se em palavra pequena, o amor, o amor, o amor, essas quatro letras de uso tão excessivo que acabavam se tornando um fardo, algo pesado demais para ser carregado por Vivian.

"Se dizem que, logo quando nasci, minha mãe era vista como um modelo maternal a ser seguido, ela jamais foi tolerada por Marlene e Michelle, minhas tias paternas. Francesas, ou seja, criadas numa cultura que pensa a parentalidade de forma muito distinta da norte-americana, elas não suportavam nada do que minha mãe fazia. Seria todo aquele incômodo que as duas sentiam uma espécie de eco do abandono afetivo que sofreram de Lourdes? Nunca saberei. A realidade é que, mesmo ainda sem filhos, elas se supunham grandes conhecedoras de educação infantil e se dedicavam a criticar, ainda que de forma velada, o modo como minha mãe escolhia me vestir, o jeito que ela me alimentava, as histórias que me contava para dormir, as ideias de mundo que tinha, ou seja, faziam sempre questão de colocá-la num lugar de absoluta insuficiência perante tudo. E embora mamãe também tivesse boas condições financeiras por conta de meus avós, minhas tias se acreditavam superiores a ela, as duas se pensavam verdadeiras aristocratas europeias. Então, ambas se consentiam uma espécie de legitimidade imaginária para se comportarem de um jeito sutilmente violento. Meu pai gostava de tê-las por perto e quase nunca dava razão para minha mãe. Quando ela reclamava dos abusos de suas irmãs, ele insistia que não iria ficar se intrometendo em futricas de mulherzinhas. O fato também de ele não elogiar toda a dedicação dela para mim, de certa forma, devia soar como se estivesse em concordância com minhas tias. E como tanto Marlene quanto Michelle sempre faziam questão de estarem presentes ao longo do meu crescimento, mais especialmente naqueles momentos que costumam formar boas memórias, eu também as adorava. Inclusive, muitas vezes, desobedeci às ordens da mamãe para agradá-las", revela Malena, depois de três taças de vinho tinto.

"Eu sei que é delicado tocar nesse ponto porque, na época, Malena não tinha consciência perfeita dos seus atos. Mas se Vivian passou seus últimos anos devastada por tudo que ocorreu com sua família, também precisamos ressaltar que seu cotidiano não era facilitado pela filha. Acho que sua depressão foi causada por muitos fatores, inclusive pela rejeição que sofria por parte da menina. Havia um descompasso grande entre as duas, foi assim, desde os primeiros anos. Mesmo se esforçando para ser amorosa, Vivian era tratada como uma escrava por Malena. Desde miudinha, ela fazia de tudo para destituir a mãe, não pensava duas vezes em deixá-la desconfortável, inclusive, na frente dos outros. Cansei de vê-la propositalmente criando intrigas para prejudicar Vivian perante Jean Vincent, parecia que sentia um prazer grande em causar brigas entre o casal. No fundo, acredito que Malena desejava mesmo que os pais se separassem, devia pensar que, deste modo, teria a atenção total dele. Quando alguém elogiava Vivian, por exemplo, ela ficava nervosa, irritada, como se fossem rivais. Tinha um temperamento muito difícil, explodia quando contrariada, Margaret ficava botando panos quentes, mas essa é a realidade. E além de tratar Vivian de modo agressivo, Malena também não lhe dava um segundo de paz, ficava comentando coisas pejorativas a seu respeito e fazendo piadas de mau gosto. Sempre considerei horrível esse comportamento, achava estranhíssimo uma criança assim, sentia raiva, não vou mentir que, muitas vezes, tive vontade de botá-la de castigo, ficava com ódio da idolatria dela pelo pai, enquanto a mãe ficava encarregada da parte mais difícil. E não pense que Vivian se comportava de modo passivo, não, nesses momentos, ela tentava repreender a filha, mas Jean Vincent não gostava, mesmo que Malena estivesse errada, defendia-a. Na cabeça dele, a menina sempre tinha razão e a culpa era de Vivian por não saber lidar de modo mais adequado com a criança. Como ele não suportava escutar choro ou grito, desautorizava a esposa perante a filha para resolver logo a situação. Além do mais, Michelle e Marlene também agiam de modo insuportável com Vivian, sou testemunha de tudo isso", diz Linda Jones, dama de companhia de Lourdes Matrice, desde quando esta adoeceu e até o último dos seus dias.

Nas trevas, atrás da porta, a taquicardia como máscara de um conjunto de lágrimas abortadas, impedidas de nascer no momento devido. O amor, o amor, o amor, que ignorância curiosa é a invenção da pureza. Porque se supor uma equação estável e se aferrar a uma identidade nos impede de fabular, construir outras circunstâncias de si. Esfolada, em carne viva, Vivian. Escondida num quarto escuro, tomada por um medo que se autobatizava, criando nomes próprios ruins. E, agora, o que lhe aconteceria? Restaria abandonada pelo marido? Perderia o já minguado afeto da filha? O que era aquilo que lhe passava? Por que seu coração quase explodia? Não, a outra mulher, a que morava dentro dela, a que escrevia, não chegou a mencionar em palavras, mas pensou que um infarto não seria mesmo uma má ideia de todo, pois uma doença física viraria protagonista da situação e a livraria por certo tempo daquela vergonha que sentia. Fora que serviria também de desculpa para ela esquecer que, acima de tudo, sempre tinham que estar eles, os membros de sua família. No alto, mas também ao lado, Deus. Cercada, portanto, ela não encontrava saída. Terceiro domingo. A consciência de Cristo. Advento. Renascimento de princípios? Malena se recusando a obedecer a ela, tentando lhe dar um beliscão, aos três anos, em plena igreja, falando palavrões (onde aprendera aquilo?) e Jean Vincent, tranquilo, fingindo não compreender nada do que a filha dizia, completamente omisso. Vivian perdendo completamente a calma, dando um tapa estalado no braço da menina. Sim, um daqueles tapas perfeitos, bem lindos. O imediato alívio. Antes do choro da criança, instantes de silêncio por conta do susto. Malena, lívida, não, a mãe, até então, jamais havia feito algo parecido. Em seguida, começaram os gritos, sua pele latejava, ardia, a missa sendo interrompida, toda a congregação olhando para eles, tentando compreender o que havia ocorrido. Vivian, estarrecida (alguém, ali, por acaso, percebera seu ato? alguém tinha visto aquilo?). Vivian sem saber como agir, devastada, havia agido com violência contra sua própria criança, não, isso não era admissível. Na volta para casa, parecia necessário escolher de onde não se aproximar, ela fugia dos vizinhos em suas existências alegres e malignas. A culpa, a mais arrogante das emoções, muitas vezes, fantasia-se de inocência, ou seja, sou bom, por isso, padeço, sou bom, por isso, não ajo, percebam, sou boa, por isso, aceito tudo, fui escolhida para a função mais especial, mártir da maternidade, bíblica categoria. O amor, o amor, o amor. O ódio, o ódio, o ódio, foi a filha que lhe fez experenciar com intensidade tudo aquilo que antes, apenas por cima, conhecia. Que curiosa ignorância é a invenção da pureza. Trauma não é consequência natural do machucado, mas solidão de ferida.

Estar vivo é sempre da ordem do inacabado. O perfeito morre rápido, não demanda movimento, estático fica. Mas ninguém precisa viver correndo maratonas para ser benquisto. E se sempre precisa clamar por aceitação para se sentir legítimo, sem dúvidas, há um problema importante nisso. Vivian tinha essa compreensão, mas parecia incapaz de reconhecer que algo de muito ruim começava a habitá-la, na mesma medida em que ela tentava de modo desesperado se acomodar em sua realidade doméstica. Assim, ainda que ficasse muito irritada com as maledicências e intromissões das irmãs do marido, não se defendia de tais comportamentos como era de se esperar. Nessas situações, respirava fundo e pouco retrucava, contentando-se em dizer para si mesma que, diante de tantas coisas horríveis que podiam ter lhe acontecido, suas cunhadas pareciam um mal menor. Problema mesmo era se tivesse uma filha doente ou, sei lá, um companheiro violento e cheio de vícios. Não é que ela não tentava se defender, mas é que recuava, desistia no primeiro sinal de um mal-estar maior. Tal estranha passividade, inclusive, era estimulada por sua própria mãe que, com frequência, colocava panos quentes nas situações desagradáveis criadas por Michelle ou Marlene, insistindo que Vivian as perdoasse, pois elas não passavam de pobres moças enciumadas por não terem suas próprias famílias. Quando, por exemplo, Margaret percebia que Vivian estava prestes a subir o tom, ela fazia questão de recriminá-la, mandava que se controlasse, pois um comportamento raivoso poderia irritar Jean Vincent e atrapalhar seu casamento. Em certas circunstâncias, Margaret tentava até atribuir a culpa pelas desavenças para sua própria filha, defendia que ela tinha que dar conta de suas emoções, afinal, que tipo de esposa e mãe seria ela se não fosse capaz de fazer isso? “Margaret era uma mulher do seu tempo e, em sua opinião, apenas pior do que Vivian ter se casado com aquele estrangeiro era a possibilidade de ela ser abandonada por ele. Os Taylor temiam muito os olhares de sua comunidade, sentiam-se orgulhosos da reputação que construíram e pareciam atordoados com a ideia de falharem em público, pois uma filha separada lhes soava como uma mácula que carregariam pelo resto de suas existências, como se eles não a tivessem criado bem o suficiente. Este desprestígio social lhes parecia insuportável. Então, mesmo cientes das dificuldades que Vivian atravessava, defendiam que ela fosse forte para suportá-las, afinal, tinha que se responsabilizar pelo destino que havia escolhido. Não tenho dúvidas de que eles não dimensionavam o tamanho do sofrimento da filha, agiam deste jeito por conta da moral daquele tempo, que demandava das chamadas 'pessoas de família' uma obediência desmedida a determinadas ideias fixas", reflete Marion Trindad, professora de francês de Vivian e uma das poucas mulheres com quem, depois do nascimento de Malena, esta ainda se encontrava.

Uma comida que não estivesse de acordo com o seu gosto. Uma roupa que ficasse pequena numa das crianças, mas que, por algum lapso, permanecesse por mais tempo no armário. Na rotina da casa dos Taylor, qualquer discreto erro ou tropeço era motivo para que John perdesse a paciência com Margaret ou os empregados. E, mesmo na frente de Vivian e Nicholas, ele entrava em conflito com a esposa, acusando-a de incompetente, dentre outros adjetivos impronunciáveis. Ainda que em quase a totalidade do tempo, John fosse um homem gentil, o estrago causado por esse seu mau temperamento, por essa sua incapacidade de se controlar quando contrariado, era, sem dúvidas, imenso. Seus funcionários, assim como os parentes, nunca pareciam exatamente à vontade em sua presença, pois temiam que qualquer passo em falso pudesse colocar a perder a harmonia que, a duras penas, cultivavam. Todos que conviviam com John se sentiam, portanto, ameaçados por suas imprevisíveis e iminentes explosões de humor, não lhes soava seguro ou confortável simplesmente existir por perto daquele homem com um equilíbrio emocional tão precário. E mesmo quando ele agia de forma generosa, presenteando ou permitindo elogios para seus dois filhos, ambos ficavam intimidados, pois lhes parecia que, a partir daquele instante, tinham que andar eternamente na linha, sob o risco de não merecerem a confiança que o grande John lhes havia destinado. Muito rigoroso, o pai tinha toda uma métrica própria de avaliação das circunstâncias e, muitas vezes, agia de forma injusta com quem o ladeava. Suas penas e sanções não restavam definidas em critérios objetivos e variavam de acordo com o modo como ele acordava no dia. A verdade é que John, mesmo para os filhos, com frequência, apenas oferecia proteção caso seus comandos fossem atendidos. Não por falta de um amor genuíno por eles, é preciso que se diga. Mas porque, infantil como todos os tiranos, John se afetava com coisas minúsculas, supunha que o universo deveria funcionar de acordo com suas ordens. Vivian, muito sábia desde menina, antecipava o desastre paterno. De certo modo, ela até queria isso, ao mesmo tempo em que também se culpava por esses instintos. Só que a despeito desse seu desejo involuntário, naturalmente tão ambíguo, a mitologia é soberana. E, sim, é certo que existe um David para todo Golias. Como uma espécie de discípulo norte-americano de Hermann Kafka, John construíra um tribunal implacável para julgar e punir quem o desagradava, afinal, tinha o costume de se acreditar sempre na posição de vítima. Até que, infelizmente, tornou-se real a sua expectativa.

Não é segredo que o cotidiano, essa nossa sucessão de dias automáticos criados para que tenhamos algum descanso de quem somos, muitas vezes, impede que observemos cuidadosamente os que estão próximos de nós. Ante a chegada do incerto em nossas existências e incapazes de enxergar totalidades por estarmos quase sempre perto demais dos nossos afetos, somos, então, tomados pelas circunstâncias de nossas rotinas. Assim, mesmo que tenhamos noção da nossa falibilidade, de que não podemos saber com certeza o que se passa no íntimo daqueles que amamos, no fundo, fazemos uma aposta inventada no contrário dessa premissa, para que possamos seguir, sem maiores preocupações, nosso caminho. E depois de um período de acomodação com a presença alheia em nossas vidas, tendemos a tomar como garantida a perpetuidade de nossas relações pessoais, passando a investir nossa energia em novos encontros. Especialmente por conta da pesada herança deixada pela morte precoce de sua mãe, Malena jamais perdeu de vista o fato de que seus amores deveriam ser cuidados. Não raro, ela se ocupava, inclusive, muito disso, renegando toda a sua experiência subjetiva em prol do que ela suponha que era o seu único lugar seguro no mundo, ou seja, a família que havia constituído. Com uma frequência maior do que ela mesma gostaria de admitir, desde o início da convivência com seu marido e filhos, ela os observava sobressaltada, questionando-se sobre aquela calma felicidade que passara a lhe fazer companhia. Muitas vezes, ficava inquieta com a possibilidade de que eles estivessem carregando algo de estranho, qualquer coisa que ela fosse incapaz de perceber, talvez um lado obscuro ou aterrorizador que pudesse colocar em jogo a segurança de que tanto precisava. Mas a realidade é que quando alguém sofre um trauma muito profundo e se organiza em torno do seu próprio medo, muralhas são construídas e tal encastelamento guarda um preço. Ninguém pode viver tentando escapar eternamente do que já ocorreu consigo ou com os seus. Mesmo diante do mais terrível desfecho, um filho nunca deve levar adiante a história dos seus pais como se sua tivesse sido, é preciso que entenda a própria impotência, afinal, ele chegou depois na vida. Fora isso, não se honra a memória dos que vieram antes de nós, reduzindo-os a uma situação infeliz, ignorando o que houve de múltiplo, bonito e único em suas narrativas. Fazer o contrário é insistir em seus erros, tornar presente seus pesadelos, consentir a possibilidade de repetição de velhos destinos. Para muitos, a autopunição se revela um modo de se fazer parte de uma linhagem, algo como "sofrer para merecer o reino dos céus", padecer como uma espécie de prova de iniciação necessária para ocupar um espaço privilegiado em determinadas hierarquias. Mas, sim, como já intuímos, lealdades cegas quase sempre são mortíferas. E, na visão de Malena, foi justo isso o que ocorreu com Vivian.

Merwin Coleman não entendia de mulheres. Embora irmão de Edward e Martin Coleman, duas figuras que faziam muito sucesso tanto com o público feminino quanto no pior do noticiário local, ele jamais havia sido bem-sucedido em suas investidas românticas. Nos anos de colégio, alimentara uma paixão secreta pela menina mais bonita da sala e, durante tempos, na privacidade do seu travesseiro, fantasiou encontros e beijos apaixonados, apesar de sempre ter lhe faltado a coragem necessária para revelar o que sentia. Silencioso e benquisto na comunidade, passou a ser demandado pelos vizinhos para fazer trabalhos variados nas redondezas, algo que o colocava em destaque quando em comparação aos destinos erráticos dos outros rapazes de sua família, mas não o suficiente para que fosse visto por eles como alguém respeitável. Magro, de estatura baixa e aparência frágil, Merwin, na infância, parecia um problema para os descendentes de irlandeses com quem dividia o sobrenome. Nas ruas e outros espaços públicos, todas as vezes que sofria implicâncias dos outros meninos, era defendido por um dos seus cinco irmãos. Só que em casa, algo de muito estranho acontecia, e eles se tornavam seus piores algozes, ora porque estavam entediados e não sabiam o que fazer com isso, ora porque acreditavam que uma lição bem dada permitiria que a força do masculino fosse incorporada ao "Merwin punhos de menina". Se o mundo tinha regras, se a convivência com outras pessoas demandava certos limites, a maioria dos filhos de Dora e Arthur Coleman parecia desconhecer tais informações. Como sempre andavam juntos, os garotos Coleman, na adolescência, eram vistos como um bando de desordeiros que impunham certa sensação de perigo para os que cruzavam seus caminhos. No cinema, faziam algazarra, nos banheiros e transportes da cidade, provocavam tumultos e gritarias. Tais posturas quase nunca lhes geravam as consequências merecidas, dizem que por conta de um tio envolvido com a máfia. Aparentemente, até a polícia acabava relevando eventuais pequenos delitos que eles cometiam por receio de um enfrentamento desnecessário com a ala realmente perigosa da família. Deste modo, embora o mau comportamento fosse característico desses rapazes, na vida adulta, apenas Edward e Martin se tornaram efetivamente criminosos. Os demais acabaram encontrando modos menos condenáveis de sobrevivência, mesmo que não fosse possível precisar qual tipo de atividade profissional exerciam. Como personagens de um filme ruim, eles possuíam existências típicas dos homens do seu bairro, ganhavam baixos salários em trabalhos por temporadas, recebiam subsídios do Estado, procriavam, bebiam, casavam e se divorciavam numa velocidade maior do que o recomendado. Apenas Merwin, como de costume, fugira do previsto. Já adulto, ele possuía endereço fixo e um emprego formal, além de permanecer solteiro e sem filhos. Organizado e atento ao que os patrões ordenavam, mesmo que carregasse um profundo senso de inferioridade, nunca desejou pouco para si. Se quando menino aceitava as migalhas de atenção e afeto que lhe eram destinadas, isso não o impedia de sonhar tempos melhores. Intimamente, inclusive, ele se sentia vitorioso por não carregar os estigmas que rondam quase todos os nascidos em lugares precários, tentava escapar dos signos de pobreza que lhe eram tão conhecidos, buscava se distinguir dos pais e irmãos. No supermercado, pagava suas compras em dinheiro vivo, recusando-se a utilizar os cupons de descontos dos jornais. A mera lembrança de sua mãe, sempre dependente de alguma promoção para garantir alimento na mesa, causava-lhe um sentimento difícil de definir, qualquer coisa entre vergonha e compaixão. O valor do seu aluguel, todos os meses, era depositado na data exata do vencimento, e a dona da pensão, apesar de costumar cumprimentá-lo com um tom de voz polido o suficiente para deixar claro que não desejava maiores intimidades, respeitava-o, ao contrário do que fazia com os outros inquilinos. Com esforço e dedicação, dia após dia, ele se educava e aprendia os códigos comportamentais dos que admirava. Muito distante do seu universo original, daquela verborragia afetada dos seus parentes, daquelas palavras bruscas pronunciadas a esmo, daquela sua gente que não sabia se comunicar direito e acreditava que sinceridade em excesso era virtude, quando na realidade não passa de falta de educação, Merwin Coleman se aproximava, cada vez mais, de quem tanto queria se tornar. Aos poucos, como no conto *O patinho feio*, ele seguia em direção ao seu verdadeiro ninho, precisava apenas que alguém visse nele algo de especial, que reconhecesse seu valor e lhe desse uma primeira oportunidade significativa. Em dezesseis de junho de mil novecentos e cinquenta e sete, quase como por um passe de mágica, então, isso ocorreu.

Merwin Coleman não entendia de mulheres. Pequeno, quando alvo dos ataques e escárnios alheios, seu imenso desamparo o impelia a fazer coisas agradáveis para ver se isso revertia a postura de seus agressores. Mas o fato é que tal comportamento apenas estimulava ainda mais a ira alheia. Nas vezes em que fora obrigado a assistir às rinhas de galo que seu avô paterno promovia, vomitou. Ao contrário dos irmãos, que pareciam uns animais salivando pela desgraça daqueles bichos e que se sentiam importantes por serem herdeiros do patrocinador daquele espetáculo lamentável, Merwin passava noites em claro relembrando aquelas cenas horrendas e não sabia nem dizer ao certo se o seu nojo maior era das aves mortas ou daqueles homens imundos de sangue sentindo prazer com algo tão terrível. Certa vez, inclusive, com pavor de ser obrigado a ficar indo todo domingo naquilo, tentou dividir esse seu mal-estar com a mãe, mas desistiu ao percebê-la distante como de costume. Dora Coleman era uma mulher ainda relativamente jovem, mas que parecia bem mais velha devido aos muitos maços de cigarro que fumava e às suas longas jornadas de trabalho na fábrica. Com o pai, Arthur, ele nunca se atrevera a dizer uma palavra sobre o assunto, afinal, qualquer coisa era motivo para que este se sentisse insultado e esbofeteasse os filhos. Mesmo nas vésperas de sua morte, período em que já restava muito doente, ele deu um pontapé na mesa da sala ao descobrir que não existia mais nenhuma bebida alcóolica no armário. Muitas vezes, Merwin se questionou sobre o motivo de sua mãe, uma moça que retratos antigos declaravam certo encanto sem artifícios, ter se enamorado por um homem tão brutal quanto seu pai. Causava-lhe ainda mais estranheza o fato de que ela, mesmo depois de sofrer tantas humilhações, nunca haver cogitado se divorciar dele. Será que se comportava assim em nome dos filhos? Pelo desejo de preservação daquela família bizarra que, apesar de tudo, era a única que tinha? Porque, sim, francamente, os pais nunca foram felizes juntos, se fechasse os olhos e tentasse lembrar de um momento de paz que vivenciaram, Merwin não conseguiria. O mundo, sim, parecia-lhe ilegível. Fora que é também como sempre soubemos: Merwin Coleman não entendia de mulheres. E sua mãe não era exceção a isso.

Merwin Coleman desejava desesperadamente ser reconhecido por aquilo de especial que morava dentro dele e que parecia, para os outros, intraduzível. Merwin Coleman desejava desesperadamente ser visto pela mulher por quem se apaixonara como alguém digno de ser amado. Então, muitas vezes, quando a encontrava no trabalho, ele tentava puxar algum assunto e recebia dela alguma atenção e simpatia, mas as interações dos dois não iam para frente, não passavam disso. E sempre que ela lhe dirigia a palavra ou fazia qualquer questionamento, ele mergulhava num poço e respondia com frases meio sem sentido, algo que o fazia parecer ainda mais esquisito do que já parecia. Foram anos desse jeito. Ele acordando e se prometendo que, naquele dia, tomaria coragem e lhe revelaria o que sentia. Ele, horas depois, voltando para o seu quarto frustrado por se perceber, mais uma vez, incapaz do mínimo. Merwin Coleman vivia um inferno dentro de si porque tinha pavor de ser rejeitado e sabia que seu profundo sentimento por aquela garota era da ordem do impossível. Assim, quando descobriu que ela havia encontrado um namorado, ele não derramou uma lágrima, mas queimou de febre em toda a madrugada seguinte. Seu corpo doía tanto que, pela primeira vez na vida, precisou faltar ao serviço. Merwin Coleman, então, viu diversas estações do ano se despedirem, enquanto nada de notável lhe acontecia. Em sua história, não parecia existir Deus algum, nem mesmo um *ex machina*. Seu grande amor, agora, além de casada, estava grávida. Teria um filho de outro homem e, às noites, era com esse sujeito que ela se aninhava na cama, enquanto Merwin se sentia completamente sozinho. Tudo apenas não era pior porque, apesar do seu imenso tormento, ao menos, ele continuava exercendo o seu trabalho de estoquista e até um acréscimo na sua remuneração havia conseguido por conta do seu bom desempenho. Consolava-se tentando acreditar que, ao menos, não havia arriscado seu emprego em nome de um sentimento que, certamente, não seria correspondido e acabaria o levando à ruína. Nos instantes mais difíceis, quando a saudade apertava, ele abria sua caixa secreta de recordações e revivia os momentos que partilharam, ao longo dos anos, a partir dos objetos antigos dela. O que, na primeira ocasião, foi somente um gesto impensado, acabara se tornando um hábito: tudo que da mulher que amava ia para o lixo acabava recolhido por ele e guardado a sete chaves no seu armário. Aqueles, sem dúvidas, eram tempos muito duros. Merwin quase não mais a via.

Nunca se terá como saber com exatidão como tudo se deu. Mas a versão oficial é que, na semana do acontecimento, John Taylor, num rompante, mandou embora três dos seus sete empregados porque se irritou ao descobri-los, no estoque, rindo entre si, enquanto muitos clientes aguardavam para serem atendidos na parte externa da mercearia. E que, como quase todos que costumam agir precipitadamente, John acabou cometendo uma grave injustiça. Porque, ao contrário do que pensou ter visto, Merwin não estava se divertindo ao lado dos colegas, mas apenas se defendendo das brincadeiras de mau gosto que estes faziam. Ou seja, naquela circunstância, Merwin não passava de uma vítima. Humilhado e coagido pela escuridão mais profunda da condição de um ser vivo, a vergonha de si, Merwin aceitou a demissão com seu silêncio característico. Três dias depois, segundo os relatos de vizinhos, no fim do expediente, enquanto Nicholas e Margaret fechavam o caixa da mercearia, dois bandidos anunciaram o assalto. John, que estava próximo do filho, reagiu e foi o primeiro a ser baleado. Margaret e Nicholas conseguiram até chegar ao hospital com vida, mas também não resistiram. Edward e Martin Coleman foram mortos pela polícia, na semana seguinte, depois de uma intensa caçada. Contaram que o irmão, embora não partícipe do crime, fora quem havia lhes fornecido detalhes da rotina daquela família. Merwin, ainda na noite do assassinato dos Taylor, havia sido encontrado em seu quarto.

Tudo no ambiente estava fora de ordem, destruído como se um urso por lá tivesse passado. Ninguém se interessou em averiguar muito as circunstâncias de seu enforcamento porque ele não importava calado. Assim, nem mesmo nessa ocasião, Merwin teve qualquer instante de brilho ou protagonismo. Perto do seu corpo sem vida, no meio de uma bagunça enorme, restavam intactos os pertences que ele colecionava de Vivian.

* * *

"Não é exagero dizer que minha mudança para o Brasil foi facilitada pelo enorme encantamento que sinto pela Claudia Andujar. Eu sei que pode parecer estranho, mas além daqueles clichês do país que todos conhecem, ela era a mais importante referência cultural que eu tinha daqui. Em que pese nossas evidentes diferenças artísticas, afinal, minha fotografia parte da recriação fantástica do real, enquanto a dela tem por objetivo revelar o fantástico que o real indígena carrega, posso admitir que meus trabalhos iniciais foram muito influenciados pelos clássicos dela. O meu favorito absoluto é a imagem da jovem Susi Korihana thëri quase toda mergulhada em um igarapé, registro feito pela Claudia, em Roraima, na década de setenta. Além dessa admiração profissional, existem outros paralelos entre nós. Parte da minha história pessoal conversa com a dela. Nossos parentes foram brutalmente assassinados (os da Claudia em Auschwitz e Dachau, os meus em Jackson, no Mississippi). Marcas intergeracionais de qualquer atrocidade sempre sobrevivem nos que sobrevivem. Inclusive, durante anos, eu não suportava falar do assunto, evitava qualquer pergunta, saber que os outros possuíam conhecimento do que havia se passado comigo me parecia apavorante. Quase como os Yanomamis, que se desfazem de tudo relativo aos seus mortos, durante anos, meu desejo foi apagar qualquer rastro de minha mãe, tio ou avós maternos, não queria falar mais seus nomes, cogitei até queimar suas fotografias. Sentia como uma maldição o que havia lhes acontecido e queria fugir de um destino semelhante. Só depois que comecei a fazer análise, diante dos problemas que enfrentei no pós-parto de Edoardo, passei a ser capaz de enfrentar tudo isso. Talvez o que eu não aguentava, de verdade, era me ver refletida nos olhos alheios como uma espécie de grande vítima, recusava essa alcunha que me soava como uma declaração de inferioridade. Pedir ajuda sempre me pareceu muito difícil. Como a Claudia, eu também me mudei sem falar uma palavra de português e, durante um bom período, fiquei isolada, minha única forma de comunicação com as pessoas daqui se dava a partir dos retratos que eu me propunha a fazer delas. Nem eu ou meus filhos, quando chegamos, fomos exatamente acolhidos por amigos ou vizinhos. Nossa adaptação foi bastante difícil. Mas sempre que eu cogitava desistir, voltar para os Estados Unidos, lembrava-me do *mapa-múndi* de minha mãe que tinha o nome Brazil circulado. Ela tinha o grande sonho de conhecer este país. Que fascinante são as coincidências da vida. Curiosamente, hoje em dia, sinto-me mais próxima dela por morar aqui."

* * *

Meu avô paterno, o então advogado Luiz Antônio Grimaldi, foi um dos deputados estaduais eleitos pela UDN, no pleito brasileiro de mil novecentos e cinquenta e quatro. E embora esse fosse o seu primeiro mandato, fazia muito tempo que ele circulava com desenvoltura pelos ambientes parlamentares da época. Jovem, carismático, bonito e seguro de suas decisões, desde muito cedo, Luiz Antônio se mostrara um líder inevitável, acumulando passagens por grêmios e entidades estudantis. Assim, se sua carreira fora, sem dúvidas, impulsionada por aquilo que os historiadores convencionaram chamar de "amizade de resultado", ou seja, relações de convivência entre homens brancos poderosos com o intuito de formar alianças que permitiam a manutenção de suas estruturas de poder, ele também possuía características bastante singulares. Hábil leitor de pessoas, costumava encantá-las com suas observações feitas sob medida e gentilezas aparentemente desinteressadas. Sedutor, exercia um imenso fascínio sobre o eleitorado feminino, pois parecia não apenas um político sensível, mas o marido ou genro dos sonhos de qualquer mulher. Sim, donas de casa suspiravam ao vê-lo falar, mas isso não o impedia de receber também a necessária aprovação do público masculino. Dono de um toque de rebeldia, ele arrebatava corações com sua retórica populista que contrastava com o legado de sua própria família. Ao contrário de seu pai, reconhecido com um desenvolvimentista, Luiz Antônio era arrojado e trazia uma certa sensação de frescor à cena local. Embora tenha aderido à UDN, partido de perfil conservador, é verdade que qualquer coisa de sua impetuosa adolescência socialista sempre o acompanhou. Talvez a capacidade desmedida de fazer o que era preciso, quando isso lhe parecia necessário. Talvez uma certa coragem de não medir consequências para encontrar seu objetivo atendido.

Muito pragmático, em mil novecentos e sessenta e quatro, apesar de ter demonstrado respeito às Forças Armadas, meu avô se revelou, por exemplo, contrário à tomada de poder pelos militares. Só que sua posição frente aos fatos mudou tão logo compreendeu que o novo regime se mostrava inevitável. Em sua visão, era sempre preciso negociar com quem tinha a caneta, toda utopia de resistência lhe parecia uma grande tolice, as pessoas sofreriam muito mais com uma instabilidade institucional, aliar-se aos vencedores e fazer algo disso, portanto, parecia ser o melhor caminho. Em mil novecentos e sessenta e seis, já devidamente parte do novo *status quo*, foi nomeado governador e estabeleceu uma nova tradição oligárquica em sua terra natal.

Competente gestor, Luiz Antônio pavimentou um novo protagonismo para seu estado e se reelegeu com folga sempre que desejou. Seus negócios, fora do exercício da coisa pública, também ganharam fôlego, tendo ele se tornado sócio da mineradora DK+, além de duas empresas jornalísticas. Amado pela maioria do povo, seus planos pareciam ir na direção devida, ocupar a principal cadeira da política nacional certamente seria seu destino.

* * *

É no segundo ambiente do *Piscinas Russas* que Malena Matrice nos apresenta aos retratos dos Grimaldi. Assim, somos convidados a entrar numa ampla sala preenchida por cavaletes de vidro projetados à la Lina Bo Bardi. Em quase todos eles, encontramos fotografias antigas, ao lado de reproduções dessas em pinturas, executadas com maestria por Matrice. Na primeira delas, vemos uma imagem de meu avô Luiz Antônio, ao lado de minha avó, Esther, e de seus cinco filhos. Batizada por Matrice de "Notas sobre uma família infeliz", imediatamente percebemos que todos os retratados guardam uma expressão solene no rosto, nem mesmo nas crianças restando vestígios de sorrisos. Ao lado de tal obra, passamos então a observar Luiz Antônio quando da sua posse como Senador da República, quadro ironicamente nomeado pela autora de *The Great Grimaldi*. No cavalete seguinte, voltamos a ver os rostos, mas aqui já adultos, de Maria Alnilam, Maria Alnitaka e Maria Mintaka, as filhas do casal Grimaldi, apelidadas de "As três Marias". Por fim, somos apresentados aos quase indistinguíveis gêmeos Luiz Antônio e Antônio Luiz, também personagens importantes de *Mundos de uma noite só*, meu último livro.

* * *

Assim como arte genuína, vida não é coisa que se lê de modo estanque, que se faz inteira quando da reunião de seus pedacinhos isoláveis. Há algo que não se nota na junção de seus episódios: uma certa cola invisível que estabelece bordas de compreensão e que precisa ser tratada como fronteira impermeável. O real nunca se pôde e existem, afinal, mais insetos no mundo do que conseguimos contar. Ao biógrafo, cabe respeitar o mistério constitutivo de suas personagens e escutar quem fala sobre elas justo a partir de suas circunstâncias, incluindo fraquezas de caráter. Afinal, intenções e vilanias nem sempre se mostram previsíveis e memória é mercadoria que se escolhe. Ao revés do que se poderia acreditar, quem investiga a existência alheia não deve sair escancarando todas as portas sem critério, interpretando os passados dos outros com voracidade. O fim de uma biografia deve ser sempre o seu princípio: narrar alguém a partir de um exercício de honestidade intrínseco. Averiguar fatos em sua condição primeira de existência, sendo capaz até mesmo de consentir sua falta de verossimilhança, parece-me o mínimo. Mas todas essas tarefas aqui descritas também são fundamentais para um bom romancista? Sábio não é o autor, seja de qual gênero, que compreende seus limites?

Confesso à Malena uma grande tristeza em me deparar com suas pinturas dos Grimaldi. Posso escrever sobre a vida dela de modo genuíno sendo parte, ao mesmo tempo, de sua narrativa? Estando tão emocionalmente ligada a tudo isso? Sou mesmo a melhor pessoa para levar ao mundo aquilo que, depois de um longo período nas trevas, a partir desta exposição, ela decidiu dividir?

"Não se nasce por acaso", ela me diz. Depois de uma pausa, continua seu raciocínio: "Na Alemanha, há uma palavra para quem, mesmo não tendo colaborado com o regime nazista, não se opôs propriamente a ele: *Mitläufer*. Sim, exatamente: Aida foi uma *Mitläuferin*. Mas nem eu, você ou Teresa jamais seríamos capazes de fazer parte deste coro dos que silenciam. Frente ao avanço do horror, não existe neutralidade possível. É por isso que estamos juntas. Coloque um *Talvez* no título do livro, assim se sentirá honesta com o seu leitor. E não fique tão preocupada. Toda biografia é sempre apenas uma tentativa".

Aida

Daqui, por incrível que pareça, pouco vejo, Malena. Não há memória sem terra prévia. Mas toda lama também se faz de águas sujas. Portanto, turva, em minhas próprias profundezas, afundo. Acorrentada ao que ainda não lhe confessei e aos momentos que me impedi de ter. Carregar todo um passado em segredo significa existir em cativeiro. Mesmo quando eu já estava muito velha, tinha certeza de que, a qualquer momento, alguém me desmascararia. Bastava que pensasse ter visto o rosto de um antigo conhecido para que ficasse apavorada, supondo que algo de muito trágico estava prestes a surgir. Por isso, sentia muito medo de comemorações ou momentos de brilho. Não queria nenhum destaque público, pois temia que isso fizesse com que me descobrissem. Sim, Malena, até o dia da minha morte, foi impossível esquecer o que fiz. Lembra de uma estupidez que lhe dirigi, no seu terceiro ano de casamento, quando descobri que você estava organizando uma festa surpresa para mim? Na época, eu me recordo que Thomas, para apaziguar os ânimos, preferiu lhe dizer que eu sofria de um trauma da guerra, que sentia culpa por ter sobrevivido, enquanto meus amigos não haviam conseguido sorte parecida. E que, por isso, eu reagia mal a qualquer celebração da minha própria vida. O que Thomas não sabia, Malena, era que minhas razões ultrapassavam muito tudo o que ele acreditava, são nos detalhes de cada pessoa que moram suas vírgulas, reticências de caráter costumam se disfarçar na paisagem das frases, na impressão de que sempre existe a possibilidade do mal-entendido. Podemos contar uma história real, mas se omitirmos uma informação importante dela, sem que aquele que nos escuta possa supô-la, estamos o enganando, escondendo, a partir de verdades, uma grande mentira. Aprofundar o meu contexto pessoal, mesmo para Thomas, sempre tão arrojado, corajoso, paraquedista, representava um esporte de alto risco. Eu precisava desesperadamente ser amada por este ser iluminado, enviado pelos céus para ser meu filho. Você não é capaz de imaginar quantas preces fiz para ter alguém como ele na minha vida. Caso ele tomasse conhecimento de como eu e o Ernest pensávamos, certamente, restaria no mais profundo conflito, talvez nunca nos perdoaria. Você bem sabe, Malena, que quando estamos sangrando, precisamos nos permitir respiros, aceitar abrigo. Claro, ali, naquela circunstância em que me recusei a permanecer no aniversário que você organizou para mim, já havia uma forte animosidade entre nós. Eu ficava muito irritada em constatar que você, que tanto me detestava, estava fazendo uma ação supostamente generosa apenas para posar de boa nora. Sendo que o pior, Malena, era que Thomas parecia mesmo completamente alheio a tudo que se passava entre nós e não me dava ouvidos, desconversava todas as vezes em que eu tentava falar sobre esses seus desvios de personalidade, julgava-os mera implicância minha. Quem vive para agradar os outros, Malena, não é apenas alguém sem coragem, mas um comerciante que negocia sua simpatia para, no futuro, cobrar dos outros um preço alto demais, colocando-se, então, para sempre, numa posição de vítima. O fato é que nunca suportei gente que mede palavras o tempo inteiro, embora, no início, eu também tenha me deixado enganar pela calma falsa que você transparecia. Sempre intuí, Malena, que se deve esperar coisas terríveis daqueles que nunca se permitem sair da linha e, perceba, eu não estava exatamente em erro, afinal de contas, o que foi aquele episódio da fralda se não a consequência óbvia de você não se insurgir, no momento adequado, contra aquelas minhas intromissões descabidas? Você pode dizer que aquela sua passividade era herança dos anos com sua mãe, do seu pavor de que, caso contrariasse Thomas, deixaria de ser desejada por ele, mas eu simplesmente não acredito nisso. É óbvio que, por diversas vezes, eu não agi como deveria com você, reconheço minhas falhas, inclusive, já lhe pedi desculpas por isso. Mas me irritava muito mesmo aquela sua vozinha suave que tinha como único objetivo controlar meu filho. Ora, Malena, mesmo que diga o contrário, sabe que Edoardo não foi nenhum acidente, você engravidou dele porque quis. Ora, Malena, você nunca foi santa, ao contrário de mim, deitou-se com mais de um homem e, mesmo experiente, teve a sorte de se casar com Thomas, um rapaz não apenas rico, mas também muito inteligente, bom e bonito. Isso não foi uma coisa do acaso, Malena, embora você gostasse de fazer parecer que sim. Mas o que mais me aborrecia era que, mesmo depois de ter conseguido tudo o que queria, ainda se julgava no direito de não ser feliz. Ora, Malena, grandes coisas aquelas fotos inventadas que você tirava, ora, você sabe que seu reconhecimento precoce também existiu por nepotismo, afinal, você é de uma linhagem de artistas e seu pai a ajudou muito no seu caminho! A primeira ocasião em que a vi sem essa postura de boazinha foi no dia do episódio da fralda. Fora de si, depois de desistir daquela loucura, você me ameaçou dizendo que desmentiria tudo para Thomas, caso eu lhe contasse o que havia se passado. Avisou ainda que, se não ficasse calada, falaria para ele que eu estava senil e que insistiria para que eu fosse morar numa residência de idosos. Lembro que, ao descobri-la, pela primeira vez, distante daquela personagem que você tanto sustentava, isso me permitiu uma espécie de alívio. Sim, já não se via mais sinais do seu transe maligno, era como se ele tivesse sido uma invenção minha, mas o mais estranho ainda foi que, também naquele instante, você começou a amar verdadeiramente o seu bebezinho. Agora compreendo que precisou ensaiar a perda dele para que pudesse suportar sua própria ambiguidade, vivenciar a possibilidade iminente de sua morte a obrigava a ir para o polo oposto, a aderir à narrativa do amor incondicional, da proteção sem limites. Há quem precise sentir, no pescoço, o sopro do fim para ser capaz de dar conta de um novo início. A beleza e o horror são irmãos, Malena, sempre se autoalimentam, ao contrário do que se pensa, eles jamais foram inimigos. Agora compreendo também que o fato de Edoardo não parecer nem com você nem com Thomas, causava-lhe calafrios. Agora compreendo também que você temia que ele fosse fruto de alguma aventura sua pregressa, mesmo que nenhum dos seus cálculos tornasse essa matemática possível. Agora, sim, Malena, somente daqui, rio abaixo de rio, eu compreendo que você criava motivos imaginários para se martirizar porque precisava se distrair do seu verdadeiro martírio. Todo lago tem barro embaixo, Malena, não se esqueça nunca mais disso. O único sítio confiável da memória é o coração, já que a mente, como seu próprio nome revela, é feita de mentiras. Mas como diferenciar medo de intuição? Você ignorava como responder às suas próprias inquietações, atravessava os anos desmaiando em si, com um buraco na barriga, atormentada por algo inexplicável. Sua respiração, por vezes, parava, ainda que você não fosse capaz de enunciar a razão do mal-estar que a abatia. Agora que conheço o seu insuportável, confesso que até me solidarizo. Porque eu também existi regida por algo parecido. Durante anos, trabalhei sem trégua porque era vigiada por uma voz interna que insistia em me culpar por tudo de pior que havia com Jules acontecido. Não, Malena, meus pais nunca compreenderiam o que se passava comigo, jamais foram afetuosos, não me deixavam sorrir, insistiam que a nobreza de alguém mora em sua resiliência, dirigiam-me o tempo todo críticas severas, pensavam-me apenas como extensões de si mesmos, eu vivia sob seus comandos infinitos. Na opinião deles, por terem me dado teto e comida, eu havia contraído uma dívida eterna, precisava obedecer a eles, ser para sempre subserviente. Foram muitos os episódios em que, em público, eles menosprezaram o que eu dizia. Como Nathalia, eu sonhava em escrever, tinha potencial nos estudos, mas eles só valorizavam o meu trabalho braçal, chamavam-me de preguiçosa e arrogante quando me pegavam entretida com livros. Não, Malena, nenhuma compreensão amorosa está assegurada pelos laços sanguíneos, pois nem sempre dividimos, como você bem sabe, uma língua com nossa família. E não existe personagem sem cenário, somos, sim, em boa parte, onde moramos, como esperar qualquer heroísmo, portanto, de alguém vindo de um ambiente tão infeliz como o meu? Naquele tempo, Malena, eu vivia no escuro, diante de um portão imenso, presa por um cadeado de aço numa existência sem sentido, meu teto havia desabado, minhas próprias paredes me espremiam. Como eu poderia, então, agir? Vendo todos os meus desejos serem, inesperadamente, esmagados? Como eu poderia, então, me sentir? Já que nenhum acesso a um mundo mais salubre, digno, me seria concedido? Nas piores madrugadas, Malena, eu pensava em Jó, consolava-me a partir do seu ato exasperado, no seu suplício consentido. E, sim, claro, eu desconfiava daquele messias a que meus pais tanto obedeciam, e, sim, claro, eu rezava todas as noites implorando a Deus que me permitisse uma saída, um novo destino. Além do mais, como eu poderia assumir algo que não sabia nomear e nunca tinha visto? Como eu tinha me deixado envolver por alguém que não reconhecia o nascimento do Senhor Jesus Cristo? A Bíblia, Malena, naquele tempo, servia-me não apenas como livro de cabeceira, mas também como uma espécie de segurança de que épocas melhores viriam. Eu precisava acreditar no meu crescimento pela dor, sim, alguma hora, eu também seria recompensada pelos meus anos de sofrimento, todo o meu esforço restaria reconhecido. A verdade, Malena, é que eu não percebia, de modo algum, que a vela que eu havia acendido era para o diabo. Nevava demais na Itália, lugar para onde fui levada. Mas a chama do inferno não se apaga nem assim.

Sagrado é aquilo pelo qual você se oferece em sacrifício. E antes de Ernest, houve Jules. A única pessoa que amei de verdade. A primeira que joguei no precipício.

Jules tinha uma pele levemente bronzeada, grandes olhos castanhos, muito vivos e expressivos. Quando me via, Jules sorria de canto de boca e, logo em seguida, direcionava seu olhar para baixo. Esse seu ato buscava mascarar sua timidez, mas conseguia o efeito contrário. Para Jules, Malena, eu era o mundo. E contemplar os vales, ao meu lado, lhe bastava.

Ao contrário de mim, Jules carregava uma estrela. Jules iluminava minhas noites e dias.

Eu te cantei, Jules, infinitamente. Em Roma, para onde fui levada, em ruínas, eu também estava. Que pedras você trilhou, Jules? Durante toda a vida, guardei aquela sua camisa comigo.

Eu te cantei, Jules. Infinitamente. Mesmo que meus hinos não passassem de gritos.

Teresa

É a nossa lembrança juntos que me socorre, Tom. Naqueles dias de catástrofe, quando meu corpo cogitava confundir vocábulos e queria que repouso se tornasse sinônimo de partida, passei a buscá-lo dentro de mim. Estranhamente, narrar para você tudo que me ocorria era algo que me acalmava e fazia com que me sentisse menos sozinha. Homens sempre me olharam com sede, você sabe disso. Só que a água daqueles três que me despiam era diferente: meu sangue com sódio, numa taça, desejavam verter. Ódio é coisa líquida: sem bordas, ele se espalha e a todos contamina. Mesmo assim, sólida, sobrevivi.

As três que avisam
Material bruto.
Depoimento de Teresa Almeida Versant para Malena Matrice.
Gravado em 21 de setembro de 2022, às 10:47, em sua residência.

[00:00:00]
"Nasci em vinte de junho de mil novecentos e quarenta e nove, numa maternidade pública, filha de uma costureira e um carpinteiro. Daquilo que ainda sou capaz de recordar dos meus primeiros anos de vida, lembro-me de ser tratada com muito carinho por minha mãe, Clemência Soares Almeida Versant. Órfã ainda na infância, ela havia sido criada por

uma madrinha que lhe fazia passar por muitas humilhações. Portanto, aos dezessete anos, logo depois de conhecer meu pai numa festa da praça, casou-se com ele, tanto porque havia se apaixonado quanto porque tinha que deixar com urgência o ambiente onde morava. Minha mãe queria muito ter seu próprio núcleo familiar e, a despeito de não ter recebido afeto de suas avós e tias, jamais cultivou amarguras. Todas as noites, antes de se deitar, ela nos distribuía beijos de boa-noite. Aos domingos, depois de adiantar as encomendas da semana, levava os três filhos para passear. Nesses momentos, enquanto caminhávamos pelos pontos turísticos da cidade, ela costumava nos contar fábulas cheias de significados morais. Também nessas ocasiões, sempre que lhe sobravam uns trocados, comprava saquinhos de pipoca para nós, atitude que nos deixava em êxtase. A verdade é que, mesmo tendo pouco, éramos felizes juntos e isso dignificava as nossas existências. Mesmo nas épocas mais difíceis, quando meu pai ficava sem serviço, mamãe parecia levar tranquila os dias. Ela possuía uma alegria genuína, não precisava de muito para sentir prazer. Um bolo com café, ao lado de alguma de nossas vizinhas, já a divertia. Dançar conosco, na sala de casa, também fazia com que sorrisse. Em grande medida, minha mãe se sentia uma pessoa abençoada, pois conseguira o que mais sonhou: um lar. Adorada pelas clientes, vez por outra, ela me levava, em suas mansões, para que eu aprendesse um pouco do seu ofício. Minha preferida de todas era Dona Rosalva, uma senhora muito simpática que, além de me oferecer biscoitos, acabou sendo decisiva na minha trajetória, pois custeou o curso de reforço que me permitiu ser admitida no Colégio de Aplicação. É claro que existia um contraste visível entre onde a gente morava e os lugares que visitávamos, mas, ao contrário do que se pode imaginar, eu não experimentava nenhuma revolta ou inveja de nada daquilo. Cresci sabendo que integridade não é sinônimo de dinheiro e achava que tínhamos tudo que se fazia necessário. Como você pode perceber, Malena, eu penso na minha infância como um período quase mágico. Se eu fechar os olhos agora, ainda consigo ver minha mãe com perfeição. Recordo-me de observá-la entretida com sua máquina de costura, enquanto eu e meus irmãos corríamos ao seu redor, brincando com as revistas de onde ela tirava seus moldes. Ela gostava muito do que fazia, mas matava um leão por dia e não se cansava de dizer que seu maior desejo era que os filhos estudassem. Queria nós três na faculdade e empregava todos os seus esforços para tornar isso possível.

No dia em que anunciaram meu nome no rádio por conta da minha aprovação no vestibular de medicina, minha mãe chorou. Na manhã seguinte, comprou o jornal e o levou para que as pessoas da nossa rua vissem meu nome na lista. Era como se ela tivesse acabado de ganhar na loteria. Quem diria! Sua filha seria formada numa universidade federal! Ao longo da semana, também contentes com a minha conquista, algumas de suas freguesas me enviaram presentes, algo que deixou minha mãe mais orgulhosa ainda, essa validação social a envaidecia demais. Semanas depois, na chegada da minha maioridade, ganhei dela um embrulho que continha uma blusa azul feita com seda pura, um tecido caro demais para mulheres como nós, mas também o meu favorito. Fiquei emocionada, sabia que aquilo tinha lhe custado muito. Ainda no meio da euforia, pude também perceber em mim uma certa culpa pelo sacrifício que lhe impus. Tudo que possuíamos era regrado, luxos nos eram proibidos. E eu não sabia receber nada que não fosse fruto do meu esforço pessoal, sentia-me sempre em dívida, qualquer coisa maior que me era dada acabava me assustando, como se fosse o prenúncio da chegada de algo terrível. Entre feliz e angustiada, ao lado da blusa, encontrei uma carta de minha mãe que dizia mais ou menos assim: *Maria Teresa, quanto orgulho eu sinto de você! Acho que nem consegue imaginar a nossa alegria em te acompanhar crescer. Hoje você completa dezoito anos. Cada aniversário seu é motivo de muita comemoração para toda a nossa família, eles são bênçãos divinas. Seu problema de coração sempre nos deixou aflitos, temíamos muito perdê-la, só que Santa Teresinha das Rosas jogou suas pétalas e você se tornou essa moça justa e bondosa! Mesmo linda por fora, nunca esqueceu que a beleza interna é o que mais importa. Não é à toa que a luz do Espírito Santo tanto te guia. Quando você começou a tomar jeito de moça, eu cheguei a temer que, em algum momento, acabasse se desvirtuando. Morria de medo de que os filhos ou maridos de minhas clientes tentassem se enrabichar contigo. Bobagem minha. Sua cabeça estava concentrada apenas nos seus estudos, e o resultado de sua dedicação chegou. Desejo, minha pequenina, que seus próximos anos sejam ainda mais cheios de saúde, sorte e amor.*

Sabe, Malena? Logo quando nasci, fui diagnosticada com uma cardiopatia congênita, cheguei a ficar dois meses na unidade de terapia intensiva do hospital. E meus pais sofreram barbaridades por conta disso. Além das dificuldades financeiras para arcarem com os custos da minha internação, os médicos foram unânimes no sentido de que eu teria que fazer uma cirurgia demorada e de que os riscos desse procedimento eram consideráveis. Minha mãe, que até então jamais havia levado a sério qualquer prática religiosa, colocou na cabeça que a novena de Santa Teresinha das Rosas me traria proteção. Quando tudo correu bem comigo, pagou a promessa e, mesmo a contragosto de meu pai, colocou um Maria como meu primeiro nome. Portanto, fui registrada como Maria Teresa em homenagem à madre dos céus e por conta do milagre que me foi concedido. Cresci escutando minha mãe narrar essa história e repetir que, desde os meus primeiros momentos neste mundo, eu lutei bravamente para continuar viva. *Minha guerreira pequenina*, ela costumava dizer se referindo a mim. O que ela nunca poderia imaginar era que, por essas ironias da existência, o adjetivo que tanto me empregava se tornaria não uma metáfora, mas verdadeira profecia. Afinal, dois anos depois da minha maioridade, eu ganharia uma nova alcunha. De guerreira à quase guerrilheira, passei também de Maria Teresa para companheira Nina.

Até aquele fatídico vinte e dois de dezembro de mil novecentos e sessenta e sete, eu era uma dessas pessoas que, fora a cirurgia do coração, havia tido uma existência sem nada notável. Embora carregasse uma sensação perene de que precisava sempre me esforçar para ser boa, nenhuma circunstância da minha trajetória indicava que eu poderia tomar qualquer atitude perigosa. Eu mesma me reconhecia apenas como uma garota correta, filha exemplar de um casal honesto que possuía como único horizonte progredir socialmente. No entanto, é também verdade que eu me sentia pressionada e que tinha muitas crises de ansiedade. Pequenos desajustes de rotina me deixavam nervosa, eu temia dizer nãos, parecia-me insuportável contrariar quem quer que fosse, titubeava até mesmo diante de pedidos absurdos. Hoje compreendo que sofria em excesso porque carregava uma certa fantasia de grandeza moral, acreditava que era responsabilidade minha organizar o planeta, atribuía-me poderes excessivos. Nem mesmo aquelas intrigas de amigas, típicas de adolescentes, eu experimentava de tanto que cedia para evitar conflitos. Apesar de reconhecida como bonita, eu parecia pouco atraente para os meninos da minha idade por conta das obsessões escolares que nutria. De forma proposital, eu não dava espaço para que nenhum se aproximasse de mim. Portanto, deixava livre todo caminho de conquista para as outras meninas. O fato é que tinha horror de ser vista como sensual, morria de vergonha só em cogitar qualquer coisa semelhante, escondia meus quadris em calças folgadas, precisava ser reconhecida como inteligente, acreditava que nenhuma daquelas afetações femininas permitiriam que eu alcançasse nenhuma respeitabilidade. Na minha cabeça daquela época, todas as exigências de beleza haviam sido criadas para fazerem com que as mulheres ficassem focadas em detalhes de si mesmas e deixassem escapar tudo aquilo que, no mundo, de verdade, importava. Claro que eu tinha pequenas paixonites, mas elas se passavam com garotos imaginários, pois nenhum dos que eu conhecia combinava comigo.

Era dezembro de mil novecentos e sessenta e sete. E, mesmo antes da semana do Natal, luzes coloridas já estavam acesas na maioria dos jardins das residências da cidade. Isso sempre me deixava animada, pois achava que, nesse período, tudo costumava ficar muito mais bonito. Fora que, naquele ano, em especial, eu tinha mesmo muito o que comemorar, já que, no semestre seguinte, minhas aulas da faculdade começariam. E foi enquanto eu organizava os meus livros do vestibular, na pequena estante do meu quarto, que um barulho forte tomou meus ouvidos.

Eu me lembro com exatidão do médico que veio atestar o falecimento de minha mãe. Ele era jovem e usava anéis grandes e escurecidos demais para os seus dedos de homem. Algo de impávido habitava seus olhos claros, carregava também uma frieza que não combinava com os cachos de cabelo que emolduravam seu rosto. Em algum momento, entre o silêncio aterrador de receber a pior notícia que qualquer filha poderia escutar e a revolta por não ter sido capaz o suficiente de reanimá-la, cogitei que aquilo que estava atravessando podia não ser real. Onde já se vira algum médico com anéis grandes e pretos nos dedos? Aquele homem também falava palavras solenes de modo quase robótico, como se suas frases houvessem sido decoradas. Em alguma medida, ele parecia até um anjo, mas não um daqueles bons, confiáveis, que habitam desenhos animados. Aquele homem estava mais para um príncipe das trevas, tinha algo de muito sombrio nos seus traços, sua estética se revelava perfeita demais, quase não masculina. Ora, que mau ator era aquele que o hospital havia nos enviado? Claro que ele não ia me ludibriar com aquela conversa estúpida, com certeza, podia fazer algo mais por minha mãe! Pensava que apenas porque nós éramos pobres, que iríamos cair na sua ladainha? Eu sabia muito bem distinguir verdade de mentira! Mandei, então, que voltasse a fazer seu trabalho, que tirasse aqueles anéis horríveis, que desse um jeito, quem tinha problema na válvula do coração era eu, nada do que ele estava sustentando fazia o mínimo sentido. Em certo instante, coloquei um cobertor sobre as pernas de minha mãe, senti sua pele gelada, mas logo disse para mim mesma que era porque ventava muito lá fora. Na cama, enquanto o corpo dela endurecia, de pé, ao seu lado, aquela que, até então, eu havia sido, também morria.

Malena, até aquele fatídico dia, nós cinco não éramos ilhas. Tampouco pedaços de terra que faziam parte de um mesmo arquipélago, mas que, para além das propriedades comuns e contingências de pertencimento, restavam estanques, incomunicáveis em suas solidões. Muitas famílias não passam disto: conjuntos de pessoas ligadas pelo sangue, mas distantes em seus pequenos continentes. Nós, Malena, verdadeiramente vivíamos unidos, gostávamos uns dos outros, respeitávamos nossas peculiaridades, tínhamos partilha. A perda precoce de minha mãe nos atingiu como um terremoto brutal, implodiu nosso solo comum. E a consequência maior disso foi que acabamos apartados uns dos outros, cada qual buscando seu modo de lidar com a própria dor. Meu pai passou a beber muito, ficar agressivo. Exigia que eu tomasse conta dos afazeres da casa, enquanto ele mal trabalhava. Passamos a nos desentender sem trégua. E sabe? Apenas três meses depois da nossa tragédia, ele trouxe para morar conosco uma mulher que conheceu numa festa.

Foi dois anos depois de ficar órfã, naquele mil novecentos e sessenta e nove apavorante, que todas as minhas preocupações se voltaram para a situação do país. Desde que me mudara para a residência universitária, pois não suportava a ideia de habitar o mesmo teto com aquela figura que meu pai havia arrumado, muito havia se modificado dentro de mim. Revoltada com a existência, eu vivia tomada por uma raiva imensa, irritava-me com frequência, sentia-me sufocada pela minha rotina. Além do mais, se num passado próximo, na condição de secundarista, eu passava ao largo de discussões políticas, pois achava que esse assunto apenas interessava a quem não tinha força de vontade para alcançar seus objetivos, gradualmente, fui percebendo o quanto equivocada era a minha visão de sociedade. Afinal de contas, não tivesse dona Rosalva se oferecido para financiar meus estudos, eu estaria condenada a repetir os destinos de quase todas as pessoas que conhecia. Provavelmente, teria algum subemprego e precisaria conciliá-lo com trabalhos domésticos e cuidados com filhos. É verdade que, desde cedo, meus pais me alertaram para que eu fizesse escolhas melhores, mas o fato é que, não fosse a ajuda de alguém mais favorecido, eu não teria conseguido concorrer em pé de igualdade com os que tinham mais recursos para estudar. Quase ninguém que havia crescido comigo tinha encontrado as mesmas oportunidades que eu, apenas não repeti o ciclo que me fora definido por um golpe de sorte. Sob nenhum ângulo, parecia justo para mim que as coisas se organizassem desse modo. E foi a convivência com meus colegas da república estudantil que me fez reconhecer que pouco compreendia sobre as minhas próprias raízes. Até aquele momento, eu acreditava que, quando o país crescesse do ponto de vista econômico, tudo se resolveria, que os recursos seriam mais bem distribuídos. Só que a realidade se impunha e era notório que, ano após ano, uns poucos ficavam ricos, enquanto tantos outros empobreciam. Fora isso, estávamos submetidos a um sistema brutal de aniquilamento das diferenças, discordar dos militares se revelava quase uma sentença de morte, quantos de nós já tinham desaparecido? Só por ousar questionar o regime? Mergulhei nas leituras e compreendi que não precisávamos reproduzir o modelo soviético, que podíamos fundar um socialismo não autoritário e repressivo. Foi assim que, tomada pelo ímpeto de fazer justiça, tornei-me uma 'subversiva'. Sim, naquele período, eu acreditava que essa era a melhor maneira de transformar as coisas ao meu redor, que precisava retribuir para a sociedade tudo o que tinha alcançado. No fundo, apenas agora compreendo, também queria voltar a pertencer a algum lugar, ser admirada por pessoas cultas e intectualizadas, como as que minha mãe admirava. Desde a morte dela, eu estava brigada com meu pai e irmãos, vagava sem rumo pelo mundo, sentindo-me invisível. Não era consciente, mas aderir à luta contra a ditadura parecia um modo eficaz de me fazer escapar dos meus próprios demônios, tapava meu luto com adrenalina.

Eu tremia por dentro, na primeira vez que Tom veio falar comigo. Isso aconteceu na terceira ocasião que nos encontramos. Até então, nem cogitava que ele tivesse registrado a minha existência, muito menos que soubesse meu codinome. Tampouco podia supor que ele estava me abordando para me dar uma notícia, vinda do alto comando: a partir da semana seguinte, eu teria o meu próprio lugar e Carolina, minha melhor amiga da época, poderia dividi-lo comigo.

Foi numa data em que ocorreria um eclipse penumbral, mais especificamente, naquele vinte e cinco de setembro de mil novecentos e sessenta em nove, que eu me mudei para o novo endereço. E eu me lembro de cada mínimo detalhe daquele momento: da ansiedade que sentia porque queria conhecer logo o local onde passaria a morar, do elevador apertado demais para aqueles jovens rebeldes que éramos, da vergonha que tomava cada centímetro da minha pele sempre que Tom falava comigo. Ele, na véspera da minha mudança, havia se oferecido para me ajudar com o transporte das minhas coisas, mas, fora isso, não dava sinais de ter nenhum interesse romântico em mim. Era ditadura, eu sei, pessoas não podiam falar o que pensavam, companheiros morriam, só que eu também era apenas uma menina sofrida, diante daquele que pensava ser o homem dos meus sonhos. Ou seja: como em tudo que é vivo, nesta existência, sombra e luz coexistiam. Quando entramos no apartamento que me serviria de aparelho e Tom, finalmente, me beijou, eu apenas pensava, *Nossa, tudo isso é real, meu amor é mesmo correspondido, o mundo pode ser incrível.* Desde que eu entrara para o grupo de revolucionários, já não apenas sobrevivia, estava voltando a reconhecer alguma alegria. Não é curioso que eu não sentia medo de ser abatida pelos militares? Seria essa minha coragem fruto apenas de uma certa ingenuidade juvenil? Ou eu havia perdido o medo da morte porque a minha própria mãe já havia partido? Neste dia, Tom não insistiu para irmos além do que fazíamos. Essa sua atitude só me deixou ainda mais encantada. Nós dormiríamos juntos, pela primeira vez, uma semana depois daquela noite. Ele desapareceria para sempre dois anos após este dia. Seu pai diria para pessoas conhecidas que o filho havia viajado para estudar fora do país. Eu seria presa e torturada, sem piedade. Tudo se tornaria trevas. E como num eclipse de sangue, nunca mais nenhuma lua se faria mais possível para mim."

[00:23:57]

Tom

De fato, depois daquela pancada, eu morreria, Teresa. Desde os tempos mais remotos, detestar meu pai, desejá-lo fraco, deposto, havia sido meu principal objetivo. E, sinceramente, naquele período, eu acreditava que isso me definia. O que seria, então, de mim, depois de tudo aquilo? Estar aferrado ao ódio que ele tanto me inspirou, ao longo da vida, tinha pavimentado meu destino. E era isso que me impedia de olhar com clareza para a dor incurável que carregava, para aquele amor não correspondido que eu lhe devotava. Fora que tal circunstância também me permitia a fantasia de um certo heroísmo. Porque, desde cedo, você sabe, Teresa, eu decidi que faria de tudo para salvar Lena, minha mãe e irmãos das garras dele. Porque, desde cedo, você sabe, Teresa, eu decidi que faria de tudo para ficar poderoso o suficiente e conseguir isso. Ser obrigado a renunciar a esse ideal representava, portanto, um inesperado desvio de rota, coisa que me colocava numa zona de extremo perigo. Sim, de fato, depois daquela pancada, eu morreria. Porque ela mudaria completamente meus rumos e me traria uma nova cidadania. Porque ela se constituiria uma espécie de sentença definitiva para mim. Apátrida, fugitivo, eu viveria buscando, a partir daquele instante, um lugar de conforto, qualquer pertencimento possível. Apátrida, fugitivo, eu perderia minha própria identidade. Como nomear aquela sorte da qual eu tanto padecia? Eternamente desconfiado de qualquer generosidade, eu me tornaria paranoico, enxergando, em todas as outras pessoas, potenciais inimigos. Ou seja, Teresa: eu me transformaria num antípoda de tudo que, até então, havia sido. E se estava escuro quando do momento daquela pancada, isso pouco me importava, pois as horas de neblina sempre se confundem, são excessivamente parecidas, de nada adianta saber em qual dela estamos, sua agonia é infinita. E se alguém quisesse me consolar falando que certamente amanheceria, isso também não teria importância porque meus olhos, a partir daquele acontecimento, permaneceriam para sempre de algum modo fechados, já que nunca mais seriam capazes de reconhecer a beleza do início de um novo dia. Reinventar uma nova existência ou voltar a ser feliz, não, não me parecia de forma alguma factível. Porque eu estava tão despedaçado, sofrido, que tudo o que conseguia era apenas querer de volta o meu passado mítico. Ser traído por alguém íntimo faz com que a gente se sinta, por muito tempo, numa profunda escuridão. Fora que eu não tinha forças para reagir ao que estavam fazendo comigo. Além da dor excruciante, elaborar o que estava se passando significava também a obrigação de olhar para o buraco chamado futuro que começara a me engolir. E eu não me sentia seguro para tanto, melhor ficar dentro do meu próprio caos, afinal, já conhecia o seu relevo e mesmo que este fosse instável, estava acostumado com ele, com isso, comigo. Afinal, mesmo que erraticamente, eu havia sobrevivido daquele jeito por dezenove anos, portanto, acreditava que me machucaria menos se caísse dentro de mim do que se tivesse que passar por aquilo. Como suportar que tudo que eu defendia havia se revelado um erro grotesco, que eu fora vítima de uma emboscada maligna? A verdade é que eu estava em total negação, temia aceitar o óbvio de tal forma que, naqueles minutos iniciais, Teresa, preferia sustentar que estava enganado quanto ao que me tinha ocorrido. Então, portanto, ficava repetindo para um alguém invisível que tudo que eu lembrava só podia ser um enorme equívoco. Sim, eu devia estar alucinado, fabricando memórias estranhas. Sem dúvidas, eu devia estar dentro de uma espécie de pesadelo, experimentando uma viagem ruim. Sim, era isso que estava se passando, eu me dizia, mesmo sabendo que, na noite anterior, nem álcool havíamos consumido. Mas o fato é que essas minhas divagações descabidas não mais importavam em absoluto, naquele instante, tudo que eu precisava era encontrar um jeito de fugir. Só que como alguém pode planejar qualquer coisa se é incapaz de mexer um milímetro do pescoço, se uma simples tentativa de levantar as pálpebras gera uma intolerável reação física? Minha cabeça parecia prestes a explodir, e isso me obrigava a reconhecer que algo mesmo havia acontecido e que eu não estava morto, já que minha alma continuava latejando em um corpo. E o endereço do inferno é sempre dentro de gente viva, pois quem está em outra dimensão não sente o desespero de se descobrir em risco. Para além da raiva, eu também tinha um rancor profundo por todos os envolvidos naquela coisa toda, estava abduzido pelo desejo de vingança, ao mesmo tempo em que me repreendia por não ter previsto aquela situação. Afinal, como eu podia ter sido tão ingênuo? Ridículo? Compreender minha inabilidade de enxergar um cenário como aquele significava confirmar diagnósticos sociais imutáveis e seus inabaláveis veredictos. Descobrir que não fora sagaz o suficiente para me proteger do fogo amigo confirmava as percepções que eles tanto desejavam me imputar, permitia que suas invejas mesquinhas se fantasiassem de palavras de ordem, que elas acabassem confundidas com ideias de justiça. São os míopes, Teresa, que fazem, de fato, as revoluções. Porque eles nunca enxergam horizontes do modo como são, agem apenas a partir de suas utopias. E, desse jeito, fazem ópio do próprio caminho. Queria eu, Teresa, um dia, retornar a tal estado de inocência, queria eu, Teresa, um dia, confiar nas pessoas da forma como antes conseguia. Sim, eu não merecia nada daquilo que estava me acontecendo, não, eu nunca aceitaria que me usassem de um jeito tão vil. No fundo, agora compreendo, eu fazia todas aquelas coisas apenas porque queria ser reconhecido como merecedor do afeto daquele homem que nunca me tratou como deveria. Precisava provar, em sua moeda, que era capaz de atitudes grandiosas, míticas. E, não, até aquele fatídico ocorrido, eu não me percebia como vingativo. E, não, até aquele fatídico ocorrido, eu tentava ignorar que o sacrifício de qualquer indivíduo, independentemente da causa que se cogite como justificativa, é sempre uma espécie de covardia. E, sim, fazia anos que eu me apegava a certezas duvidosas para escamotear alguns incômodos silenciosos que surgiam dentro de mim sobre aquilo. Tudo que não encaramos sempre encontra novas formas de nos assombrar, não se é possível desertar de forma definitiva de quem se foi, tampouco de certas memórias de família. Mesmo o nosso pior, Teresa, precisa ser reconhecido para que possamos ultrapassá-lo. E eu percebi todas essas questões naquele momento de profundo desespero, ao me descobrir ali, desamparado, sozinho. Pior, muito pior: ao finalmente reconhecer que fora mesmo traído. Não,

Teresa, naquele lugar, não havia quem cuidasse dos meus ferimentos, não, não havia quem me salvasse daquela descoberta tão triste. Jogado num chão imundo, com braços e pernas amarrados, minha fraqueza humana era tamanha que o mero esforço de gritar não se revelava viável. Sério, como eles tiveram coragem de agir daquele jeito comigo? Como puderam, sem culpa, planejar algo assim? Preciso que você entenda, Teresa: de uma hora para outra, perdi meus sonhos, minha boa-fé foi destruída. E quando tiram seu bem mais precioso, você necessita de uma força descomunal para sobreviver. Um sofrimento imenso o consome tanto por dentro que, sem planos realizáveis, você apenas reza para se suportar vivo. Além do mais, você tem que remodelar suas crenças básicas, reconhecer que estava em erro, alienado em desejos pueris. Sim, Teresa, tudo que eu queria era que nada daquilo fosse verdade, preferia mesmo estar imerso numa espécie de inconsciência absoluta, não existe uma pessoa em declive emocional que não prefira se agarrar às suas ideias antigas. E, lembre, eu tinha dezenove anos, ou seja, era apenas um menino. Sim, claro, precisava me reorganizar, não devia desistir logo diante de um primeiro empecilho. Mas, por acaso, naquele momento, isso se revelava possível? Me diga? Há quanto tempo, afinal, eu estava naquele cativeiro? Para onde havia sido levado? Meu estado de desorientação se mostrava tão grave que eu ignorava se aquela ainda era a mesma madrugada em que saí de sua casa, não fazia ideia se horas, quem sabe até dias, tinham transcorrido. E aí eu comecei a pensar em meu irmão, Teresa, e me arrependi de não ter lhe contado meus planos como deveria. E aí eu comecei a pensar em minha mãe, Teresa, lembrei de Lena, das três Marias.

E aí eu comecei a chorar copiosamente porque tudo que mais desejava era voltar a vê-los com vida. E aí eu te odiei, Teresa, odiei muito, pois eu havia acabado de sair de sua casa quando fui abatido e, claro, pensei que você podia ter alguma relação com tudo aquilo. E aí, de repente, enquanto eu ainda estava perdido nessa fúria impotente, sim, no meio de tudo isso, enquanto eu estava ferido, uma porta se abriu. E ele entrou pisando forte com seu sapato quase de aço, e ele entrou me dando ordens como sempre fora do seu feitio. E aí, eu gelei por dentro, Teresa, desfaleci. Até hoje, não sou capaz de esquecer a expressão que ele tinha no rosto quando me viu naquele estado. Também não consigo definir o que senti. Sim, ele havia me descoberto. Sim, Teresa. Ele. Ele, o grande senhor do planeta, Luiz Antônio Grimaldi. Sim, ele mesmo, meu pai, o homem que eu tanto desprezava e de quem tanto me ressentia. Sim, foi ele, meu pai, quem abriu aquela porta. E foi também justo naquela hora inexata, naquela madrugada que nunca se fez dia, que finalmente descobri que tudo tem o direito de existir.

Capítulo III:
Corações ao alto

Em sépia, somos apresentados à pintura que também é um autorretrato: coberta por uma túnica grega e com uma coroa na cabeça, a jovem Malena Matrice guarda no rosto uma expressão difícil de ser determinada. Dona de um olhar furtivo e posando de modo parecido ao de algumas estátuas clássicas, nós, seus observadores, tanto podemos crer que estamos diante de alguém em plenitude quanto também somos convidados a supor que ela se encontra hipnotizada, num perigoso transe mágico. Afinal, todo prazer supremo costuma ser uma espécie de promessa de fim. Porque quase não há aquele que fique contente sem, no minuto seguinte, não sentir receio de um castigo divino. Em guerra eterna com a ignorância sobre quem somos e o mundo ao nosso entorno, desde o início dos tempos, fabricamos nossos próprios monstros como uma espécie de fantasia de que, assim, algumas vitórias se fazem possíveis. E nos apegamos a esse artifício como tentativa de controlar nossas próprias histórias. Só que, incautos, ignoramos que é exatamente desse jeito que acabamos contaminando futuros, na medida em que nos impelimos a um movimento incessante de repetição do já testado, conhecido. Algo que, inclusive, torna nossa experiência ainda mais difícil. Inseguros, distraídos do que importa e exaustos, por puro medo, ficamos atados ao que não se faz mais viável. E, claro, oceanos são sempre muito vastos. O que nos transmite, portanto, a representação desta Malena? Alegria? Não, tal palavra cabe apenas para instantes de rotina. Felicidade? Tampouco: isso é coisa que pede profundezas de base. Êxtase? Em alguma medida, sim, é verdade, encontramos tal coisa lá. Especialmente porque ninguém consegue observar este quadro sem pensar em alguma espécie de morte. Não, não existiriam religiões, na hipótese de nossa própria imortalidade. Mas podemos ser ainda mais precisos nas definições. Já que, nesta pintura de si, Malena se revela o contrário daquela ideia de um Ulisses preso ao mastro. Não, ela não quer apenas experimentar a mais visceral das belezas, escutar o canto das sereias. Na realidade, Malena deseja ser devorada por elas, está mergulhada no absoluto das águas, em seu ímpeto de autoaniquilação. Sente-se, em toda a sua glória, deplorável, alguém que precisa ser eliminado. Destruir é verbo que pressupõe a chacina de qualquer essência, mas devastar, de modo diverso, permite que algo resista justo para que a lembrança daquilo que, um dia se foi, vire assombração e se constitua em uma dose de veneno diário. Malena ainda se recorda de sua versão antiga, daquela tão reluzente e feliz, num passado próximo. E nesta sua autorrepresentação em tinta e óleo com toques dourados, única obra não fotográfica de *Ravissement*, ou seja, neste seu trabalho que contrasta brutalmente com os demais de tal mostra, sua ousadia característica também faz marca. Sim, ela pôde investigar o estado de encantamento alheio, retratá-lo em detalhes. Mas quando tentou registrar o seu próprio foi como se tudo lhe escapasse, restando apenas a possibilidade deste quadro. Claro, oceanos são sempre muito vastos... Impossível deixar de perceber, nesta obra de Matrice, uma referência a Vincent van Gogh: no fundo da cena em que ela mesma está pintada, vemos um belíssimo azul noite compondo um céu estrelado. E, em seus braços, em vez de um bebê, Malena carrega uma fralda enigmática. Paixão: padecimento, doença, *páthos*. Louco: aquele dominado pela paixão, desorientado, em estado catártico. Na Bíblia, muitas vezes, os insanos eram tratados com certa reverência, talvez pela sua imensa coragem. *Kenosis*: o movimento de Jesus Cristo para nos alcançar, abaixando-se até o nosso tamanho para, em seguida, nos levar em direção ao sagrado. *Sursum corda:* a chegada da hora de nossa elevação divina. Satisfação verdadeira é gostar do que se deseja. Corações ao alto.

"Ainda na adolescência, assisti ao filme *Medeia* do Pasolini. Lembro-me de ter ficado fascinada pela Maria Callas. Dona de uma voz perfeita e um rosto marcante, pude compreender sua personagem na excelência do horror. Na época em que comecei a conceber minha segunda exposição, logo depois do meu pós-parto de Edoardo, também li a peça de Eurípedes. O mito é pungente. Veja: Medeia era bárbara, ou seja, não grega, mas, ainda assim, bastante temida pela comunidade. Ela tinha muita personalidade, não se deixava subjugar. Esposa e mãe dedicada, depois de se tornar alvo de uma flecha de Eros, caiu de amores por Jasão e o ajudou por todo o tempo em que estiveram unidos, pois acreditava piamente nas promessas que ele lhe fazia. Cega de amor, inclusive, traiu seu pai e irmão, ignorava que nossa origem está tatuada na alma e que sempre encontra um modo de vingança caso tentemos apagá-la. Enfim. Medeia renunciou ao que lhe era mais caro para estar com o marido. E toda essa dedicação para, no final, restar por ele descartada. Ambicioso, de uma hora para outra, Jasão abandonou Medeia para se casar com Glauce, filha de Creonte, rei de Corinto. E, cinicamente, comunicou sua decisão para a ex-esposa como se tivesse escolhido isso pelo 'bem dos filhos', já que estes também ganhariam status real com o seu casamento. Então. Todos sabemos o final desse enredo. Ensandecida de ódio, Medeia cometeu os assassinatos impensáveis para se vingar do ex-marido. Sim, tudo absolutamente bizarro. E eu até gostaria de dizer que não sou capaz de compreender como ela fez tamanha atrocidade, mas o fato é que isso não se revelaria uma postura honesta da minha parte. Infelizmente, vivenciei na pele o desespero mais íntimo, habitei a zona máxima do perigo. Talvez apenas nesse período horrível da minha vida, pude perdoar verdadeiramente minha mãe, afinal, fui tragada pelo mesmo poço em que ela se afogou. Não, não consigo deixar de fazer um paralelo da história de Jasão e Medeia com a de meus pais. A falta de responsabilidade afetiva das pessoas em geral, mas dos homens, especialmente, destrói muitos destinos. Lógico que, durante anos, fui incapaz de perceber isso, meus julgamentos se revelavam peremptórios e maniqueístas. Sentia uma adoração sem limites por meu pai e considerava minha mãe uma mulher fraca. Só que hoje, compreendendo que ninguém é uma coisa apenas, acredito que se ele tivesse sido mais respeitoso para com os sentimentos dela, tudo teria se dado de um jeito distinto. Algo disso também ressoou na forma como eu interagi, ao longo dos anos, com meu próprio marido. Por conta do temor profundo de acabar deixada por ele, suportei por tempo demais a presença de minha sogra em nossa casa. Era terrível ter que conviver todos os dias com aquela mulher, ela invadia nossa privacidade, inventava pequenas mentiras, fomentava mal-entendidos, atrapalhava demais a criação dos meus filhos. Sendo que, neste período, eu nem me autorizava a reclamar com Thomas sobre o assunto, era atormentada pela ideia de que ele não aceitaria enxergar os problemas do caráter de sua mãe e temia que suas intrigas nos separassem. Ou seja: eu vivia um imenso pesadelo íntimo, pois queria a minha família unida e não conseguia encontrar formas de colocar limites em Aida, já que por mais que eu me esforçasse, ela sempre encontrava modos de me fazer soar fora de tom. Nise da Silveira costumava dizer que os loucos e artistas mergulham nas mesmas águas, mas a diferença é que só os artistas conseguem voltar. Mamãe mergulhou em sua dor. Mas eu, artista, sobrevivi para contar", reflete Malena, enquanto folheamos juntas o catálogo de *Ravissement*.

Contam que foi pela televisão que, em mil novecentos e sessenta e oito, Maria Callas descobriu que o amor de sua vida, o magnata Aristóteles Onassis, até então seu namorado, estava comprometido com Jacqueline Kennedy. Inclusive, já de casamento marcado. Dizem também que ela jamais se recuperou de tal golpe. E se, nessa época, Vivian Taylor Matrice tomou conhecimento de tal fofoca, não deve ter ficado surpresa. Afinal, ela mesma havia sofrido algo semelhante, só que em circunstâncias ainda piores.

É preciso que se deixe claro: quase com certeza, Jean Vincent não fazia de modo consciente. Mas o fato é que, além de não defender a esposa dos comentários maldosos de suas irmãs, ele agia de modo parecido. Na primeira infância de Malena, não era incomum vê-lo criticar Vivian pelo jeito como ela exercia sua maternidade. Sempre adotando um tom professoral, como se fosse pós-graduado em educação infantil, Jean Vincent se dedicava a apontar coisas que ele supunha estarem inadequadas na vida da pequena Malena e que reputava serem de culpa exclusiva de sua mãe. Como quando, por exemplo, insinuava que a filha não estava sendo bem cuidada porque havia se sujado ou nas ocasiões em que ela não aceitava determinado alimento nas refeições. E o mais grave de tudo era que, nas circunstâncias em que Malena se comportava com desobediência ou fazia grosserias com Vivian, ele também não parecia capaz de esconder uma certa satisfação com isso. Sim, não é possível asseverar que Jean Vincent percebia o próprio comportamento danoso, mas o fato é que ele interpretava os maus comportamentos da filha como um elogio pessoal e se aliava a ela contra Vivian, rindo com frequência de suas provocações e rebaixando a autoridade da esposa. Justo porque talvez percebesse a aprovação do pai, Malena dificultava em excesso a convivência do casal, não lhes permitindo um minuto de sossego. Ela debochava dos comandos maternos, destruía brinquedos, fazia de tudo para chamar atenção. Contrário a qualquer castigo, sob a alegação de que crianças precisam ser livres para explorarem seus sentimentos, Jean Vincent adotava uma posição parental bastante confortável: esquivava-se de repreender a filha, evitando qualquer atitude que pudesse contrariá-la e deixando que Vivian resolvesse todas as situações difíceis. E quando, então, ela explodia por ser a única a fazer o trabalho mais complicado, Jean Vincent passava a recriminá-la. Boas mães, afinal de contas, não perdiam a paciência, pensavam antes no bem-estar da família... Vivian, evidentemente, sentia uma raiva mortal em vê-lo agir como se fosse o grande sensato da casa e não ignorava que o prazer de Jean Vincent diante do difícil relacionamento dela com a menina se dava por pura insegurança. Ele queria tanto ser amado que acabava se confundindo com a filha, atribuindo-lhe suas próprias lembranças dolorosas. Afinal, embora não falasse sobre o assunto, Jean Vincent sentia muita raiva da sua própria mãe por ter sido abandonado por ela em outro continente. Simbolicamente, assim, ele se vingava de Lourdes e extravasava sua dor através dos conflitos que patrocinava de Malena contra Vivian. Em que pese Jean Vincent cultivasse o hábito de exaltar Lourdes, negando qualquer mágoa, Vivian compreendia que essas suas falas não passavam de mentiras que para si mesmo contava. Quando o observava com a mãe e irmãs, era nítido que eles não tinham uma intimidade mínima. Lógico que, por diversas vezes, ela teve o ímpeto de jogar essa verdade na cara dele, desejou desmentir os discursos fantasiosos que havia criado sobre seu passado, quis desbancar aquele ar de superioridade que ele e suas irmãs sustentavam. Sim, em mais de uma oportunidade, pensou em salgar seu machucado mais profundo, desejou gritar que ela não era sua mãe e que ele fosse se tratar mentalmente, não fazia bem para Malena crescer sem limites, sem dúvidas, os dois estavam criando um pequeno monstrinho, no futuro, iriam pagar um preço alto por isso. Em constante negação ou diminuindo as consequências dos atos abusivos da filha, Jean Vincent seguia firme em seu delírio egoico parental e sustentava que Malena, em qualquer circunstância, devia ficar protegida. Só que traumas, ora, Vivian pensava, quem mesmo não os tinha? Que loucura era essa do marido? Os franceses, segundo ela sabia, costumavam criar suas crianças sem paternalismos, agindo, inclusive, de modo contrário a tudo isso. Vivian sentia vontade de vomitar todos esses seus justos ódios em Jean Vincent, ela não havia, de jeito nenhum, se casado para virar escrava de tarefas domésticas. Em diversos momentos distintos, ela se questionava o motivo de ter escolhido aquilo. Possuía absoluta convicção de que merecia uma existência melhor, mas não sabia o que fazer para chegar perto dessa promessa de destino. Não, parecia-lhe complicado admitir, mas em que pese agir de forma quase impecável, não era feliz no exercício diário da maternidade, jamais havia gostado de dar banho e comida para Malena, lamentava profundamente sua falta de tempo para fazer as coisas que lhe interessavam, tinha saudades de ler poesia. Em quase todo entardecer, vivenciava uma angústia profunda quando o sol se punha, percebia mais um dia perdido, ao mesmo tempo em que também sentia um minúsculo alívio, pois, em breve, Malena dormiria. Quando as primeiras estrelas se anunciavam, essa sensação era substituída por uma calma triste. No límpido céu de Jackson, nenhum milagre acontecia.

Sem dúvidas, um dos melhores presentes que alguém pode ganhar é a percepção de que seus pais gostam de suas próprias vidas. Ver aqueles que lhes servem de espelhos satisfeitos consigo mesmos oferece certa segurança de que um futuro bonito para você também é possível. E se parece evidente que ninguém deve demandar que um adulto esteja sempre em estado de contentamento na frente dos filhos, pois situações ruins se revelam partes importantes da experiência humana e um aprendizado sobre como lidar com elas se faz necessário, é impossível negar que um ambiente soturno e penumbroso, ou seja, infeliz como regra, prejudica muito a formação de um indivíduo. E crianças costumam ser injustas: quando em sofrimento, por ainda não possuírem recursos emocionais suficientes, despejam sua dor naquele que está mais próximo e batalhou para ficar com elas no dia a dia. O fato de Vivian ter se sentido exaurida, ao se impor exigências tão rigorosas, com certeza, constituía um problema em si. Mas podemos cogitar que, ao longo dos anos, na medida em que Malena fosse ganhando autonomia, suas demandas maternas ficariam mais restritas e ela talvez encontrasse o tempo que precisava para voltar a ver alegria em sua rotina. Além disso, de algum modo, não soa exagerado imaginar que seu casamento com Jean Vincent pudesse ter entrado nos trilhos, se eles houvessem usufruído de ilhas de descanso e de instantes sozinhos. Só que fabular sobre essas hipóteses, neste caso, mostra-se infrutífero. Afinal, no meio do seu caos pessoal, Vivian ainda teve que lidar com a tragédia que se abateu sobre sua primeira família. A regra de pertencimento, ainda que não absoluta, muitas vezes, é atraente demais e fala mais alto do que deveria. E ver aqueles que lhes servem de espelhos terem um fim difícil oferece a ameaça perene de que um futuro semelhante para você também é possível.

Somos de onde viemos? Podemos ser julgados por fazermos parte de um grupo específico? O quanto das estruturas compõe o indivíduo? E a nossa capacidade própria de invenção? E as nossas singularidades e condições subjetivas? Devemos mesmo carregar culpas infinitas por conta dos atos cometidos pelos que vieram antes de nós? Temos que assumir as responsabilidades decorrentes de seus desígnios? Precisamos mesmo nos impor sacrifícios para sermos considerados pelos outros suficientemente dignos? Como suportar viver sob julgamentos estabelecidos em função de estereótipos e fantasias deterministas? De que modo é possível existir sem sucumbir a maniqueísmos? Sofrer por não estar numa condição social ruim faz de quem sou alguém melhor? Não posso praticar ações mais nobres do que alguém tido como oprimido? Jean Vincent, de fato, deveria ser condenado pela depressão que acometeu Vivian? Por sua ideação suicida? Ela foi mesmo apenas sua vítima?

Os assassinatos brutais de Margaret, John e Nicholas Taylor pelos irmãos Coleman deixaram todo o Mississippi em choque. Impregnada ainda em seu espírito segregador sulista, Jackson, que sempre fora conhecida como a cidade com "alma", viu-se obrigada a encontrar alguma narrativa social que fizesse sentido para aquela barbárie cometida por brancos contra outros brancos. Até então, é preciso que se ressalte, muitas daquelas pessoas se pensavam como partes de um grupo homogêneo, formado apenas por seres bons, castos e puros, incapazes de violências fundamentais. Até por conta do momento histórico que atravessava a sociedade local, conservadora e viciada em seus próprios privilégios, insistia que eram sempre os "outros", geralmente negros e pobres, os responsáveis pelos eventuais males que a acometia. Essa chacina descortinou o quanto o preconceito racial contaminava os julgamentos daquela comunidade em assuntos relacionados à segurança pública. Mas não foi o suficiente para que se encontrasse uma fala que ameaçasse o discurso dominante. O medo de se descobrir falho ou errático costuma ser muito poderoso, e este sempre encontra, nas palavras, capas. Os Coleman, sim, eles eram brancos, só que de uma outra linhagem, tinham vindo de longe e com a violência no sangue, na verdade, eram descendentes de irlandeses, ou seja, não passavam de uns imigrantes.

Em texto para a *The New Yorker*, Susan Sontag escreveu que "As fotografias declaram a inocência, a vulnerabilidade de vidas que rumam para a própria destruição. A fotografia é o inventário da mortalidade. E Malena Matrice, na sua nova exposição, *Ravissement*, conseguiu representar aquilo que Hegel definiu como a beleza mais elevada: a toda feita por seres humanos e fruto da obra do espírito. Capturando pessoas em deslumbre com fatos comuns de suas existências, seu trabalho se traduz em sua própria materialidade, afinal, assim como os eventos da vida, sua fotografia é, antes de tudo, um modo de ver e não a visão em si mesma. O nascimento de um filho ou o encontro de um grande amor, por exemplo, apenas se revelam sublimes se nós os experenciarmos desse jeito, se os reconhecermos assim. Costumamos ser agentes importantes nas composições dos nossos destinos, mas não parece também interessante nos sentirmos estrangeiros em quem somos? Em geral, supõe-se que a beleza é, de forma quase tautológica, uma categoria 'estética', o que a coloca, segundo muitos, em rota de colisão com o ético. Mas a beleza, mesmo na modalidade amoral, nunca está nua. Malena, quando fotografa outras pessoas em instantes de plenitude e se autorrepresenta apenas em pintura, faz uma confissão corajosa: veste-se do irretratável que a habita. Se em *Hiraeth* ela se colocou em cenas terríveis, mas todas apenas imaginadas, como a da morte de sua mãe, aqui, nenhuma fotografia conseguiria dispor de elementos suficientes para dimensionar seu sofrimento, agora que ela própria está colocada na condição maternal. Nem sempre a fotografia dá conta do seu próprio motivo. Nem sempre a fotografia é representativa. É por isso que precisamos de alegorias".

Quando Malena tinha em torno de cinco anos, em uma de suas muitas explosões de raiva depois da separação dos pais, ela se lembra de Vivian pousar os olhos nos seus e, com calma, dizer: *Meu maior desejo sempre foi que ficássemos todos unidos. Mas as leis do casamento são imprevisíveis e isso não se revelou viável. Os anos passarão, você crescerá e, quando menos esperar, se descobrirá como eu, nesta que é a posição mais difícil de todas. Você então se arrependerá de cada fala injusta que me dirigiu, de cada comportamento maldoso que teve comigo. Você então compreenderá, espero que não tarde demais, que nunca fomos rivais ou inimigas. Torça para que sua sorte seja diferente da minha. Peça a Deus para que eu esteja viva. Não há nada mais difícil para uma mulher do que ser obrigada a criar uma criança sozinha.*

"No exato momento em que descobri que estava grávida de Edoardo, essas palavras de minha mãe me invadiram e fiquei paralisada. O que ela havia dito se revelaria uma profecia? Finalmente eu seria punida pelos meus malfeitos da infância? E se fosse abandonada por Thomas? Enquanto dava conta apenas de mim, achava que nada poderia ser pior do que o inferno que já tinha vivido. Só que me descobrir responsável por outro ser humano, renunciar à minha liberdade em função dos cuidados com o bebê, tudo isso começou a me parecer um cheque em branco, um preço alto que talvez não encontrasse as condições necessárias para quitar. Além do mais, algumas perguntas passaram a me perseguir: eu deveria mesmo legar essa ancestralidade complicada para uma próxima geração? Fazer herdeiros dessa inabilidade emocional que sempre me acompanhou? Você sabia, Renata, que quando cheguei em casa depois da noite inaugural de *Hiraeth*, simplesmente fui para o banheiro e vomitei? Não sei ao certo se por ter conhecido Thomas ou pelo sucesso evidente da inauguração. A única coisa que consigo dizer é que aquilo tudo pareceu demais para mim. Se eu não estivesse dividindo isso agora, você poderia imaginar que transformei a realização do meu maior sonho em pesadelo? Neuroses sempre me rondaram, mas, naquele período, elas passaram a me consumir. E se o nascimento do meu filho, algo tão desejado, acabasse também se revelando um suplício? E se ele tivesse algum problema de saúde? E se eu não o amasse como o previsto? E se minha carreira degringolasse? Você conhece alguma artista que se tornou mãe e não acabou punida, no dia a dia, por desejar coisas além da família? Como eu acharia tempo para conceber meu trabalho, sendo que precisaria gerir também uma outra rotina? E quem me ajudaria com as tarefas do cotidiano? Nesta época, Michelle e Marlene já estavam afastadas de mim por conta de suas desavenças com meu pai. Ann Lou jamais foi uma alternativa. De repente, Renata, eu me vi muito solitária. Mesmo quando Thomas se mostrou felicíssimo com a vinda de Edoardo, essa sensação ruim não me abandonou. Uma voz insuportável, tão ruidosa quanto inaudível, nublava meus céus, escurecia meus pensamentos mais profundos. Na verdade, eu jamais me perdoei por não ter sido a filha que mamãe merecia. Ainda hoje, em algumas madrugadas, acordo triste e imploro silenciosamente para que ela saiba que me arrependo de como agi. Preciso acreditar que ela me escuta, que compreende minhas infantilidades daquela época. Em alguma medida, sou grata a Aida por ela ter me tirado daquele transe maligno. Apesar de nossas grandes desavenças, sei que ela fez o que podia. Não acredito em vítimas eternas e, sim, Aida ficou fissurada demais numa certa imagem sofrida de si, mas reconheço que as estruturas de poder, muitas vezes, impedem que algumas pessoas assumam a autoria de suas existências do modo como deveriam. O ressentimento, Renata, é uma terra sempre inalcançável, à vista, um prazer amargo derivado da expectativa eterna de um não ocorrido. Ainda cedo, decidi não transformar minha tragédia em história definitiva. Fiz o contrário de Aida: assumi meu desamparo, minha incapacidade de ficar sozinha, sem com isso amaldiçoar os que me cercavam, sem decretá-los culpados vitalícios. Por isso, diferentemente dela, não sucumbi. Desertei do navio das queixas, preferi um pequeno, mas eficaz, bote salva-vidas. Respeitei minhas impotências, reconheci suas fronteiras, mas não as tomei como opção. É verdade que a intimidade me assusta muito. Costumo temer tudo que é profundo porque eu mesma sou um buraco em busca de superfície, sinto que não posso escorregar no mundo, correr um mínimo risco. Mas é fato que fiz algo relevante desse meu terror. Encaro de frente minhas vulnerabilidades, elas são meu combustível artístico."

Edoardo Matrice Weber nasceu em vinte e quatro de fevereiro de mil novecentos e oitenta e um. Prematuro, precisou passar duas semanas na UTI. Por convite de Malena, na semana seguinte à vinda do neto, Aida se mudou para sua casa. Nessa época, as duas ainda se davam muito bem e, curiosamente, Malena acreditou que não haveria ninguém melhor para ajudá-la com o filho do que a própria avó dele. Thomas, de início, refutou a ideia, mas depois pensou que essa era uma solução provisória que talvez fizesse, naquele momento, algum sentido. Claro: nenhuma família ou guerra se iniciam sem um primeiro momento pacífico.

Até a chegada de Thomas, Aida Rock Weber se acreditava alguém com convicções sólidas. Culta, ela intimamente supunha inferiores as mulheres do seu círculo social que apenas ocupavam o lugar de esposas e não pareciam capazes de desenvolver conversas mais profundas sobre qualquer coisa além dos seus próprios cotidianos. Comedida, ela jamais dava opiniões a esmo ou demonstrava de forma aleatória seus pensamentos, atitudes que lhe outorgavam uma certa aura de autoridade. Nos lugares que frequentava, era admirada intelectualmente pelos amigos do marido, feito raro para alguém do sexo feminino, naquela época. Na empresa, embora não tivesse um cargo específico, sempre a consultavam quando da tomada de importantes decisões comerciais. Reconhecendo a suavidade como um dos principais meios que uma mulher podia se valer para ser levada em consideração, Aida inspirava respeito. E assim como a coleção de porcelana fina que começara a colecionar no final dos anos quarenta, ela também guardava seu orgulho germânico à toda prova. Ainda que tivesse deixado seu país de origem, identificava-se com sua cultura a tal ponto que, entre as detalhadas instruções que deixou sobre o seu funeral, pediu que *Nähe des Geliebten,* poema de Goethe, fosse lido por Edoardo, na língua em que fora escrito. Nunca parecera ser uma mulher exatamente romântica, mas, sem dúvidas, estar próxima daqueles que amava representou o objetivo de sua vida.

"É curioso perceber que a gente nasce num determinado contexto, numa determinada família e, normalmente, não nos perguntamos quem são as outras pessoas que também fazem parte dela, quais as suas contingências e o que passaram até nos pegarem, pela primeira vez, no colo. Ao longo de nossas infâncias e adolescências, nem aos nossos pais costumamos conferir nenhuma historicidade, raramente nos perguntamos de modo franco sobre suas vivências passadas, quase como se precisássemos acreditar que eles surgiram no mundo ao mesmo tempo que nós. Talvez porque não podemos suportar a ideia de que são algo além de suas parentalidades, já que essa constatação nos obrigaria a enxergar suas zonas periféricas e mexeria com a fantasia de que somos o centro inaugural de suas existências. Acho que também temos medo de descobrir suas imperfeições, afinal, todo solo de origem, no início, precisa parecer sagrado para que seu dono se faça jardim. Quando Edoardo nasceu, inaugurou a condição de avó para Aida e acho que ela, já envelhecendo e ciente de que seus sonhos estavam ficando cada vez mais distantes, aferrou-se de modo radical a essa função. Como estava acostumada a ser reconhecida pelos outros como alguém que ocupava o primeiro lugar em tudo, ela sentia ciúmes de minha mãe conosco, não suportava não ser nossa protagonista absoluta. Ela também gostava muito de mandar, mas não que fosse grosseria ou qualquer coisa do tipo, apenas impunha seus desejos de um modo bem imperativo. Aida era vaidosa, mas isso só se descobria quando se ficava muito próximo dela, pois sabia disfarçar bem esse seu traço, fazia parecer que seus gestos de abnegação em prol de nós ocorriam por pura generosidade quando, na realidade, eles eram fruto tanto do seu medo de solidão quanto de seu imenso narcisismo. Quase todos ao seu redor a adoravam, vizinhos elogiavam os favores que fazia, as palavras de afeto que lhes dirigia, era muito querida. Apegadíssima ao exercício de suas tarefas cotidianas, Aida se confundia com aquilo que fazia por nós, para ela, o valor de sua identidade repousava no quanto se dedicava à nossa criação. Creio que confundia seu comportamento com a ideia de amor incondicional, vivia faminta para ocupar sozinha o lugar de cuidado da nossa casa. No fundo, apesar de sua rivalidade com minha mãe, gostaria de tê-la abrigado como filha, caso lhe fosse consentido. Precisava mandar e acho que ela queria era mesmo ficar logo velha para que não houvesse questionamentos sobre a legitimidade do seu poder. Sim, em algum espaço de sua alma, penso que invejava a juventude de minha mãe, por isso que tentava tanto infantilizá-la. Imagino também que sentisse ciúmes do relacionamento dela com meu pai, pois fugia de todas as perguntas que eu lhe fazia sobre o grande industrial Ernst Weber, meu glorioso avô alemão. É estranho pensar que concentrei na figura dele todas as indagações sobre os mistérios que pressentia existir sobre meus antepassados, quando, na realidade, Aida era o verdadeiro enigma", conta-me Nathalia, filha caçula de Malena e Thomas.

Na data da morte de Vivian, Malena estava na mansão de sua avó, Lourdes Matrice, aos cuidados de Marlene e Michelle. Desde a separação de seus pais, visitas do tipo tinham se tornado rotineiras e, na véspera desta, em especial, sua mãe havia conversado demoradamente com ela sobre alguns assuntos importantes. Entre palavras carinhosas e afagos, Vivian lhe revelou que precisaria de uns dias para si e que faria uma viagem para recolocar nos eixos algumas questões de sua vida. Ela ainda pediu que Malena não entrasse em conflitos desnecessários com ninguém da família do pai. Neste período, Jean Vincent já havia assumido publicamente seu namoro com Ann Lou, e suas irmãs tinham deixado Vivian em paz, já que depois de um breve período de lua de mel, toda a artilharia delas se voltara para a nova cunhada. Assim, naquele abril de mil novecentos e sessenta e oito, as coisas estavam mais tranquilas, os dias ruins entre a pequena Malena e sua mãe já caminhavam para fazer parte de um tempo remoto, pois, sozinhas, sem Jean Vincent opinando sobre tudo em casa, elas conseguiram ultrapassar seus desajustes clássicos e começaram a se comunicar melhor. A presença de Jane Winston, contratada para fazer os serviços domésticos e cuidar de Malena, na época em que a depressão de Vivian estava no auge, também permitiu uma melhora relevante na dinâmica das duas. Jovem, alegre e comunicativa, Jane lhes trouxe uma nova energia. Depois do divórcio, as antigas amigas de Vivian voltaram a procurá-la, assim como duas primas. Uma delas, Manuela Barbieri, além de marcar consultas com os melhores médicos da cidade, também a ajudou a seguir corretamente as prescrições do seu processo terapêutico. "Ninguém poderia imaginar que, naquele momento de relativa estabilidade, Vivian tomaria uma atitude tão brusca. Aquela era a sua melhor fase em muito tempo. Veja como não há uma explicação plausível ou mesmo algum fator isolado que explique o suicídio", relata Oscar Lang, psiquiatra que tratou do seu caso e que acabou se tornando muito presente em sua rotina. Malena completa: "Eu lembro que mamãe, nessa época, parecia bem, pois voltara a sair sozinha e a comprar vestidos. Em algum momento, cheguei até a achar que ela estava namorando, pois se trancava no quarto para falar ao telefone com alguém que eu desconhecia. Algumas vezes, com ciúmes, quis descobrir com quem ela tanto conversava, cheguei até a tentar escutar a voz do misterioso estranho pela outra linha, mas Jane sempre me pegava no ato e eu nunca soube quem ele era, ou mesmo se o tal indivíduo realmente existia. Foi uma tragédia o que se sucedeu. Inclusive, já pensei milhões de vezes se essa pessoa misteriosa teve alguma relação com isso".

Em cianotipia, a foto de uma menina assistindo sua mãe se afogar em um lago. Uma espécie, sim, de ficcionalização de algo, mas também coisa que carrega grande dose de irrealidade, afinal, morte é apocalipse e o fim sempre inaugura um país em que não, não se fazem possíveis imagens. Tememos o que não somos capazes de ver, histórias silenciosas pairam ao nosso redor como fantasmas. Até a data da catástrofe, os álbuns da criança Malena estavam bem preenchidos, quase sempre este um cuidado tipicamente feminino, pois são as mães que costumam organizar tais registros. Depois do afogamento de Vivian, ela quase não fora mais retratada de modo organizado. Entre os seus sete anos e a maioridade, restou, portanto, um hiato fotográfico. Seu rosto mudara sem que pudesse compreender ou comparar a evolução dos traços. Sim, neste período, já estava morando com a avó e as tias, afinal, Jean Vincent e Ann Lou não a aguentaram. De repente, adulta, ela, Malena, num espelho quebrado. Tudo ao contrário. Sua mãe, um corpo sem a despedida devida. Mas doente, em extremo sofrimento, na sua frente, agora adulta, ela tinha Aida. Balbuciando coisas sem sentido. Ela, Malena, em desconcerto, estranhamente fria, diante do que assistia. Sobreviveria, sim, àquela mulher, seu grande desafeto, inimiga. Mas, sabe-se lá por que, sentia-se também muito culpada. Havia chegado a hora do juízo final, Aida pedindo que ela segurasse sua mão no momento da passagem. Malena, muito assustada: não, não queria proximidade, evitava qualquer risco de ser arrastada para o outro lado. Um dia, houve sua mãe, Vivian, a mulher que ela não viu morrer, a única com quem tinha por obrigação estar junto neste tipo de circunstância, mas que preferiu desaparecer num lago. Assim, diante de Aida, Malena fez a única coisa que sabia para se defender: tirou retratos. Pecado. Mesmo a verdade carrega grande dose de irrealidade. Morte é apocalipse, e o fim sempre inaugura um país em que não, não se fazem possíveis imagens.

Aida faleceu, em São Paulo, no dia quatorze de junho de dois mil e quatro. Diferente do que dizia desejar, não partiu no dia mais bíblico de todos.

Aida precisava de um palco. E foi apenas dentro daquilo que costumava chamar de sua família que, muitas vezes, de modo muito questionável, ela tentou dispor do poder que, em todas as outras instâncias de sua existência, era-lhe sistematicamente negado. Sim, ainda que suas opiniões sobre os negócios do marido fossem demandadas, estas acabavam atribuídas a um dos executivos da empresa, sua inteligência e astúcia nunca ganharam os holofotes que mereciam. Só que vítimas mesmo são apenas aquelas pessoas que não têm meios reais de se desvincularem da situação que as aprisionou, ao longo da vida. E é preciso que fique claro: este não foi, em absoluto, o seu caso.

* * *

"Depois que minha mãe se foi, nem aquela luz primeira que iluminava sutilmente o meu quarto de menina era capaz de me fazer despertar do estranho e calmo transe que me tomou. Por um período, congelada com a notícia de sua morte, quase nada senti. Os dias amanheciam iguais e era como se eu não estivesse exatamente os vivendo, parecia que havia me tornado apenas uma observadora das coisas que fazia. Tudo soava familiar, ao mesmo tempo em que eu tinha absoluta consciência de que algo de muito anormal se passava dentro de mim. E qualquer gesto externo de normalidade que eu manifestava fazia com que me sentisse muito culpada. Intimamente, eu me repreendia dizendo que eles eram uma ofensa à morte da mulher mais importante da minha vida, afinal, eu deveria ficar prostrada lamentando sua falta, sem capacidade de fazer o mínimo. Essa, evidentemente, seria a atitude adequada de uma boa filha. E por que estou dividindo isso com você, Renata? Porque experimentei algo semelhante quando descobri tudo que Thomas havia me escondido. No instante inicial, parecia que as informações que acabara de receber não importavam, eu as processei de um jeito distanciado, afinal, o comportamento dele não dizia respeito exatamente a nada relacionado comigo. Por que eu estragaria, então, um casamento de tanto tempo devido a coisas assim? Nosso limite com o erro do outro não é quando ele nos atinge? Mas, logo depois, entrei num colapso. Como você bem sabe, antes do *Piscinas Russas*, cogitei até, novamente, suicídio. Quem era mesmo aquele homem que dividia a cama comigo? Como teve coragem de esconder informações tão importantes? Durante semanas, angustiada, eu o observava fazer a barba e opinar sobre detalhes da nossa rotina como se nada de extraordinário estivesse se passando consigo. E isso me atormentava mais ainda. Como acordar diariamente ao lado deste desconhecido? Como encontrar forças para confrontá-lo, correndo o risco de renunciar a todo o meu ideal de família? De uma hora para outra, assim como ocorreu com minha mãe, eu também acabei me descobrindo enganada pela pessoa que mais amava, aquele com quem jurei dividir minhas dores e delícias. E eu ficava aterrorizada com a possibilidade de perder sua companhia, de ser julgada, de meus filhos não me apoiarem. Pior: eu sentia pavor de envelhecer sozinha. É fato que os assassinatos dos meus avós fizeram um estrago enorme na psique de minha mãe, mas foi o caso de meu pai com Ann Lou, creio eu, o passo decisivo para o seu declínio. A palavra caso vem de *casus* que, em latim, significa queda. Não sei bem explicar por quê. Mas vejo algo de confortante em saber isso."

Em uma coleção privada, está a clássica pintura de William-Adolphe Bouguereau, *Le ravissement de Psyché*, em que vemos representados os deuses, Eros e Psiquê, voando juntos em busca da imortalidade. Em seu rosto, Psiquê guarda uma expressão de nirvana, orgasmo. Eros parece mais circunspecto, possessivo, enquanto carrega sua grande paixão consigo. Talvez ele esteja assim, tenso, porque suas asas de anjo precisam suportar um eventual *casus (queda)* de Psiquê. *Fall in love,* em inglês, é o mesmo que cair de amores, restar arrebatado. *Ravissement*, em francês, pode significar tanto arrebatamento como rapto. Queria Malena, com a sua segunda exposição, cair de vez ou dar um salto?

"Sem dúvidas, a lembrança de Aida me impedindo de pular da varanda com Edoardo, enquanto eu estava imersa naquela profunda depressão pós-parto, foi a origem de *Ravissement.* Depois desse episódio, busquei tratamento e comecei a me interessar pela diferença radical humana. Como duas pessoas, em uma mesma circunstância, conseguem sentir emoções distintas? Passei a entrevistar outras mulheres que tinham filhos pequenos, queria entender se elas estavam verdadeiramente felizes com a maternidade. Apenas fotografei as que percebi que falavam de suas experiências de forma genuína. Esse foi também o critério que adotei na escolha dos demais retratados. E, na constância dessas conversas, pude compreender que todos aqueles sujeitos que se revelavam em êxtase com o ordinário possuíam um traço em comum: eles haviam sido, desde o nascimento, amados de um modo fervoroso, inquebrantável. Terem sido reconhecidos, ainda cedo, como seres especiais por alguma figura de autoridade foi algo que lhes permitiu acreditar em si mesmos, desenvolver uma espécie de fé na existência pura, uma confiança no sagrado. E isso lhes dava certas condições para olharem a vida com mais generosidade. Perceba, Renata: o afeto que essas pessoas tinham experenciado não anulava suas subjetividades. Em algum momento, sim, surtei com a percepção de que jamais seria capaz de transmitir algo do tipo para Edoardo, nunca havia conhecido nada semelhante e estava perdida em minhas ambiguidades. Como permitir para outra pessoa algo que eu não tinha em mim? Que totalmente ignorava? Além do mais, nesse período, eu estava tão sofrida! Eu amava, portanto, do jeito que podia. Mas essa percepção não me impedia de me sentir mal, eu me supunha sempre insuficiente, em falta. Sem dúvidas, meu menino merecia muito mais do que eu conseguia oferecer, e eu precisava fazer alguma coisa para reverter esse cenário. Decidi, então, que a única saída para toda essa minha angústia seria voltar para a fotografia. Capturar o que essas pessoas sentiam. Fazer delas um aprendizado."

* * *

"Venha, Renata. Feche os olhos. Deixe-me que lhe conte sobre o instante mais lindo da minha vida."

Talvez porque aquela era a noite que mais esperou, ao longo de toda a sua existência. Talvez porque a temia tanto quanto desejava, numa espécie de movimento infinito e nauseante. Talvez porque tinha depositado todas as suas fichas naquele trabalho e sabia que não podia errar, receber críticas negativas, já que isso arruinaria suas perspectivas de futuro. Talvez porque, desesperadamente, queria mostrar a Jean Vincent que era uma artista de primeira linha, fazê-lo se orgulhar dela, afinal, estava expondo num espaço respeitável de Nova York e, não, jamais voltaria para aquela comunidade opressora, para aquela sua família tão disfuncional, algo de mágico tinha de lhe acontecer, um futuro luminoso a aguardava. Talvez porque sentia uma necessidade visceral de descobrir se, de fato, era mesmo boa na única coisa que havia lhe permitido suportar o núcleo brutal da vida. Talvez porque acreditava que era sua própria arte, confundia-se com suas obras e temia horrivelmente ser considerada, a partir do julgamento do outro, indigna. Talvez porque fosse alguém sem nenhuma autoestima, uma mulher arruinada emocionalmente por conta de uma série de namoros desastrosos e pelo esfacelamento das relações entre as pessoas que amava e, não, não tinha em quem confiar e, não, não tinha com quem contar, sentia-se muito sozinha, carecia de estabilidade afetiva, necessitava de modo desesperado acreditar que qualquer coisa incrível lhe aconteceria. Talvez porque não havia sido levada a sério por ninguém ao redor e carregava um sentimento de injustiça. Mas, principalmente, porque talvez aquele pudesse ser o seu momento decisivo. E isso lhe causava medo, até pavor, eu diria. Ao ver seu reflexo na porta da galeria, Malena ficou atordoada: percebeu que suas mãos tremiam, embora seu rosto guardasse uma expressão petrificada, fria. Por segundos, tentou se acalmar, respirou fundo, buscou, sem sucesso, um cigarro no bolso, inspirou e expirou tudo que lhe era possível. Mas não deixavam de surgir, em sua mente, os piores cenários: e se ninguém aparecesse para prestigiá-la? E se nenhum marchand resolvesse representá-la? E se a recepção do seu trabalho fosse ruim? O vernissage ainda nem tinha começado, mas sua angústia era tão grande que ela cogitava fugir. Fazia anos que imaginava, em detalhes, como seria aquele dia. Eventualmente, inclusive, chegara a ensaiar um comportamento adequado para qualquer circunstância que saísse do seu controle. Tinha horror de padecer na frente de todo mundo. Tinha horror de ser vista assim. Desde a morte de Vivian, havia, inclusive, desenvolvido uma impenetrável máscara de invulnerabilidade para eventuais circunstâncias do tipo. Mas, até então, acreditava que seu maior receio era apenas que algo saísse do desenho sonhado, previsto. Ignorava que sofreria em qualquer cenário, pois o que a aterrorizava, de fato, era a ideia da mudança de si. Não, caso tudo ali desse muito certo, um grande perigo também se anunciava. Porque ela, definitivamente, não estava pronta para ir além de sua mãe, não, isso lhe trazia um sentimento insuportável. Dar certo, nesses termos, era também um risco imenso porque significava, ao mesmo tempo, uma espécie de nova separação entre ela e Vivian. Ultrapassar a mãe, de novo, era deixá-la ainda mais distante, lá no lago, sua linha de partida. E *Hiraeth* tinha como objetivo o contrário disso. Tudo que Malena mais queria era se aproximar do que lhe aconteceu, reencontrar-se com Vivian através da fotografia. E caso seu trabalho tivesse êxito, ela restaria esquecida como "a criança órfã" e passaria a ser vista como "a mais nova promissora multiartista", algo que, sim, desejava, mas que também significava uma espécie de adeus definitivo ao principal propósito de sua vida. E caso seu trabalho tivesse êxito, talvez o sucesso pudesse ser tomado como uma manifestação de sua mãe, uma forma que ela encontrou, lá do céu, de lhe dizer que a perdoava por não ter sido uma boa filha. E, não, Malena não estava ainda pronta para receber tal alforria, a voz interna que sempre a acompanhou não parava de sugerir que coisa como essa ela nunca mereceria. Os pensamentos catastróficos, contraditórios, iam e vinham, seu corpo parecia fora de órbita, além dos tremores, começou a ser tomada por vertigens, estava prestes a colapsar, cair... Mas eis que um estranho, ou melhor, um homem, um homem de aparência bastante singular, um homem, na realidade, muito bonito, pergunta-lhe se está tudo bem consigo. E depois de vê-la desprotegida, sem disfarces, e depois de escutar dela a resposta verdadeira, ou seja, uma negativa, ele lhe oferece o braço e ambos entram juntos na galeria.

A noite em que Malena conheceu Thomas foi a mesma de sua estreia pública como artista. E enquanto os convidados do evento a cumprimentavam, ela, entre ansiosa e distraída, sempre dava um jeito de passar os olhos pelo salão para ter certeza de que aquele homem misterioso que havia acabado de conhecer não tinha ido embora. Para alguém que sempre carregou a impressão de que sua existência estava acontecendo em algum universo muito longe de si, ele havia se tornado a coisa mais próxima do seu próprio paraíso. Não, não podia perdê-lo de vista. Precisava fazer com que se interessasse amorosamente por ela, estava obcecada. Ao mesmo tempo, perceber o vernissage lotado, repleto de caras conhecidas, dava-lhe muito alívio. Eram tantas emoções fortes se misturando, que sabia que não restaria ilesa quando aquele momento tivesse fim. Nunca conseguiu administrar bem suas próprias oscilações e, com certeza, pagaria um preço alto por todas elas. Sentir jamais lhe foi simples. Percebeu que Thomas estava parado, já há algum tempo, diante de sua obra *Plaque,* fotografia que expunha uma placa de metal que ela havia pregado numa árvore, à beira do lago em que sua mãe se afogou. Nessa improvisada lápide, havia gravado: *Para minha inesquecível mãe, Vivian Taylor Matrice, pois me fiz raiz para ficar perto de ti.*

O que será que o havia interessado tanto nesse seu trabalho? Em algum momento, chegou até a pensar que Thomas iria comprá-lo de tão comovido que parecia. Mas, para sua surpresa, nada semelhante aconteceu. Na verdade, enquanto ela se fazia essas perguntas, observou-o deixar a galeria. Sem nem, ao menos, pegar seu número de telefone ou se despedir. A sensação de desapontamento que lhe tomou foi tamanha que quase esqueceu de que estava realizando o grande sonho de sua vida. Na outra ponta do ambiente, viu Jean Vincent bebendo um vinho, ao lado de Camila Sombra, uma de suas melhores amigas. Percebeu que, naquele instante, pouco lhe importava mais impressioná-lo. Só pensava em Thomas Weber, no que ele havia achado sobre ela e sua exposição, no que pensava e sentia. Estava ensandecida, tinha deixado escapar o homem que, no íntimo, acreditava ser um presente enviado por Vivian. Descobriu-se, então, angustiada, à beira de um precipício. Sim, naquele seu início de juventude, confundia amor com isso.

Segundo Cindy Sherman, "Thomas Weber, no início da década de oitenta, não era apenas mais um charmoso rapaz nova-iorquino. Embora circulasse nas altas rodas da sociedade, ele nada tinha de superficial e, genuinamente, costumava se interessar por novos artistas. Culto, interessante e rico, fazia muito sucesso com sua presença discreta, nada apelativa. Afinal, dinheiro e beleza são sempre chamarizes sociais, guardam seus próprios signos e nós os reconhecemos ainda que nada sobre eles seja dito. Das minhas fotografias, Thomas dizia apreciar, em especial, as da série *The Centerfolds*, que retratavam mulheres jovens, sempre sensuais, em estado de espera ou melancolia. Ter conhecido Malena, tão delicada e linda, num momento de extrema vulnerabilidade, deve, portanto, ter lhe parecido irresistível. Naquela noite, antes de ir embora da inauguração, ele me perguntou reservadamente se eu tinha o telefone dela. Sorri no exato instante. Imaginei logo o que aconteceria entre os dois. Só que nunca seria capaz de adivinhar que isso viraria um casamento tradicional com filhos. Mesmo bastante amistoso, Thomas jamais foi um homem de quem as pessoas conseguiam se aproximar. Embora simpático e entregue aos seus desejos, ele também se mostrava muito reservado. Não era preciso se esforçar demais para se apaixonar por ele. Num momento inicial, inclusive, ele parecia corresponder ao que a outra pessoa sentia. Depois simplesmente se cansava e terminava o relacionamento sem maiores explicações. Isso ocorreu, ao menos, com três mulheres que conheço. Imaginei que seria assim também com Malena: uma aventura deliciosa e passageira. Não se deve esperar demais de pessoas assim. Nunca as conhecemos de verdade, não fazemos ideia do que pensam e do que podem fazer, embora pareçam envolvidas. Quando Malena deixou sua carreira em hiato e eles se mudaram para o Brasil, fiquei perplexa. Pressentia que algo poderia dar muito errado. Vejo, agora, que minha intuição fazia sentido".

Thomas ligou, pela primeira vez para Malena, em dezoito de março de mil novecentos e oitenta, com o pretexto de que desejava negociar uma de suas fotografias. No encontro, levou consigo um envelope que, dentre outras coisas, continha o jornal onde se lia uma crítica muito positiva sobre *Hiraeth*. Ela, que não sabia que Cindy Sherman havia dado seu número, ao escutar a voz dele no outro lado da linha, ficou inebriada. Uma felicidade rara a tomou por completo e a deixou muito inquieta nas horas seguintes. Quando já na galeria, à espera dele, estava quase enlouquecida. Assim que ele chegou, apenas lhe deu uma discreta piscada de olho, nem teve coragem de cumprimentá-lo como devia. Segundos depois, ela o levou para ver *Waldeinsamkeit*, a obra que ele disse estar interessado em adquirir. Buscando aplacar a óbvia tensão que crescia entre eles, começou, então, a falar sobre sua construção artística. Mas logo se calou, ao percebê-lo olhando profundamente para o seu rosto. Fora isso, tudo que estava dizendo soava falso, ridículo, suas palavras não conseguiam se organizar como deveriam. E, sim, todo o resto dessa história também é indescritível. O fato é que, desde aquele beijo, Thomas fez com que o corpo de Malena falasse sozinho.

* * *

Todos os seres humanos, no fundo, desejam ser amados por suas qualidades intrínsecas. Pelo que em si, intimamente, guardam. E sabemos que, com a convivência, as características estéticas de nossos parceiros amorosos não costumam mais exercer um papel decisivo no modo como nos relacionamos com eles, no dia a dia. Entro no terceiro ambiente do *Piscinas Russas* e, de cara, encontro ampliada uma fotografia que disponibilizei para Malena. Nela está eternizada a pequena sala da casa onde cresci, assim como também a menina que fui, aquela muito diferente da que diziam que eu deveria parecer. Nesse retrato, quase não tenho cabelos, pois em tal período, já restava gravemente adoecida. Em cada um dos meus lados, como espécie de guardiãs da nossa mínima família, encontram-se minhas duas mães. Lembro-me que, nessa ocasião, embora houvesse um circunstancial pacto de respeito mútuo, o silencioso clima bélico entre elas restava. E que isso me fazia muito mal, já que eu vivia na expectativa de que algo ruim e imprevisível destruísse a nossa precária harmonia. É apavorante perceber que minhas mães passaram existências inteiras controlando suas próprias aparências, buscando, a partir disso, encontrar um amor que nunca lhes seria possível. É muito triste que elas tenham, até o final de suas vidas, procurado, no olhar do outro, a validação do valor que tinham. Mesmo depois de tantos anos de trabalho pessoal, é ainda muitíssimo duro para mim constatar que me sinto mal por não ter conseguido salvá-las de si. Que, mesmo que em um plano inconsciente, continuo achando que as traí, que não honrei minha linhagem, por ter feito escolhas diferentes das que elas queriam.

Malena me abraça. Juntas, entramos numa espécie de tenda escura improvisada, dentro da mesma sala. Encontramos, então, uma tela, na qual está passando um trecho do documentário *Meus sinos não se calam*, lançado em mil novecentos e noventa e quatro. Nele, vemos uma ainda jovem Teresa Versant dizer: "Foi simplesmente um descalabro a presença de alguém com o passado de Luiz Antônio Grimaldi nas discussões sobre a nova constituinte do nosso país. Isso é algo insuportável de aceitar. Como um homem que dedurou antigos amigos para conseguir ser nomeado governador estava ali, opinando sobre o futuro de nossa democracia? Como um homem desta espécie pôde capitanear um processo ao contrário de tudo em que estava metido? Como ele foi considerado, inclusive, elegível para concorrer ao Senado? Essa lei de anistia foi uma piada, nenhum regime democrático se constrói apagando crimes. O que chamam de composição, eu nomeio de mau-caratismo. Esse homem é um monstro, tem uma sede doentia de poder e eu não descansarei até provar que ele sabia de tudo que ia acontecer com Neto, seu próprio filho. Jamais deixarei a memória dele morrer. Meu Deus! Como um homem que aceitou o desaparecimento de alguém do seu próprio sangue pode seguir impune? Nunca acreditei nessa história maluca de que ele viajou para estudar. Se assim fosse, por que nunca mais tive notícias suas? Vou lutar, até o fim, para provar que essa versão dos fatos não passa de uma grande falcatrua".

* * *

Tudo é teatro? Somos mesmo, afinal, apenas personagens atuando a partir de um script mal escrito chamado vida? Em certo momento de sua peça *Tio Vânia*, Anton Tchekhov faz sua personagem, Maria Vassílievna, dizer para o filho: "Parece que você quer pôr a culpa nas suas antigas convicções... Só que o culpado não são elas, mas, sim, você mesmo. Você esqueceu que convicções sozinhas não são nada, não passam de letra morta... Era preciso pôr as mãos à obra".

Na antiga casa grande dos Grimaldi, Helena em chamas. Culpada ou vítima? Como ser alguém digno, numa sociedade tão estruturalmente desigual? Quais os limites que diferenciam violência da legítima reação do oprimido? Tornar a Alemanha boa de novo, essa foi a principal fantasia de Aida. Sim, ter como principal meta honrar o passado pode representar um grande perigo. Há sempre o imenso risco de se ficar preso num ideal, naquilo que se pensa que deveria ter sido. *Hiraeth*: nostalgia de um mundo puro, impossível? O perfeito nasce com atestado de óbito. E revoltas impotentes não mudam destinos.

Aida

Prever tsunamis é aprender palavra de água parada, Malena. Respeitar rebeliões invisíveis que se disfarçam de calmarias. Naquele tempo, era preciso negociar com os ventos para se manter a par dos prenúncios de invasões marítimas. Saber de si, inclusive, demanda também esse mesmo tipo de exercício. Mas, não, enquanto viva, eu não fui capaz de tamanha sabedoria. Nunca escutei meu próprio vazio. Impedi-me de qualquer abrigo. Era reconhecida como uma menina inteligente, só que naquela época, Malena, qualidade assim para uma mulher pouco valia. Muito pelo contrário: em certas circunstâncias, essa virtude parecia ser algo negativo, pois poderia atrapalhar o andamento da vida. Passei toda a minha existência, então, fingindo não compreender como as coisas dentro de mim se organizavam, tentando agradar meus pais e os outros da minha comunidade para ser reconhecida como uma pessoa minimamente digna. Não respeitava minhas vontades ou convicções fundamentais porque, no meu íntimo, acreditava que não era amada pela minha família porque simplesmente não merecia. Eu ajudava todos eles nas tarefas domésticas, Malena, sem dúvidas, era uma das melhores da classe, esforçava-me bastante para reverter essa sensação de desamparo. Só que, sempre quando via os olhos de meus pais brilhando ao falar de minhas irmãs e comparar isso com o modo ríspido como eles agiam comigo, eu me despedaçava. Hoje compreendo que, naquela época, nada do que fizesse seria o suficiente para satisfazê-los, afinal, o problema deles estava no casamento falido que tinham. Sim, eles me culpavam pelo seu fracasso conjugal, já que a relação dos dois só havia piorado com o meu nascimento. Dizem que mamãe, pouco antes de engravidar de mim, havia se apaixonado por um homem que passou meses na nossa hospedaria. E, não, tudo que meus pais menos precisavam era do peso de uma terceira filha. Hannah e Deborah, minhas irmãs mais velhas, foram recepcionadas neste mundo, Malena, de uma forma muito diferente da minha. Chegaram desejadas pelos dois, na condição de promessas de um sonho novo. Por conta delas, eles recebiam elogios de pessoas que admiravam, circunstância que lhes trazia não apenas orgulho, mas que também permitia que adentrassem em espaços privilegiados. Esguias e loiras, com cabelos que se desembaraçavam mais facilmente, Hannah e Deborah eram vistas por eles como os ovos da sua galinha de ouro. Já eu, Malena, tão diferente das duas, tão fora do que se costumava estar no ideal de beleza da época, causava-lhes estranhamento e repulsa. Desde o primeiro dia, tudo parecia mais complicado para mim. Eu sabia, claro, que havia algo de muito especial em quem eu era, confiava que, em outro lugar, com certeza, devia estar me esperando uma existência de verdade, mas ninguém mais parecia acreditar isso. Curiosamente, Edoardo, meu amado netinho, me lembrava a menina carente de afeto que eu tanto fui e o fato de ele causar estranheza por ser muito diferente esteticamente de você e do Thomas fazia com que eu desejasse protegê-lo. Ele sempre foi meu neto favorito justo porque estava fora dos padrões esperados, tudo nele me encantava. Eu amava muito Nathalia, mas ela tinha aquela impetuosidade que me exauria, sua sagacidade precoce sempre me causou sentimentos ambíguos. Eu achava desrespeitosa a forma como ela me interrogava sobre Ernest, parecia saber de Jules, intuir meu crime. Certa vez, insistiu para que eu contasse mais sobre minha família originária, onde estavam suas tias-avós, haviam ficado na Alemanha ou em Paris? Por acaso, já tinham morrido? Meus pais viviam sonhando com o momento em que teriam férias de mim, Malena, desejavam ardentemente a oportunidade de sair daquela ilha, eram alpinistas sociais, sonhavam em frequentar as melhores festas do continente, queriam participar das decisões políticas, embora nunca tenham encontrado guarita para suas expectativas. Embora herdeiro da maior hospedaria da região, meu pai não tinha dinheiro algum, costumava gastar todas as suas economias com itens supérfluos, afinal, minha mãe, nascida em Berlim, ressentia-se por não ir a mais concertos na sua cidade, no passado, acreditou que estava se casando com um homem rico, portanto, exigia viagens e vestidos. Ele atendia a todas essas vontades dela, não conseguia contrariá-la, mas nos meses seguintes a seus desbundes, nós passávamos apertos, precisávamos ficar pegando fiado, não tínhamos condições de comprar nem um saco de farinha. E a guerra só fazia piorar tudo isso. Minhas irmãs, apesar da nossa falta constante de estabilidade financeira, estavam inseridas socialmente e cobiçadas pelos rapazes das melhores famílias. Desde cedo, Malena, elas aprenderam a representar os papéis que meus pais tanto queriam. Ora, bastante orgulhosos, eles haviam as enviado para estudar em Berlim, concederam-lhes um passaporte antecipado para o universo dos adultos, deixavam que circulassem pelas festas da alta sociedade, quem sabe, deste modo, encontrariam logo maridos que os ajudariam no projeto social que tanto perseguiam. Já eu, a mais nova e, para piorar, a única gordinha, não parecia lhes permitir nenhuma espécie de retribuição direta pelos seus esforços, não trazia glamour algum para suas existências, portanto, para nada, de fato, servia. Foi desse jeito que cresci e acabei aprendendo, Malena, que enquanto respiramos, nenhuma segurança é possível. Porque, em que pese todas as perspectivas, ao contrário de meus pais e minhas irmãs, eu fui a única que enriqueceu e conseguiu abandonar todo aquele provincianismo. Somente uma fé inventada no nosso próprio valor é o que nos permite ultrapassar com mais tranquilidade a dureza dos dias. Fingir acreditar em si mesmo, Malena, é o primeiro passo para um bom caminho. Foi o que fiz. Por que como eu poderia ter, naquele período, qualquer autoestima, se vivia sendo criticada? Eu carregava uma dor insuportável, Malena, mas, de algum modo, supunha que se Deus havia colocado todo aquele sofrimento no meu caminho, era porque ele acreditava no meu potencial de superação. Agora eu sei: a natureza nem sempre fala a verdade, essa que é uma das mais duras lições da vida. Aos treze anos, só para que você entenda, sempre que as enchentes lá em Hallig, a ilha em que nasci, se anunciavam, meus pais davam com os braços, era eu quem guiava os animais da nossa hospedaria em direção ao alto. Como você, portanto, sobrevivi também temendo os humores das águas. Claro, sempre que encaminhava com o gado para cima, ficava obviamente farta daquela existência cheia de obrigações, odiava muito viver naquele lugar, mas não tinha coragem de falar com ninguém sobre isso. Como descobri tempos depois, em quase todas as circunstâncias, Malena, pessoas oprimidas são convidadas a acreditar que seus suplícios as tornam especiais e que, no final das suas existências terrenas, elas serão reconhecidas pelos seus bons feitos. Há muito mais desespero no universo do que se pode supor e mitos funcionam por isso, são formas de disciplinar a vida dos indivíduos na sociedade, solidificam estereótipos usando a justificativa do divinamente estabelecido. Diferente das minhas irmãs, cujo destino anunciava um futuro excitante, para mim, parecia que estava determinado um papel específico: eu devia lutar incessantemente pela manutenção da hospedaria construída por meus ancestrais, mesmo que isso custasse minhas próprias ambições, mesmo que me fosse demandado um imenso esforço físico. Meus pais sustentavam que era fundamental que eu colaborasse para a preservação das tradições do nosso povo, os tijolos daquela casa significavam nossa história, provavam que fazíamos parte de algo muito maior, impossível esquecer, eu tinha que estudar, mas também aprender a gerenciar tudo aquilo. Se eu não havia sido agraciada com os requisitos estéticos necessários para uma mulher ser escolhida, precisava aprender como cuidar dos negócios da minha família. Sim, eu me sentia como uma peça de uma engrenagem perversa, serva eterna da beleza cruel daquela paisagem sempre em vias de ser ameaçada. Frequentemente, nas épocas das cheias, tomada por uma imensa raiva, fantasiava em fugir. Quando do recuo do mar, já com pastos, galhos e flores arrasados, eu me acalmava e acabava menosprezando não apenas a minha destruição, mas a de tudo ao meu redor. Como os outros, apressava-me para limpar vestígios daquele passado recente, pois, culpada pelos meus maus sentimentos, precisava voltar a viver como se não tivesse sido ameaçada, tinha que aceitar minhas origens, era perigoso questionar o bom Cristo e seus desígnios. Do continente, Malena, o carteiro, duas vezes por semana, trazia notícias. Quase sempre, após terminar minhas obrigações, eu caminhava até o vale para acompanhar, no pôr do sol, o espetáculo das aves. Eu vivia à flor da pele, esperava ansiosamente por tal momento, afinal, tinha certeza de que Jules também estaria por lá. Nossos encontros não eram previamente combinados, mas sabíamos que nos encontraríamos, pois é assim que acontece com aqueles que se amam. E não era preciso que pronunciássemos nenhuma palavra mágica, bastava a nossa mútua presença, a assunção do nosso pacto. Nestas ocasiões, eu nada dizia para Jules, apenas lhe oferecia minha mão e me posicionava ao seu lado. Não, nunca se deve interromper os artistas no exercício de suas performances e aqueles pássaros, Malena, mergulhados no horizonte, cantavam para nós, nós, duas pessoas perdidas numa longínqua ilha alemã por pouco não esquecida dos mapas. Quando eu e Jules nos víamos, Malena, todas as batalhas, o medo do desabastecimento, a chegada dos estrangeiros, tudo de pior que vinha sendo narrado pelo rádio parecia não existir, não pertencia à ordem do nosso pequeno sistema particular. Eu gostava de observar o rosto de Jules, apreciava-o demoradamente, sua expressão serena me parecia sempre um mistério calmo, permitia-me um mínimo de paz, a coisa que eu mais precisava na vida. E eram aqueles ventos conselheiros que, enquanto bagunçavam nossos cabelos, protegiam-nos. Eu e Jules tínhamos um gosto literário muito parecido. Sim, na medida do possível, éramos felizes. A juventude, Malena, sempre guarda mesmo uma promessa inexprimível. Pelos céus, pássaros voavam. Nós, anjos pousados, assistíamos. Claro que, quando eu chegava em casa depois desses encontros em segredo, era tomada por uma avalanche de sentimentos negativos, morria de medo de que meus pais descobrissem meus desejos. Eu e Jules nunca conversamos abertamente sobre o que se passava conosco, sabíamos que seria difícil, mas fazíamos planos de um futuro conjunto. Imaginávamos, sim, que aqueles momentos podiam ter seus dias contados. Aquele era um tempo, não se esqueça, em que o céu não se revelava para todos. E que pássaros, aviões, anjos e estrelas eram, com frequência e sem maiores explicações, abatidos.

Minha mãe, Malena, pela televisão, suspirava. Ela tinha um grande sonho: ser escolhida para participar do cruzeiro organizado pelo Hitler.

Meu pai, furioso, vivia. Aqueles judeus malditos, nossos vizinhos, ao contrário de nós, só ficavam cada vez mais ricos.

Hannah e Deborah nenhum resultado concreto, até então, tinham conseguido.

Ernest estava hospedado conosco há dois meses. Era muito bonito, todos falavam, mas eu não percebia.

Sagrado é aquilo pelo que você se oferece em sacrifício. E eu achava que Deus nunca me perdoaria por aquilo. Jules carregava uma estrela no braço, Malena. Nos meus, tinham feridas.

Mesmo que me doesse terrivelmente, aquela Roma em ruínas, destruída como eu, precisava ser meu próximo destino.

Teresa

Há momentos que jamais terminam de acontecer. E eu ainda vejo minha mãe, a pessoa que me deu a vida e que tanto temeu que meu coração parasse, na minha frente, sem vida, parada pelo seu coração. Por que não entendi logo o que lhe acontecia? Por que demorei para reanimá-la? Eu ainda também vejo você, Tom, pouco antes da nossa despedida, na porta do quarto, fazendo minha vigília. Por que, naquela madrugada, eu fingi que dormia? Por que não pedi que ficasse comigo? Há também perguntas que jamais terminam de serem feitas. Que ficam se repetindo, dentro da gente, como se fossem cenas de um filme contínuo. Assim como sons que passam a ocupar para sempre nossos ouvidos. Nina, companheira Nina, os homens com sede não paravam de repetir, debochando de mim.

As três que avisam

Material bruto.

Depoimento de Teresa Almeida Versant para Malena Matrice. Gravado em 22 de setembro de 2022, às 11:08, em sua residência.

[00:00:00]

"Como aquele discreto ruído que escutamos quando abrimos a tampa de uma garrafa. Ou igual ao estalo leve que fazemos com a língua quando a dobramos e pressionamos contra o céu da boca. Foi desse modo, de forma instantânea, Malena, que algo dentro de mim se rompeu para sempre, no momento exato em que vi minha mãe caída no chão da minha casa de infância. Consigo ainda escutar a fração de segundo em que compreendi que a Teresa que eu havia sido, até então, consistia numa ilusão de ótica, que a partir daquele acontecimento ela não mais se viabilizaria. Tomada por uma sensação de estranheza extrema, era como se eu estivesse nascendo de novo em forma de uma tela em branco. Não que a Teresa pregressa fosse falsa, na verdade, ela pertencia a um reino acabado, dela nem existiam mais ruínas, apagada, sua existência só cabia dentro de um determinado contexto, como acontece com os personagens ficcionais dos nossos livros. Quando a gente encara o espelho da morte, Malena, nosso contraste vivo começa a pulsar terrivelmente. Sem que eu pudesse dar conta, os minutos tão banais e corriqueiros que antecederam o meu fim primeiro, por exemplo, desapareceram em silêncio, como grãos de areia de uma ampulheta virada ao contrário. Não identificáveis de forma singular, misturados com outros de características idênticas, os minúsculos retratos invisíveis da época em que eu habitava a condição prévia de mim só podiam agora ser tratados na condição de bruma, reconhecidos de modo coletivo. Um raio partira os céus e um continente havia sido criado não no espaço, mas no tempo. Tudo soava realmente inaugural e, diante daquilo que eu experenciava, até a linguagem daquela nova era precisava ser inventada. Pelos ares, paredes se erguiam, sem piso forte. Minha mãe estava morta e eu havia falhado, não conseguira reanimá-la. Nada pronunciável podia construir uma coerência para essa circunstância. Você pode nomear o que se passou comigo como trauma, sua atitude está dentro do esperado, especialmente, nesta civilização material que tenta solidificar o que nos escapa em formato de palavras-massas. Natural fazermos isso. Queremos uma cidadania para nossas dores profundas, tentamos encontrar jeitos de dividir com os outros nossas solidões, mesmo sabendo que elas sempre serão únicas. Tomar conhecimento de que as demais pessoas que nos rodeiam também guardam grandes universos dentro de si mesmas causa alívio, Malena, afinal, a gente nunca sabe o que o mistério nos reserva e só o que nos resta mesmo é isto que estamos fazendo agora: partilha. Se não temos controle nem do nosso próprio corpo, se nossas células se reproduzem de forma aleatória, como esperar alguma narrativa compreensível do destino? Quando eu vi minha mãe morta, mesmo que irracionalmente, acho que tomei a decisão de deixar a primeira que fui ir para que pudesse continuar existindo. Também compreendi que precisava consentir cada gota daquela raiva que me constituía. Pactuei comigo mesma que não temeria mais o olhar de censura alheio, comecei a me permitir manifestar reações violentas quando sentia necessidade. Afinal, do que tinha adiantado eu ter me contido tanto para atender a um "ideal de boa menina"? Desde o meu nascimento, havia sido cobaia de uma socialização opressora que apenas tinha como objetivo tirar meu poder pessoal, e eu não continuaria permitindo isso. Sem dúvidas, nessa época, Malena, boa parte das minhas ações revolucionárias foram motivadas pela infelicidade imensa que carregava e acho válido perceber que foi desse modo que assumi um compromisso radical com a tradução da minha vida. Não digo autoria porque nenhuma existência pode ser prevista inteiramente e prefiro pensar que apenas descobri um modo de trilhar aquilo que passei a entender como "meu caminho". A desconstituição da minha família, ao menos nos moldes como eu a conhecia, acabou me causando uma revolta tão grande que eu só podia era agir da forma contrária à de antes. Quando refletia sobre o passado, sentia uma gastura imensa ao me recordar de meus pais se comportando de forma passiva diante da realidade, de percebê-los sendo subservientes às pessoas para quem prestavam serviços, engolindo humilhações e sapos, acreditando demais nessa história de que são os pobres que merecem o paraíso. Quero deixar claro, Malena, que nunca odiei pessoas ricas porque elas tinham dinheiro. O que eu sempre detestei é a absoluta falta de empatia que muitas delas demonstram ter. O que eu repudio é que tantos não reconheçam que o conforto de suas existências, em boa parte, é proporcionado por um imenso sacrifício dos desfavorecidos. O que eu recrimino é que se outorguem vantagens indevidas e que tratem os desabonados como cidadãos de segunda classe. Não esqueço do marido de uma cliente de minha mãe, certa vez, gritando com um jovem apenas porque este o abordou, na rua, para oferecer seus serviços de engraxate. Naquele tempo, curiosamente, eu ainda não era capaz de compreender que minha condição social era mais próxima da do rapaz que lustrava sapatos do que daquele infeliz destemperado. Minha consciência de classe surgiu apenas anos depois, a partir das muitas leituras que fiz, foram elas que me permitiram enxergar melhor minha própria realidade. Vingar meu lugar originário no mundo parecia também um modo de não me distanciar tanto de onde vim, compreendo agora. É impossível continuar acreditando em justiça quando experimentamos o desespero de presenciar morrer uma pessoa querida. Se minha existência prévia era acovardada, se eu ficava tentando agir de um jeito previsível, evitando desgastes e conflitos, a perda de minha mãe, seguida da de Tom, fez com que eu mudasse radicalmente de comportamento. Nada, afinal, me salvaria. Agora, passados tantos anos, compreendo com mais clareza que eu me punha em situações de forte adrenalina porque esse era um dos jeitos que encontrava de parar de ficar pensando em série sobre meus medos indizíveis. Em estresse ininterrupto, eu acabava impelida a tomar decisões fundamentais para minha própria sobrevivência, coisa que dificultava reflexões mais aprofundadas. Naquela época, Malena, eu precisava viver apenas no automático. Divagações metafísicas acabavam, no meu caso, dando origem a muitos pensamentos intrusivos. Pensar demais não me fazia bem, tomada por uma forte sensação de desamparo, eu recusava qualquer autoridade mística. Não há nada mais triste do que se descobrir não escutada pelo divino. Enfim. Voltando. Quando eu despertei, na manhã seguinte ao desaparecimento de Tom, tudo ao meu redor permanecia igual. Isso não lhe parece também uma piada sádica do invisível, Malena? Um dia, você está bem, resolve fazer um exame qualquer de rotina e descobre uma doença maligna. Um dia, você está feliz, arrumando seus livros, e sua mãe morre, inesperadamente, em seguida. Um dia, você adormece recebendo olhares apaixonados do amor de sua vida e, pouco depois de acordar, descobre que ele foi agredido e sequestrado, sem que você consiga ter maiores notícias. Foi Carolina, minha colega de faculdade, quem me informou sobre o que se passou com Tom. Na data, entre lágrimas, depois de um abraço forte anterior que já me deixou um tanto atordoada, pois, até então, tudo me parecia dentro da normalidade possível, ela me relatou que ele havia sido levado. Você já teve um sonho, Malena? Parece uma pergunta boba, eu sei, só que ela é fundamental para que a gente compreenda o que carrega por dentro. Eu sempre desejei envelhecer com o homem que amava. Eu também sonhava em viver num país mais digno, livre, empenhava minhas forças para construir isso. Queria estar rodeada de amigos, exercer a medicina num ambiente humanizado, salvar vidas. Por vezes, nós debochamos de nossos pensamentos mais simples porque é muito difícil mergulhar em nosso íntimo, temos medo de nos decepcionar ao descobrirmos que não somos o que pensamos ou que não conseguiremos, mesmo apesar de todo esforço, alcançar nossas expectativas. Como eu te contei minutos atrás, eu já havia sofrido uma primeira demolição interna. Só que Tom, ao me encontrar numa versão que oscilava entre a apatia e a raiva, trouxe uma gama de novas emoções e me permitiu recobrar a crença de que algo bom para mim seria possível. Se sentir amado de forma genuína, Malena, é extremamente curativo. Pense que isso também, de repente, me foi subtraído. Pode parecer estranho que eu, uma pessoa envolvida na luta contra o regime, não estivesse preparada para mais uma despedida. Só que eu supunha de verdade que, se algo acontecesse, seria comigo e com o Tom juntos, até porque estávamos muito próximos de nossa travessia para a clandestinidade, não imaginava de jeito nenhum que poderia voltar a ficar sozinha. Talvez não suportasse a possibilidade de mais uma perda e vivesse em negação. Carolina tinha conhecimento da minha história pessoal, nós éramos bastante amigas. Muito próxima de Isabela, estudante de medicina como eu, e a mulher que acabou se tornando

esposa de Junior, irmão gêmeo de Tom, Carolina era prestativa, falava de modo delicado. A verdade é que eu gostava de estar perto dela, sua presença me acalmava. Mesmo não a considerando uma pessoa inteligente, pois lhe faltavam leituras primárias e vários dos seus juízos de valor revelavam uma lacuna intelectual grave, algo nela, talvez uma certa doçura, talvez o fato de ter perdido o pai para um infarto, fazia com que eu me sentisse confortável ao seu lado. Namorada do Carlos, companheiro e amigo de Tom, nós quatro andávamos sempre em par. O Humberto, mesmo solteiro, costumava também ficar muito com a gente. Olha, Malena, eu me lembro pouco das circunstâncias imediatamente posteriores à notícia do desaparecimento de Tom, só me recordo do olhar complacente da Carolina para mim e de eu começar a dar pulos na tentativa de tirar do corpo um pouco daquela dor que me consumia. Gritos não pareciam suficientes para me livrar do horror que sentia, talvez pulando, o mal fosse escoando para fora dos meus poros, bom, é isso que consigo formular aqui. Olha, Malena, foi apenas quando fui levada para a torre, a partir do relato das outras presas, que comecei a entender que não sabia de verdade nada sobre a Carolina. No entanto, nada me preparou para tudo isso que veio à tona agora. Olha, Malena, você precisa saber da piscina."
[00:12:00]

Tom

Ainda que fosse inútil, dadas as condições daquele lugar ermo, eu precisava chorar. Chorar como um homem que assume seu medo das consequências do próprio erro. Chorar como um homem que é obrigado, por conta de suas atitudes impensadas, a encontrar uma nova narrativa sobre aquilo que havia acabado de lhe acontecer. Para assim, quem sabe, ser capaz de receber algum milagre. Dentre tantas dores, Teresa, minhas lágrimas vertiam também por saudades, essa palavra sempre discretamente triste. Mas que também concede certa dignidade para quem sofre, pois demanda um exercício prévio de humildade, o reconhecimento da própria impotência, a compreensão de que, sim, algum dia, houve sorte, mas esta acabou perdida. Até aquele cativeiro, eu estava tão investido em maldizer minhas origens que não era capaz de lembrar de nada bonito que, na minha existência, tinha ocorrido. Até aquele cativeiro, onde fiquei jogado num chão imundo por horas a fio, com as mãos atadas, em carne viva, eu supunha que sempre havia apenas detestado meu pai, que nada distinto em relação a ele tinha sentido. Mas todo ódio, Teresa, costuma ser uma espécie de esconderijo. E era do meu imenso amor, bem como do desejo de intimidade, ambos não correspondidos pelo grande senhor Luiz Antônio Grimaldi, que eu me protegia. Foi da frustração de não encontrar nele um lugar seguro, que decidi virar o seu contrário e me fiz sucumbir, a morrer de mim, ali. E eu apenas me dei conta de tudo isso, logo depois de ter recebido a pancada na cabeça, ao constatar expressões tranquilas nos rostos do Carlos e da Carolina. A verdade é que, às vezes, quando estamos em sofrimento, fazemos péssimas escolhas e, tentando fugir de buracos, acabamos nos jogando em precipícios. Calma, Teresa, não estou negando nada, assumo que meu pai cometeu mesmo atitudes desprezíveis, inclusive crimes. Apenas estou tentando lhe explicar que os sentimentos humanos não seguem uma régua inflexivelmente definida, que precisamos reconhecer nossas próprias ambiguidades para não sermos, no fim, por elas engolidos. E, sim, até aquela madrugada, até aquele cativeiro, em que renunciei ao meu ateísmo, eu agia como você agora, ou seja, também não sabia como me movimentar por zonas de penumbra e ignorava minhas sombras, vivia recorrendo a discursos idílicos. Talvez mais infantil do que os rapazes da minha idade, seja pelo idealismo em excesso que me impelia a atitudes extremas ou pelos privilégios que eu tanto desprezava (que, agora compreendo, jamais deveriam ter sido combatidos, mas, sim, multiplicados para todas as pessoas através de um esforço contínuo), eu vivia atado a ideias estéreis. E, vamos ser honestos, de que adiantava toda aquela vergonha que eu experimentava da riqueza da minha família, se o que buscava com a revolução era justo permitir que desafortunados conhecessem algo próximo ao que, materialmente, me havia sido concedido? A resposta para essa pergunta parece óbvia, Teresa, admita. Destruir prosperidade nunca deveria ter sido o nosso objetivo, pois, dessa forma, só se consegue criar mais pobreza, o contrário do que queríamos. Mas compreendo a dificuldade que você sente de concordar comigo porque, naquele tempo, como todo fanático, eu também não aceitava ser questionado. Aqueles dogmas que professávamos, a ditadura do proletariado, nosso Vietnã tupiniquim, tudo era fruto de uma fantasia de pureza impossível e, lógico, somente pude perceber essas coisas bem depois, após desenvolver um senso de realidade bastante tardio. Perceba, Teresa: somos muito sortudos por simplesmente continuarmos vivos e estarmos tendo a possibilidade de conversar sobre isso. Sinceramente, como você se sentiu depois de ver, naquela fatídica edição da *O Cruzeiro*, as fotos dos cadáveres do Lamarca e do Zequinha? Não ficou destruída ao constatar que coisa nenhuma valia o assassinato de nossos companheiros tão queridos? Como você acha que fiquei após tomar conhecimento dos suicídios da Dôra e do Frei Tito? Mas, agora, preciso saber: na sua opinião, Carlos, Humberto e Carolina também não são figuras abjetas, verdadeiros bandidos? Torturadores tão abomináveis quanto os generais que temíamos? Eles três, Teresa, planejaram com requintes de crueldades o meu sequestro. Eles três, Teresa, me abateram na saída do seu aparelho, me espancaram sem piedade, essa foi a forma que encontraram de expiar toda a inveja que sentiam do lugar social em que eu havia nascido. Me diga: por acaso, é justificável surrar qualquer pessoa em nome do "bem coletivo"? Claro que não! Mas nas perspectivas deles, devido à minha hereditariedade, sim, eu merecia passar por toda aquela violência horrível. Eles achavam, Teresa, que pelo fato de eu ser oriundo de uma classe favorecida, imprimir todo aquele sofrimento na minha pele significava justiça. Sendo que todos eram filhos da classe média urbana! Seria até compreensível aquele discurso radical contra o dinheiro se fossem uns mortos de fome, mas a hipocrisia não guarda limites e, por pensarem não adotar uma estética burguesa, os membros do trio se outorgavam um pertencimento distinto do que, verdadeiramente, tinham. E, claro, nenhum desses justiceiros juvenis assumia seus instintos primitivos, todos sustentavam que o meu sequestro possuía como único fim permitir a negociação com meu pai da soltura de outros dois presos políticos. Mas que raciocínio, não? E como funciona mesmo essa conta, Teresa? Há uma escala de precificação de vidas? É aceitável que se sacrifique uma pessoa para tentar permitir que outras duas fiquem vivas? Que ética é essa que praticavam? Estavam eles, afinal, lutando mesmo por um país mais humanista? Desde quando qualquer tortura ou morte de um inocente é coisa aceitável numa democracia? Veja como, anos depois de tudo, na época da Comissão da Verdade, muitos daqueles que considerávamos nossos "amigos" se comportaram quando se tentou abordar a situação dos companheiros executados pelos tribunais revolucionários... Não reconhecer tais assassinatos como reais não lhe parece tirania? É muito fácil se perder no seu próprio personagem, Teresa. Acreditar que roupa faz caráter. Criar, a partir de estereótipos, inimigos imaginários. E torná-los alvo. O ódio apenas existe porque projetamos, nos outros, nossas dificuldades de lidar com aquilo que nós mesmos não temos de digno. E como as crianças, a princípio, criam suas identidades a partir do que os adultos fazem, elas reproduzem esses comportamentos equivocados e os legam para as gerações seguintes, a começar pela dos seus próprios filhos. Eu não tenho dúvidas de que a nossa luta contra o autoritarismo era mais do que válida, mesmo depois de tudo que enfrentei, não me arrependo um segundo de ter combatido os militares. Sei também que Carlos, Humberto e Carolina não podem ser alçados ao posto de exemplos perfeitos do que éramos como grupo. Mas o que preciso que você compreenda é que a instalação de uma outra ditadura, mesmo que por fins nobres, não fazia o menor sentido. Moderação é conquista de adulto, Teresa. Quem disse que os menos favorecidos desejavam que abolíssemos o capitalismo? Quem nos deu procuração para sair falando em nome deles? Quem pode afirmar que, em Cuba ou na União Soviética stalinista, as pessoas pobres eram mais felizes que as daqui? A gente fala tanto do holocausto, mas e os gulags, Teresa? Claro que não estou aderindo às falas destes idiotas contemporâneos que acham que justiça social é sinônimo de comunismo. Pelo amor de Deus, Teresa, óbvio que nunca estive de acordo com esse imbecil absoluto que colocaram na presidência. Só alguém que pensa apenas em seus interesses pessoais ou com um baixíssimo repertório de compreensão de realidade podia achar que essa loucura funcionaria. Nossa conversa não passa por isso. A gente sabe que não existe país próspero sem respeito às liberdades individuais e aos direitos das minorias. E, não, eu não me importo que você agora me chame de liberal, até porque continuo apostando na importância do papel do Estado para a melhora das vidas dos mais simples, portanto, essa alcunha que você está tentando me imputar, nesse tom ofensivo, não me cabe. O que estou querendo lhe mostrar é que não se deve continuar idealizando nenhum projeto de poder. Você acha, por acaso, que este governo novo é composto de santos? Que não haverá os que se aproveitarão das circunstâncias para tirar proveito próprio? Também votei neste mesmo povo, Teresa! Mas apenas porque o outro, evidentemente, não era uma opção viável. Só que a nossa diferença é que jamais voltarei a romantizar nada relacionado à política. Quantas daquelas expropriações que apoiamos não acabaram destruindo empregos e prejudicando a sobrevivência de diversas famílias? Sem dúvidas, fizemos o que, nas circunstâncias daquela época, acreditávamos que seria o certo. Não me arrependo dos meus atos, mas tampouco vou glorificar nosso comportamento. Éramos jovens, tínhamos bons propósitos, fizemos o que nos parecia preciso. No entanto, é preciso que você compreenda que o meu sequestro, planejado a sangue-frio por nossos companheiros, mostra que nem todos os "nossos" comungavam dos mesmos princípios. Eu sei que é duro escutar o que estou dizendo, já passei por essa desilusão. Tenho consciência de que deve ser muito doloroso para você me descobrir, tantos anos depois, assim, bem e vivo. Tenho consciência de que deve ser muito doloroso para você tomar conhecimento sobre quem, de verdade, foi a Carolina. É insuportável mesmo se descobrir traído, ainda mais por alguém que pensamos ser um amigo. Eu sei que você me amava muito, Teresa, e pode ter certeza de que o sentimento era recíproco. Nos primeiros anos, lá no exílio, eu pensava em nós o tempo inteiro, também sofri demais com nossa separação. Tenho consciência de que, hoje, você talvez me deseje mesmo morto, pois está decepcionada em me descobrir outro e isso confirmaria as teses nas quais se agarrou desde o dia em que desapareci. Todos nós preferimos mesmo narrativas que confirmem nossas percepções, mesmo que elas não estejam em exata consonância com os fatos. Lendas são sempre histórias perfeitas, Teresa, porque carregam algo de mágico. E você me transformou em uma, eu sei, apegou-se muito a isso. Sim, eu entendo como está se sentindo, renunciar a certezas preestabelecidas é sempre um imenso trabalho. Só que, dado ao que aconteceu conosco, nos últimos meses, precisamos entender a realidade sem filtros. Quando meu pai e seus capangas estouraram meu cativeiro, fui tomado por uma sensação dúbia. Vivenciei uma mistura de desesperança com um imenso alívio. Porque o Deus a quem tanto recorri, desde a pancada, acabou se materializando na figura daquele homem que eu desprezava e que tinha sido o principal responsável pelas escolhas que fiz. O rigor em excesso com que ele tratava a mim e meu irmão gêmeo, seus únicos herdeiros homens, sua mania de nos dar apelidos degradantes sempre que não nos mostrávamos à altura do seu ideal, o fato de nunca sabermos se uma vitória nossa seria interpretada por ele com admiração ou se geraria uma cólera que o faria se comportar de um jeito abusivo, seu desejo de vencer a qualquer custo, sem se preocupar com as repercussões que a concretização dos seus desejos podiam causar; sim, eram muitos mesmos os motivos que eu possuía para odiá-lo. Sua presença fazia com que ficássemos tão tensos que, mesmo pequenos, vivíamos pisando em ovos para que nada despertasse sua fúria. Sempre me deixava perplexo tomar conhecimento das ações bondosas que ele praticava fora de casa. Ainda que muitas delas passassem, sim, por cálculos políticos, outras pareciam brotar de um espaço genuíno de generosidade que ele possuía, já que estas não possuíam potencial para lhe gerar dividendos mínimos. Em certa ocasião, por exemplo, ele não apenas pagou todo o funeral da mãe de nosso jardineiro como também compareceu ao enterro e ajudou a carregar o caixão. Na escola, uma vez, fiquei boquiaberto ao escutar uma amiga me dizer que sua mãe sentia uma gratidão por ele sem tamanho, pois, na juventude, diante das dificuldades financeiras que enfrentava, meu pai, seu então colega de classe, convencera meu avô a custear todos os custos dos seus estudos, bem como os de sua irmã. Invariavelmente, nos aniversários dele, os amigos que tinha, inclusive, muitos oriundos das mais diversas classes sociais, se amontoavam pela nossa sala e o elogiavam sem parar. Na visão deles, meu pai era um homem admirável e seus eventuais maus atos eram autoprotetivos. Se eu fizer um esforço de memória, lógico, consigo também resgatar alguns momentos especiais que dividimos. Ele sentia prazer quando chegava aos seus ouvidos que eu era considerado o galã da cidade, ficava orgulhoso que as meninas se derretiam por mim. Lembro-me de que, em certa ocasião, esperei que me batesse por ter roubado seu carro da garagem, mas recebi dele um olhar compreensivo seguido apenas de um leve sorriso. De tudo, era a imprevisibilidade do seu comportamento o que mais me incomodava. Fosse apenas ele mau, talvez eu não sentisse que o seu problema era algo que dizia respeito à minha pessoa e, provavelmente, não guardaria expectativa alguma de receber sua aprovação e carinho. Por que com os outros, com aqueles que não tinham seu sangue, ele se revelava tão gentil e adorável? Por que conosco, seus próprios filhos, agia de forma tão distinta? Para as Marias, ele até dispensava ainda alguma condescendência, creio que por serem meninas. Só que, para mim e para o Junior, havia reservado um ressentimento inexplicável, algo quase de ordem espiritual. Parecia que não nos perdoava por existirmos, não sei explicar com exatidão, mas algo em nós o incomodava muito, talvez a lembrança da juventude que, um dia, havia tido. Mesmo sendo ele próprio também filho de um homem rico, acredito que sua infância foi marcada por diversos episódios tristes. E acho que meu pai sempre quis infligir, também nas nossas, circunstâncias parecidas. Suponho que não agia de modo consciente, só que considero seu comportamento, de toda forma, muito ruim. Temos responsabilidade por quem nos tornamos, com o que fazemos com o que fizeram de nós. Sim, Teresa, também acredito piamente nisso. Mas era esse homem, esse Deus errático, mas o único pai que me fora possível, que estava ali, me dando um abraço, cuidando dos meus machucados. *Não se preocupe, eu o encontrei a tempo, você vai ficar bem, já está tudo resolvido,* foi apenas o que ele me disse. Sim, Teresa, depois daquela pancada e de ser salvo por ele, de fato, eu morreria. Porque já não era mais possível existir Iscariotes. A história se modificara para sempre. Judas mudara de ideia. E havia voltado para salvar seu Cristo.

Capítulo IV:
Por quem os sinos dobram

O céu como uma espécie de suborno. Borges ainda completava: o inferno, esta nossa eterna ameaça incalculável. Entre as muitas fotografias de *Ravissement*, um quadro pouco notado: *Iktsuarpok*. Nesta pequena pintura, em tons pastel clássicos, a representação de uma Malena ainda criança, recém-chegada da França, em seu novo quarto.

Muitas das coisas fundamentais que nos acontecem são incompreensíveis ao seu tempo. O berço da memória é sempre o futuro, afinal, o passado apenas só se faz possível se revisitado. Assim como fios de cabelo que desertam de nossas cabeças, dia após dia, sem que tenhamos como rastrear seus paradeiros, alguns desaparecimentos somente podem ter suas consequências mensuradas no instante em que o insuportável já deixou de ser visita e passou a ocupar de modo permanente um dos cômodos de nossas rotinas. E foi desse jeito que, durante boa parte da sua vida, unicamente através de flashes rápidos, Malena se lembrou daquele maio. Os sinos da catedral de Montmartre badalando, sempre às seis da tarde. Ave-marias por todos os lados. Ela sendo levada, muitas vezes, para a Rue du Bac. Madame Louise, a tutora de seu pai na infância, dizendo-lhe que, depois de uma perda como a que sofrera, ela, Malena, precisava desenvolver a fé na medalha. Até porque essa providência também a protegeria daquela cidade caótica, habitada por um bando de desordeiros sem respeito a nada. As ruas de Paris, por vezes, impossíveis de serem transitadas, obrigando seu pai a desviar de caminho. O som da sirene dos carros de polícia. Jean Vincent, numa dessas ocasiões, explicando-lhe os motivos dos protestos que estavam ocorrendo, enquanto ela, distraída, comia um croissant, em Montparnasse. Em ocasiões diversas, ela sendo apresentada para muitas pessoas, quase todas simpáticas. Mas havia um velho mal-humorado, portador de uma tosse insistente que, por vezes, ajudava a revelar o odor de tabaco de seu hálito. *Ele é seu vovô*, Jean Vincent comentava, *e aquela moça de vestido amarelo curto é a companheira atual dele, também uma atriz de teatro.* Dois meninos quase de sua idade, filhos de uma prima de seu pai, ambos falando um francês muito rápido. Uma sensação estranha, quase perene, de irrealidade. Aquilo estava mesmo acontecendo ou era um sonho? Como chegara até aquele país? Não se lembrava de quase nada da viagem! Um carrossel lindo, na praça onde brincava, quase todas as tardes. Michelle, Marlene, Jane, não, nenhuma de suas cuidadoras habituais estava ali, seu pai disse que ambos precisavam daquele tempo sozinhos e juntos, longe de tudo, pois, a partir daquele momento, seriam apenas os dois, e ele precisava apresentá-la ao mundo, ensinar-lhe coisas novas, tinham que estreitar ainda mais os laços. Visitas diárias a museus. Seu pai, em silêncio, com um pequeno caderno e uma caneta na mão. Seu pai fazendo estudos das telas de Matisse, Courbet e Dalí, mas, principalmente, das de um grande amigo de sua avó Lourdes: Pablo Picasso.

Deve a vida pessoal de alguém ser levada em consideração quando do julgamento de suas obras? E se essa pessoa cometeu, no âmbito privado, atos moralmente questionáveis? É bom para a sociedade que seu trabalho seja silenciado? Para que se abra espaço para que pessoas melhores comecem a fazer parte do novo *status quo*? Ou esse tipo de conduta não passa de uma imensa hipocrisia derivada de uma sanha punitivista? Que não considera que todos os seres humanos são potencialmente falhos? Que não consegue dar conta de ambiguidades? O valor da arte é mesmo estritamente subjetivo? Pode um homem abusivo ser, ao mesmo tempo, um pai excelente para seus filhos?

"Françoise Gilot contava que, no dia em que ela conheceu Picasso, ele disparou: *Garotas que se parecem com você nunca poderiam ser pintoras.* E que mesmo depois de ter escutado algo tão machista, aos vinte e um anos, ela se rebelou contra sua própria família para poder namorá-lo. De origem abastada e muito inteligente, Françoise, um tempo antes, já havia se desentendido com seu pai, ao largar a faculdade de Direito para se dedicar integralmente às artes. Completamente fascinada por Picasso, quarenta anos mais velho, ela insistiu no amor que sentia e viveu com ele por uma década. Mas quando decidiu deixá-lo, viu com clareza a face mais óbvia de sua misoginia: ele prometeu fechar todas as portas de sua carreira e jurou que ela não conseguiria alçar nenhum voo mais alto. Tudo piorou ainda mais quando ela publicou seu livro de memórias, que contava os bastidores da relação dos dois: Picasso parou de falar com ela e jamais voltou a procurar os dois filhos que tiveram juntos. No passado, Renata, muitas mulheres viviam de glórias derivadas, ou seja, da fantasia de que eram especiais por terem sido 'escolhidas' por homens poderosos. O que elas, coitadas, não pareciam capazes de perceber era o quanto essa posição sempre foi frágil. O caso de Picasso é muito ilustrativo disso. Basta pensar que, salvo Françoise, todas as suas outras musas tiveram um fim trágico. Fora que ela também não passou ilesa ao caso que tiveram. Certa vez, depois de ter descoberto que Françoise foi à praia, sozinha, Picasso, irritado, segurou um cigarro aceso em sua bochecha. Depois, sem rastros de piedade, ele a retratou na pintura *Mulher com colar amarelo*, deixando evidente, na tela, a marca no rosto de Françoise que ele fez com a brasa. Honestamente, desafio que qualquer pessoa sabendo dessa história olhe para esta pintura da mesma forma."

Se Malena apenas se recorda de sua temporada francesa, a partir de imagens esparsas, uma cena do mesmo ano, em especial, ainda lhe é muito clara: no dia em que retornou de Paris, ela encontrou Ann Lou, até então, na sua cabeça, apenas a moça que morava do lado, esperando-a com um buquê de acácias, na sala de sua casa.

"Embora boa parte de Jackson tenha tomado conhecimento da traição de Jean Vincent, Vivian optou por não dividir os detalhes do seu divórcio com ninguém. Nem mesmo para a filha, ela revelou os motivos da separação, pois achava Malena nova demais para entender algo do tipo. Jean Vincent concordou com o silêncio da ex-esposa porque não queria ficar ainda mais malvisto na comunidade, fora que precisava continuar sendo o super-herói de Malena e sabia que apresentá-la logo para Ann Lou, sua nova namorada, colocaria esse seu intento em risco. Vivian sempre precisou de discrição, e traumatizar a filha era a última coisa que desejava. Foi enquanto limpava o quarto que servia de ateliê de pintura para Jean Vincent que ela descobriu, a partir de uma carta, que ele estava apaixonado por Ann Lou Carmel, sua vizinha e esposa de Ludovic Carmel, um empresário poderoso da cidade. Tal descoberta se revelou um choque tremendo, Vivian jamais havia imaginado coisa como aquela, nunca tinha percebido qualquer clima amoroso entre os dois. Mais do que traída, ela se sentiu mortalmente humilhada. Embora não íntimas, já que Vivian nunca foi dada a grandes partilhas de intimidades, ela, eventualmente, recebia visitas de Ann Lou, e escutava suas confissões nos fins de tarde, sabia que a vizinha sofria por não conseguir engravidar de Ludovic. Apesar de linda, Ann Lou não parecia capaz de interpretar com facilidade a personagem de sedutora perversa de homens casados. Havia nela uma espécie de infantilidade. Lógico que sua beleza podia até ser vista como algo ameaçador, só que Vivian nunca cogitou que Jean Vincent se interessaria por alguém intelectualmente tão pouco sofisticado. Em muitos circuitos de Jackson, Ann Lou era, inclusive, ridicularizada por suas ideias pueris, reveladoras de sua baixa escolaridade. A única coisa de especial que talvez possuísse era um certo olhar ingênuo para o mundo, coisa que costuma atrair homens de meia-idade, sedentos para se revelarem, sexualmente, experientes e sábios. Por anos, Vivian achou que foi a suposta esterilidade de Ann Lou, o motivo principal para Jean Vincent ter se interessado por ela. Talvez isso permitisse para ele a fantasia de que, juntos, seriam para sempre desimpedidos e que a relação descompromissada que tinham jamais se contaminaria com a chegada de filhos", revela a colunista social de Jackson, Brigitte Hart.

No dia em que conheceu Assia Wevill, a futura amante de seu marido, Sylvia Plath foi presenteada por ela com uma serpente de madeira. No dia em que conheceu Vivian, Ann Lou lhe levou uma caixa de chocolates. Cavalos de Troia? Golpes de machado? Sylvia acabou com a cabeça enfiada num forno de gás. Vivian, nas águas de um lago. Nas narrativas clássicas, o homem nunca parece ter encontrado escolha, diante da tentação que a chegada de uma Lilith qualquer representava. Como é conveniente o mito de uma deusa demoníaca para justificar falhas de caráter masculinas básicas.

Muitos brinquedos novos. Malena, inebriada, no seu antigo quarto, mas só que agora ele parecia outro, pois estava todo repaginado. Minutos depois: *Papai, por que tia Ann Lou está aqui? Que horas mamãe vai chegar? Ela ainda demora?* Malena, aos sete anos, perdida. Em sua própria casa. Malena, assustadoramente, dissociada.

"Alguns autores chamam esse momento de procura, ou seja, o sentimento de que a pessoa não morreu, está apenas em outro lugar e, portanto, é preciso encontrá-la. A imagem do morto volta à lembrança, o sentimento de sua presença pode nos levar a chamar por aquele que se foi, surgem pensamentos de que seria possível reunir-se com o falecido, de que ele está por perto. [...] Somos assediados pela ideia, insólita e falsa, mas ainda assim recorrente, de que se tivéssemos amado um pouco mais, ou um pouco melhor, aquela pessoa não nos teria deixado. Como se o delírio de que nossa presença salvadora a tudo salvaria fosse desencadeado em alternância com seu polo oposto: afinal, se ele era tão digno de minha devoção, por que não me amou um pouco mais? Por que não se cuidou um pouco mais? Por que fez esse gesto odioso de me deixar?", explica o psicanalista Christian Dunker, no seu livro *Lutos finitos e infinitos*.

"Ann Lou, por incrível que pareça, ficou abaladíssima com o suicídio de Vivian. Ela tinha uma expectativa de que as coisas se resolveriam de modo pacífico. Eu sempre achei que havia qualquer coisa muito errada com aquela moça, uma imaturidade excessiva, como se ela não conseguisse medir o peso de seus atos. Sua forma frívola de estar no mundo era tão digna de nota que seu rosto belo, facilmente, restava em segundo plano, quando as pessoas lembravam dela. Ann Lou exprimia opiniões um tanto desconexas, não possuía um repertório cultural mínimo. Pensando melhor agora, talvez fosse até compreensível esse seu comportamento meio inconsequente porque, embora já casada quando conheceu Jean Vincent, Ann Lou havia acabado de sair da adolescência, ou seja, cedo demais ela assumiu posições incompatíveis com sua idade. As pessoas comentavam que, em Ludovic, vinte e dois anos mais velho, ela procurava o pai que, na infância, a havia abandonado. Muitos até defendiam que o seu desejo por Jean Vincent surgiu porque ele era marido de Vivian, uma mulher conhecida em Jackson por, além de boa mãe, vir de uma estirpe respeitável. Existiam muitos boatos maledicentes sobre como Ann Lou havia conhecido o primeiro marido. Oriunda de uma classe social menos favorecida, com certeza, ela admirava a elegante sobriedade da vizinha. Quer dizer. Melhor evitar eufemismos. Vamos falar a verdade. É outra a palavra: Ann Lou, na verdade, idealizava Vivian. E a invejava. Quando do seu divórcio de Ludovic, a empregada do casal, Emma, tomou partido do patrão e espalhou, pela cidade inteira, que Ann Lou tinha o hábito de, atrás das cortinas do segundo andar de sua casa, ficar observando a rotina dos Matrice. Devia ser muito duro para Ann Lou, todos os dias, ver de sua janela Vivian brincando no jardim com a pequena Malena, enquanto ela não conseguia engravidar. O fato é que, depois da separação, Ann Lou teve sua vida social praticamente destruída, as mulheres da comunidade tomaram as dores de Vivian, tanto por solidariedade quanto por falta de coragem. Afinal, quem se arriscaria a deixar seus maridos perto de uma aventureira alucinada como aquela? Óbvio que elas não consentiriam que uma adúltera frequentasse os seus lugares. Além do mais, mesmo antes da eclosão do relacionamento extraconjugal com Jean Vincent, a existência de Ann Lou já causava incômodo nos espaços, impossível ignorar seu jeito equivocado de se vestir e pegar no garfo. Se, no início, sua existência fora tolerada nas festas e jantares de Jackson, isso se deu apenas por conta de Ludovic, que era muito rico e impunha a presença dela naquele nicho da sociedade. Expulsa de um paraíso no qual, efetivamente, nunca havia sido admitida, Ann Lou, de início, acreditou que seu amor por Jean Vincent a preencheria. As tardes que passavam juntos, em quartos de hotéis de beira de estrada, revelavam-se inesquecíveis. Aquele francês sedutor, charmoso e incansável na cama, parecia tudo que de melhor existia. Não fora à toa que Vivian, tão nobre e distinta, o havia escolhido. Ann Lou também queria aquela vida, ainda mais, depois de Jean Vincent ter se dito apaixonado. Ela achava que merecia experenciar algo do tipo, sua existência nunca fora fácil. De fato, enquanto a paixão dos dois permaneceu clandestina, tudo correu às mil maravilhas. Quando Vivian descobriu o caso dos dois e Jean Vincent resolveu sair da casa em que moravam, Ann Lou, então, supôs que chegara também o momento de abandonar Ludovic. Em sua cabeça, estava tudo bem trocar um rico velho por um jovem milionário. Pensava que Jean Vincent, de pronto, passaria a morar com ela e que seriam muito felizes pelo mundo afora. Qual não foi a sua surpresa ao se ver, por meses a fio, sem um centavo, enfiada num cômodo simplório, cujo aluguel era pago pelo amante com muita má vontade. Sim, Jean Vincent, de certo modo, também a iludira. Como justificativa para suas evitações em assumi-la, ele sustentava que sua maior preocupação era com a filha. Além do mais, desde que a família de Vivian fora assassinada, ele estava administrando também o negócio que a ex-esposa herdara, não podia largar a esmo as mercearias, boa parte de sua sobrevivência, naquele momento, derivava disso. As aplicações de Lourdes não estavam mais rendendo como o esperado, Michelle e Marlene não se contentavam com pouco, exigiam mesadas altas, ele precisava entender como sua situação financeira ficaria. Por sua pintura e poesia, mesmo que reconhecidas como arte de qualidade, ele não estava sendo remunerado como devia. Para piorar o cenário, Vivian tinha entrado numa depressão severa, seria muito insensível da parte dele ignorar tal quadro. Durante mais de um ano, Ann Lou pereceu em estado de desespero, suas perspectivas de futuro quase desmoronaram. O curioso foi que, mesmo depois de ela ter finalmente se mudado para a casa que Jean Vincent dividia com Vivian, quando do suicídio da rival, ela não conseguiu se sentir melhor consigo mesma. Tudo que fazia continuava soando de segunda linha. Mesmo linda e trajada com roupas caras, ela sempre parecia uma pessoa barata. Quando levava Malena para brincar no gramado, por exemplo, não vivenciava nenhuma alegria, a criança era tirânica, tratava-a como uma espécie de criada. Jean Vincent não dava ouvidos para suas queixas, sempre se posicionava a favor da filha, insistia que sua menina havia acabado de perder a mãe, que ela precisava ter paciência. Foram quase três anos de inferno total, até um milagre acontecer: Ann Lou ficou grávida. Só que, depois de uma discussão com Malena, teve um sangramento forte e precisou ser hospitalizada. Na volta para casa, Jean Vicent já havia levado a filha para uma temporada no novo apartamento da avó e das tias. E foi assim que ela conseguiu se livrar da enteada", conta Carolyn Heldurn, uma das poucas amigas de Ann Lou que sobraram, depois do seu divórcio de Ludovic.

Henriette Theodora Markovitch nasceu, em Tours, no ano de 1907. Descendente de croatas, apesar de ter se formado em pintura e artes aplicadas, ela encontrou na fotografia a sua grande paixão. Ao lado do trabalho que produziu para o mercado de moda e publicidade, marcados pela dramaticidade no uso de uma iluminação cheia de contrastes, seu trabalho artístico se impôs pelo estilo visual próprio. Buscando desafiar a linguagem visual vigente, Henriette trouxe elementos do absurdo para suas obras, deixando-as próximas da estética surrealista e fugindo de uma produção estritamente documental. Em contato com seu projeto, nós reconhecemos o seu pioneirismo quando ela introduz, por exemplo, no âmbito de uma imagem original, elementos inusitados, propositadamente concebidos para que seu público questione a própria veracidade da fotografia. Henriette, uma mulher dupla, sabia marcar tensões, ressignificar ideias sobre o corpo feminino, colocando em xeque a linha limítrofe entre a loucura e a sanidade. "Desafeto de minha avó Lourdes, Henriette Theodora Markovitch, na verdade, era mais conhecida como Dora Maar, a quarta das sete lendárias mulheres de Picasso. Incentivada por ele a adotar a pintura cubista, no início dos anos quarenta, ela abandonou a fotografia como seu meio de expressão, dizendo-se não mais interessada pelo que via. Não lhe parece assustador, Renata, que algumas mulheres quando se apaixonam, passam a viver unicamente em torno do universo do homem amado? Como se ficassem insensíveis a outros prazeres, cegas de mundo? No dia em que Picasso viu Dora pela primeira vez, ela estava em um café, com a mão esquerda em cima da mesa, raspando a lâmina de um canivete entre um dedo e outro, de modo seguido. Fascinado com essa mulher masoquista e enigmática, quando Picasso se aproximou e pediu de presente sua luva ensanguentada para guardá-la em seu armário de tesouros, ela lhe disse: 'Toma minha mão, eu me entrego'. Ou seja: Dora, desde o primeiro instante em que o conheceu, já se revelava uma pessoa completamente atormentada. Com o convite que fez para Picasso, ela estava implorando para ser salva ou o convidando para ser o algoz externo de si mesma que tanto precisava? Não se sabe ao certo o que ela inconscientemente queria, mas o fato é que Picasso assumiu o lugar de seu amo, usando-a como um mero objeto, torturando-a sem piedade. *Mulher chorando,* a representação que Picasso fez do desespero de Dora, é muito impactante, Renata. Dizem que ele fazia falsas acusações sobre ela, insultando-a, até fazê-la perder a cabeça, tudo com a intenção de, no momento seguinte, fazer esboços de sua imagem destruída. Por que o sacrifício feminino, supostamente em nome de um grande amor, ao longo da história, sempre foi considerado algo admirável? Quando nós, mulheres, aprendemos que amar demanda isso? Penso muito no que aconteceu com minha mãe. Eu mesma me senti, inclusive, muito culpada, depois do ocorrido com Nathalia. Foi como se eu tivesse falhado em romper esse ciclo, como se tivesse transmitido para minha filha algo semelhante ao que me foi passado. Esse foi um dos motivos para como agi, depois de tudo que descobri. Precisava sair da posição Dora, da condição de mulher que anseia ser machucada. Eu tinha que encontrar, dentro do horror que me abateu, uma forma de me restituir de mim. A arte sempre me permitiu reagir à minha própria paralisia. Na época em que Picasso trocou Dora por Françoise Gilot, ela enlouqueceu, passou a andar pelas ruas com roupas sujas, puídas, dizendo coisas desconexas, chegando a ser internada num hospital psiquiátrico. Sim, é muito tentador sucumbir, olhar para o fundo das águas. Só que eu me obriguei, mesmo contra a minha vontade, a seguir. 'Depois de Picasso, só Deus', Dora dizia, em referência ao seu inventado altar sacro. 'Nem Thomas, nem Deus', foi o que declarei para mim. Precisei reaprender minha própria gramática, apesar da família que construí. O retorno da minha independência como indivíduo autônomo era o que me faltava."

A vida não é sobre encontrar a si mesmo, mas sobre se criar, escreveu o dramaturgo irlandês George Bernard Shaw. E quando Malena deixou Jackson rumo à Nova York, ainda na primavera de mil novecentos e setenta e nove, tudo que ela desejava era a possibilidade de se reinventar. Já há alguns anos morando num apartamento pequeno com sua avó e tias (além de exausta por conta das brigas constantes por dinheiro entre elas e seu pai), detestada por Ann Lou (que, enciumada, vivia dizendo que Jean Vincent amava mais Malena do que o novo filho do casal e dificultava a construção de laços entre ela e Robert, seu irmão), também ainda lhe pesavam muito os olhares alheios de piedade que recebia por conta do seu trágico histórico familiar. Nunca suportou ser tratada com condescendência, odiava que todos da cidade sabiam o que havia ocorrido em sua vida. Desejava, assim, fortemente, tornar-se outra, poder desaparecer de si, misturar-se com multidões, ao mesmo tempo, em que também ansiava ser reconhecida como alguém especial. Aos quinze anos, depois de ganhar uma câmera *Rollei* de Jean Vincent (*quero que saiba, filha, que me interesso por tudo que te interessa, tenho certeza de que você será uma grande artista*), encontrou seu caminho no mundo e deu o primeiro passo para sua reconstrução pessoal. Se antes supunha que seria atriz dramática, que seguiria os passos profissionais de Lourdes, de forma paradoxal, descobriu que nada lhe permitia mais prazer do que se esconder, através das câmeras. Passava horas observando conhecidos em situações cotidianas, calculando ângulos. Na época, de algum modo muito incompreensível, isso fazia com que ela sentisse que tinha um certo tipo de controle do que se passava e algum poder perante as pessoas com as quais convivia. Filha de uma figura controversa, mas em ascensão (tanto as pinturas mais recentes de Jean Vincent quanto seu último livro haviam recebido boas resenhas da crítica especializada), não causou espanto, portanto, na sua comunidade, que ela passasse, tão jovem, a se nomear fotógrafa. No jornal da escola, seus primeiros trabalhos começaram a ser publicados e ela descobriu um espaço *sui generis* para si naquela hierarquia colegial: ainda que continuamente estereotipada como a "órfã de mãe que teve uma parte da família chacinada", agora, o fato de ter se transformado em uma artista ressignificava tal circunstância de sua existência, tornando-a algo além disso, ou seja, uma pessoa interessante de ser escutada. Além do mais, sua evitação em se envolver em namoros juvenis, bem como uma aparente atitude de independência emocional perante os rapazes com que se relacionava, parecia uma combinação muito atraente. Afinal, se o rótulo de "peculiar" sempre lhe esteve garantido, por que não o ocupar da melhor forma possível? "Não que fosse exatamente mencionado, mas para nós, filhos da burguesia tradicional de Jackson, era como se fosse esperado que Malena se tornasse alguém diferente, pois, dentro do imaginário da época, os melhores artistas eram sempre muito sofridos e, olha, todos pensávamos, *que bom que ela compreendeu cedo que não é como nós, que ótimo que sabe colocar sua profunda dor íntima a favor de sua obra*", revela George Eagleton, seu namorado da época de escola.

"A princípio, a ideia era que eu passasse apenas um tempo na casa da minha avó Lourdes, até Ann Lou se recuperar do sangramento que a havia acometido, pois, acamada, ela não teria condições de cuidar de mim, e meu pai precisava que Jane ficasse focada nas tarefas domésticas. Ao menos, foi isso que ele me falou, na época. E eu me lembro de não ter ficado incomodada com tal proposta, de fato, eu não gostava da Ann Lou e preferia muito mais a companhia das minhas tias. Desde a separação de meus pais, eu ficava bastante com Michelle e Marlene. Inclusive, naquele gélido quatorze de abril, eu estava lá, passando uns dias com elas, quando recebi a notícia da morte de minha mãe. Então, essa minha mudança de residência, no começo, pareceu bastante natural, uma extensão do que eu já vivia. Só que os meses foram passando, Robert nasceu e, simplesmente, o meu regresso nunca se concretizou. Lembro, sim, de morrer de ciúmes, sempre que lembrava que meu pai morava com o filho novo, isso me atormentava. Por outro lado, não posso dizer que ele não se fazia presente na minha vida, pois sempre estava por perto, levava-me na escola, pegava-me nas festinhas infantis, arrisco dizer que, nos primeiros anos do Robert, esteve mais comigo do que com ele. Ann Lou tinha uma obsessão com o bem-estar do meu irmão, era superprotetora e se apavorava com qualquer doença que ele tinha e isso irritava muito meu pai, ambos viviam em pé de guerra, naqueles anos. É lógico que eu sentia um vazio horrível por conta da falta de minha mãe, tinha crises de ansiedade, aos dez, onze anos, chorava de modo inconsolável antes de dormir. Mas, no fundo, acho que, intimamente, até agradecia por ficar distante daquele lugar que era tão nosso, as recordações ali eram muitas e não me ajudava em nada permanecer em contato tão direto com tantas recordações do meu passado. As coisas só começaram a se tornar muito ruins com Marlene e Michelle quando nós precisamos deixar a mansão que morávamos porque o dinheiro de minha avó já não comportava as despesas daquele lugar. Tivemos que ir morar num apartamento relativamente modesto, em comparação à mansão onde vivíamos, e o clima em família se tornou terrível. Minhas tias passavam todo o tempo delas falando mal de meu pai para mim, chamando-o de irresponsável, fora o fato de que as alucinações de minha avó Lourdes (que, neste período, já estava num estado de demência avançado) tornavam nosso convívio um pesadelo ainda maior. Aos dezesseis anos, tudo que eu mais desejava era abandonar aquelas pessoas, começar do zero, fugir de Jackson. Aos dezoito, com o apoio de meu pai, me mudei para Nova York sem intenção de voltar."

Todos nós gostamos da ideia de um mundo justo. Um em que as pessoas encontram as mesmas oportunidades e podem florescer, na medida de suas ambições. E é por conta desse nosso profundo desejo íntimo de igualdade que tendemos a ignorar duas das máximas desta nossa existência partilhada: sim, as pessoas nascem com potenciais diferentes e suas singularidades importam muito na trajetória que construirão. Além disso, não, nem tudo que mais desejamos nos é possível. Assim, por mais irresistível que fosse seu charme e, embora tivesse recebido algum reconhecimento pelo seu trabalho, Jean Vincent jamais foi considerado um artista de primeira linha. Lógico que, nos anos de juventude, sua presença impactante conseguia chamar atenção, arrebatar corações. Só que faltava, nas obras dele, algo que sobrava nas de Malena: um certo espírito vivo, a capacidade de fazer marca em seu público, a força necessária para se comunicar com as gerações seguintes e se tornar inesquecível. Alguém pode tentar justificar essa circunstância dizendo que a história de vida de Malena foi o que lhe permitiu tamanha força, mas sabemos que essa circunstância sozinha não basta. Quantos sofrem, fazem músicas, pintam quadros, escrevem livros e nada provocam no outro, pois sua dor parece insípida? Se o esforço, o estudo e a dedicação parecem fundamentais para qualquer ofício, o talento, a mais elitista das virtudes, indubitavelmente, possui também um papel decisivo. Não deixa de ser curioso que aqueles agraciados por tal qualidade vivam tentando menosprezá-la como se esta fosse coisa moralmente condenável. Ninguém que detém algo de especial deveria ser visto como pecador, mas o fato é que, nesta sociedade, qualquer bem-aventurança desse tipo passou a parecer motivo de vergonha, quase um crime. Não, a régua da mediocridade não perdoa os que destoam dela. Portanto, por mais que, nas suas viagens para Nova York, Jean Vincent levasse para Andy Warhol barras de chocolate Hershey's, ele nunca recebeu dele qualquer manifestação mais entusiasmada de apreço. É verdade que Warhol sempre fez questão de sustentar uma distância emocional perante boa parte dos que o rodeavam, havia nele uma postura consciente de recusar contatos mais profundos. No entanto, não era isso que o fazia não valorizar o trabalho de Jean Vincent como este desejava. Basta pensarmos em como Warhol se aproximou do muito jovem Jean Michel Basquiat e do quanto produziram juntos. Nesse período, Warhol tinha cinquenta e quatro anos, Basquiat, vinte e dois. Podemos cogitar que tal parceria se deu porque Warhol talvez possuísse uma tendência de se encantar por obras de rapazes jovens, mas isso não explicaria a sua generosidade com a carreira de Malena. Afinal, aos dezoito anos, recém-chegada em Manhattan, ela recebeu dele todo o apoio e reconhecimento que ao seu pai havia sido negado.

"Nem em um milhão de anos, eu conseguiria agradecer o suficiente ao Andy. Existem pessoas que são definitivas nas nossas existências, encontros que mudam tudo que nos cerca. O nosso foi assim. As pessoas supunham que ele era uma pessoa vazia, mas não pode existir equívoco maior. Na realidade, o mais certo a se dizer é que Andy se revelava genialmente superficial. Denso em demasia, ele evitava a si próprio como se tivesse pavor de se deparar com seus próprios fantasmas. Em sua necessidade de autoproteção, carregava um semblante de indiferença e fugia de mergulhos em sua complexa psique. No fundo, jamais lhe foi confortável se habitar. Sentia-se como um estranho em sua própria pele. Muito tímido, falava num tom de voz baixíssimo e mascarava suas fragilidades com uma atitude pouco convencional para quem precisava tanto ser amado: investia seu tempo em conversas ocas e tolas, marca maior de sua irreverência. Ele debochava tanto daqueles que supunham a virilidade um atributo fundamental quanto dos artistas que tinham uma falsa atitude de desprezo pelo dinheiro. Eu já o conheci na nova *Factory*, que era um espaço de produção artística, sim, mas também frequentado pelos que viam, nas artes plásticas, oportunidades de negócio. Quer coisa mais hipócrita do que fingir não se importar com o sucesso financeiro? Andy era muito verdadeiro, jamais adotou uma postura do tipo. A *Interview*, revista que fundou, foi uma ode à capacidade de comunicação humana. Lembro-me, com frequência, do dia em que fizemos a minha entrevista. Rimos muito, tomamos sorvete, conversamos sobre todas as maluquices possíveis. Andy tinha pavor da morte, amava muito a mãe, inclusive, durante anos, sempre que perguntavam por ela, ele inventava que estava no shopping para não ter que falar com ninguém sobre seu falecimento. Talvez até tenha sido a minha história pessoal e o fato de eu tê-la usado como matéria-prima do meu trabalho o que, de fato, nos vinculou. A exposição de *Hiraeth* aconteceu, em boa medida, porque tive o apoio dele. Além de me ajudar com o galerista, ele fez muita propaganda minha, me apresentou para pessoas importantes da cena. Meu pai ficou muito orgulhoso do meu sucesso, afinal, acabei conseguindo algo que lhe era bastante caro. Foi, inclusive, para uma cliente de Andy que vendi minha primeira obra. Marella Agnelli, famosa decoradora de interiores e socialite italiana casada com Gianni Agnelli, presidente da Fiat, além de também uma das 'swans' do

Truman Capote, comprou *Waldeinsamkeit,* uma das minhas cianotipias mais cobiçadas. E a colocou, simplesmente, no mais nova-iorquino dos seus quartos."

* * *

Numa das paredes de *Hiraeth*, Malena mandou reproduzir um trecho de Georges Didi-Huberman, que lhe pareceu a síntese de seu trabalho: "A questão do retrato começa talvez no dia em que, diante de nosso olhar aterrado, um rosto amado, um rosto próximo cai contra o solo para não se levantar mais. Para finalmente desaparecer na terra e se misturar a ela. A questão do retrato começa talvez no dia em que um rosto começa diante de mim a não estar mais aí porque a terra começa a devorá-lo".

Dizem que notícias ruins chegam rápido. E que a confiança é como um cristal: uma vez quebrada, ela nunca volta a ficar intacta. A verdade é que todo trauma se dá de modo automático. Afinal, ainda que a injúria ou sofrimento que o causa possa se repetir no tempo, é o seu instante inaugural, aquele que destrói qualquer vestígio da inocência que restava nos sujeitos que serão por ele atravessados, o responsável pelo estrago mais relevante que causará. Em um tiroteio, por exemplo, não importam as demais balas que serão lançadas contra uma vidraça. Porque somente a primeira delas, a que transformará em estilhaços o que antes era contínuo, vidro unificado, intitulará o terror da lembrança que se seguirá ao fato. Além do mais, se um antes pacífico não existisse, se um ideal de segurança e felicidade não tivesse sido instalado, inexistiria um ambiente propício para a ruptura, sempre a condição primeira de todo trauma. Deste modo, apesar de muitos anos de terapia, Malena nunca conseguiu perdoar Vivian pelos momentos felizes que partilharam, pouco antes de sua repentina decisão de se afogar, naquele lago. Afinal, foram esses dias que não a preparam para a morte de sua mãe, foram eles que tornaram seu suicídio algo inusitado e, portanto, ainda mais traumático. Tivesse tudo ocorrido quando Vivian estava deprimida e com anorexia, haveria uma dor horrível derivada de sua partida, mas não o choque de sua imprevisibilidade. Malena sempre se questionava: por que logo quando elas puderam experimentar um tempo de alegria juntas, sua mãe resolveu abandoná-la? Será que a redenção que encontraram, o perdão mútuo, aquele amor mais fácil não lhe foram suficientemente felizes? Ou será que eles lhe permitiram tamanha paz que ela se sentiu, então, insuportavelmente confortável e isso a impeliu a desistir de si? Não dizem que o amor materno é o sentimento mais transformativo do mundo? Que nos transformamos em alguém melhor depois de um filho? Que nos desejamos imortais para que possamos vê-lo crescer seguro e saudável? Não era uma vergonha que ela não tivesse sido uma filha capaz do mínimo, que era inspirar algo como isso? "Eu estava na casa da minha avó Lourdes, passando uma semana, quando minhas tias me contaram que duas pessoas tinham encontrado alguns pertences de minha mãe, no Mayes Lake. Lembro-me de, fora um instante agudo inicial, depois não sentir mais nada. Dias antes, mamãe havia me avisado que eu precisaria ficar por um período com elas, pois papai estava viajando para expor seu trabalho e ela também teria que resolver umas coisas importantes da mercearia fora da cidade. Não sei se devido à minha perspectiva infantil, mas lembro de ter pensado que, na ocasião em que me disse essas coisas, ela parecia muito animada. Hoje, penso que talvez ela tivesse uma bipolaridade não diagnosticada e que sua decisão de se matar tenha sido tomada no momento seguinte da mania, ou seja, no pico mais baixo do seu quadro."

Eu te busco, tiro-a das águas, chego a tempo, minhas forças dão conta, eu te acho, no lago, mamãe, todos os dias, mamãe, para sempre. Hiraeth, *estamos juntas, mamãe, de mãos dadas, a cada amanhecer...*

No fundo do Mayes Lake, em quatorze de abril de mil novecentos e sessenta e oito, foi encontrado o anel favorito de Vivian, assim como, para estranheza geral, sua aliança de casada. "A questão do retrato começa talvez no dia em que um rosto começa diante de mim a não estar mais aí porque a terra começa a devorá-lo", escreveu Georges Didi-Huberman. Malena, então, me diz: "No caso de *Hiraeth*, o mais próprio teria sido substituir a palavra terra por água".

* * *

Amar alguém é conhecê-lo? Por inteiro? Ou tal percepção é um erro? Amar não seria justo respeitar um certo núcleo de segredo?

* * *

Entre os tantos incômodos que sentira em silêncio, ao longo de sua existência, dois deles pareciam muito difíceis de serem abertamente discutidos por Malena. O primeiro se relacionava com as circunstâncias do nascimento de Edoardo.

Por que, afinal de contas, ela deixara que a insistente sugestão de Aida para o nome de seu filho prevalecesse? Por que não se impôs claramente e disse que não lhe importava em absoluto o sentimento de gratidão que sua sogra sentia pelo homem que a abrigara na Itália? O que o bebê que ela carregava na barriga tinha, pelo amor de Deus, a ver com isso? Por que Aida achava que podia opinar sobre algo que não era de sua alçada? Malena admitia que sua incapacidade, até o último instante, de definir o nome de sua própria criança foi o que permitiu que ela fosse batizada do jeito que a avó paterna desejava. Ou seja: Malena assumia sua culpa por ter titubeado, pela sua impossibilidade de encontrar a tempo a palavra exata que se tornaria uma das mais importantes marcas daquele menino que nasceria dela. E, no fundo, inclusive, Malena acreditava que essa sua primeira grande ausência, talvez até mesmo renúncia, qual seja, o fato de Edoardo assim ter sido batizado, fora também um dos fatores que ajudou a fomentar toda a tempestade do seu pós-parto. Assim, quando engravidou de sua filha, desde o primeiro instante da notícia, não teve a menor dúvida de como nomeá-la: não consentiria que sua experiência materna fosse de novo triangularizada, daria um jeito de tirar Aida da cena, o nascimento de sua menina consistia na promessa de novos tempos seus como mãe, portanto, ela se chamaria Nathalia.

Se Malena passou a não suportar o convívio com sua sogra, apenas depois de alguns anos de convivência, Thomas e Jean Vincent não se gostaram de imediato. Essa antipatia mútua, crescente com o passar do tempo, foi algo que a machucou muito e que ela hesitou em falar, conseguir dar forma. Como os dois homens que mais amava, sem motivo algum claro, não se suportavam? Da parte de seu pai, Malena até conseguia compreender as razões: nos encontros familiares, Thomas sempre ficava calado, nunca fizera a mínima questão de agradá-lo. Além do mais, Jean Vincent, intimamente, o culpava pela pausa da carreira artística da filha, achava que ela tinha um talento incrível que, por conta do marido, estava sendo desperdiçado. Quando, em mil novecentos e oitenta e sete, os negócios de Thomas aumentaram no Brasil e ela decidiu se mudar, no ano seguinte, para acompanhá-lo no novo país, seu pai ficou totalmente desnorteado. Disse que já havia viajado para lá e que tudo lhe pareceu muito perigoso, que não fazia sentido nada disso, ele mal já via os netos por morarem em estados distintos e, agora, ambos seriam criados com uma língua e cultura muito diferentes, coisa que tornaria seu relacionamento com eles mais distante. Fora que *Ravissement* já havia completado cinco anos, o público de Malena estava ávido por novidades, não era possível que ela renunciaria a tudo que havia conseguido, que aceitaria de bom grado virar apenas esposa, não era para um destino como esse que ele a havia criado. Perto da data em que estabeleceu residência em São Paulo, Malena, inclusive, teve uma discussão com o pai, disse-lhe que não nascera para realizar os sonhos que ele não havia alcançado, afirmou que apenas voltaria a criar quando estivesse inspirada. Não, ela não teve coragem de revelar que, apesar de ciente da necessidade de autonomia feminina, assim como boa parte das mulheres, tinha horror de acabar obrigada a criar os filhos sozinha. A mera ideia de que pudesse repetir o destino de sua mãe, de restar abandonada, soava como se estivessem lhe dando um tapa na cara. Talvez o novo país arejasse sua cabeça, fizesse com que ela desenvolvesse novas paisagens e olhares. Talvez ser imigrante lhe permitisse mais intimidade consigo mesma, afinal, isso era algo que a maternidade e suas infinitas demandas pareciam ter lhe tirado. Longe do crivo da imprensa e público americanos, num solo onde não seria o tempo todo reconhecida, possivelmente, ela se confrontaria com seus fantasmas e acabaria compelida a inventar uma existência para si mais criativa e saudável. A mera ideia de ficar longe de Aida também era uma circunstância que muito a agradava, até então, ela não podia imaginar que a sogra, meses depois de eles terem se mudado, deixaria seu apartamento em Nova York e viria para o Brasil com o objetivo único de acompanhá-los. Havia ainda mais uma verdade inconfessável: Malena não suportava ver Jean Vincent envelhecer, a cada viagem para Jackson, ela sofria, não conseguia enfrentar a efemeridade da vida, seu pai havia sido seu primeiro grande amor, a relação que tinham, apesar das divergências e atritos, não, nunca poderia ser quebrada, ele fez tudo que foi possível para fazê-la feliz e, agora, ela sentia, sim, uma dor impronunciável por parecer que ia abandoná-lo, logo na velhice. Só que estar distante dele a permitia se afastar deste seu medo constante de perdê-lo, isso a distrairia, pois envolvida na sua nova rotina, tão cheia de desafios, ela esqueceria de pensar em tudo isso. Só que, mesmo que inconscientes, algumas escolhas se impõem sem piedade. Portanto, naquela tarde de mil novecentos e noventa e nove, quando reconheceu a voz de Ann Lou do outro lado, nada precisou lhe ser dito, de fato. Por uma fração de segundos quase imperceptível, ela cogitou desligar, assim não precisaria saber sobre o ocorrido e conseguiria fingir para si mesma que tudo continuava igual. Sim, Jean Vincent tinha morrido, na hora anterior, de um infarto. Mas pouco antes de partir, ele conseguiu pedir que lhe dessem um aviso: *digam a Malena que ela sempre foi o meu maior orgulho e legado.*

* * *

Há algo mais assustador do que olhar para um álbum e constatar que não estão mais vivas nenhuma das pessoas amadas daqueles seus retratos?

* * *

Na ocasião da morte de Jean Vincent, algo insólito aconteceu: Michelle e Marlene, além de não comparecerem ao funeral do irmão, na surdina, entraram em sua casa, e tacaram fogo em todos os documentos que, no gabinete, encontraram. Além disso, enquanto Ann Lou tentava impedi-las de seguir com tamanho desatino, entre gritos, elas lhe revelaram que seu marido, ao longo dos anos, continuou tendo muitos casos. Quando interrogadas pela polícia sobre o motivo dos seus atos, em silêncio, no entanto, ambas ficaram. Mas o que se sabe é que, já há muitos anos, as duas não mais dirigiam a palavra ao irmão, Jackson inteira as escutou dizerem que foram passadas para trás por Jean Vicent, que ele era um lobo em pele de cordeiro, um homem perigoso, verdadeiro psicopata. Sim, o dinheiro de Lourdes tinha minguado, e as duas haviam sido obrigadas a encontrar, pela primeira vez em suas existências, trabalhos. E era verdade que a situação de Jean Vicent, de fato, não ficara tão prejudicada: desde o suicídio da primeira mulher, ele assumira a operação da rede de mercearias dos Taylor e o sustento, portanto, dele e de sua nova família, permanecera mesmo assegurado.

* * *

"Quando meus filhos nasceram, eu achava que não merecia ser amada por eles. Como se nada do que eu fizesse fosse suficiente para o tamanho do presente imerecido que eles representavam para mim. Como se eu portasse uma indignidade natural para o exercício daquele papel tão grandioso que, anos antes, havia devorado minha própria mãe. Aida se aproveitou dessa minha fragilidade para seguir na sua tentativa de impressionar Thomas, queria ser vista como insubstituível por ele, desejava mesmo ocupar meu espaço. Em algumas circunstâncias, até cogitei que nutrisse uma paixão incestuosa pelo filho, tamanha sua obsessão em agradá-lo. Tendo conhecimento de tudo que agora sei, vejo o quanto ela era somente uma mulher desesperada, entendo que agia desse modo por pavor de ficar sozinha no mundo, vivia internamente um fogo cruzado. Fora sempre desprezada por seus pais, não aceitava sua diferença, entendia-se uma paira. Cuidar de Thomas foi a única coisa boa que supunha ter alcançado. O sentimento de gratidão dele por ela, sua evitação em lhe colocar limites, tenho certeza, agravou muito esse nosso cenário. De todo modo, não posso deixar de assumir que ela, ao contrário do meu marido e filhos, tentou, ao menos, agir com honestidade."

* * *

Ritos servem para situar as pessoas no tempo. E vésperas de Natal são sempre esperas daquilo que já sabemos que nascerá como passado. Assim, nas imagens em vídeo da boate Nostro Mondo, pertencentes ao acervo da sua promoter, Andréa de Mayo, na noite de vinte e quatro de dezembro de mil novecentos e oitenta e sete, reconheço a figura de Thomas Weber sentado, na frente do palco. Gelo. Assusto-me com tamanha sincronicidade. Porque, eu, Renata Belmonte Grimaldi, desde dois mil e dezenove, vinha tentando entender por que as contas do hospital de luxo em que morreu minha mãe, Lágrima, haviam sido todas pagas pela mineradora DK+, empresa em que Thomas era sócio. Portanto, a pergunta era inevitável: afinal, qual o motivo deste americano, empresário renomado, estar naquele inferninho, longe da sua mulher e filhos, logo naquela data? Que estranha coincidência era aquela? Quais segredos escondia tal fato?

Sucesso absoluto na década de setenta, a Nostro Mondo se tornou notória por revelar talentos musicais e atrair um público de classe alta. Frequentada por celebridades e membros da chamada elite brasileira, tal como o playboy Chiquinho Scarpa, além de números musicais, ela abrigava também um curioso talk show, apresentado pela impagável Miss Biá. Mas por que mesmo Thomas Weber resolvera passar aquela noite naquele lugar? Segundo Malena depois me relatou, a família já estava de mudança para o Brasil, quando o marido, que havia vindo um tanto antes, disse-lhe que precisaria passar o período natalino no país, por conta de um problema urgente no trabalho. E que, na ocasião, ele chorou muito, ao falar com os filhos ao telefone. De fato, parecia bastante arrasado...

Foi em quatorze de março, também do ano de mil novecentos e oitenta e sete, no programa de televisão *Chico & Caetano*, que pudemos acompanhar Milton Nascimento, Gal Costa, Mercedes Sosa, além de, obviamente, os próprios Caetano Veloso e Chico Buarque, interpretarem juntos a canção "Volver a los diecisiete", da lendária cantora Violeta Parra. Chilena e muito engajada politicamente, Parra se consagrara como uma das mais importantes estrelas do cenário musical latino-americano. Teriam esses artistas feito tal escolha para seu repertório como uma espécie de boas-vindas à nova era pós-ditadura militar que se anunciava? *Voltar aos dezessete/ depois de viver um século/ é como decifrar signos/ sem ser sábio competente/ voltar a ser de repente/ tão frágil como um segundo/ voltar a sentir profundo.* E minha mãe Lágrima, naquele seu espetáculo de Natal, enquanto interpretava essa mesma estrofe, no palco daquela boate, por acaso, sabia quem era Thomas Weber e o motivo de ele estar em seu encalço?

Voltar aos dezessete/ depois de viver um século/ é como decifrar signos/ sem ser sábio competente/ voltar a ser de repente/ tão frágil como um segundo/ voltar a sentir profundo/ como uma criança frente a Deus/ isso é o que sinto /neste instante fecundo.

Nostro Mondo, sim, eis o profético nome da casa noturna que Thomas adentrou, naquela noite impensável. Nostro Mondo. No vídeo, vemos que, ao ser reconhecido por minha mãe, enquanto ela ainda estava no palco, o rosto dele muda drasticamente de expressão. Ambos começam a chorar. Sim, sem dúvidas, eles se amavam. Nostro Mondo, nosso mundo. Ao longo dos anos em que minha mãe e Thomas restaram distantes, afinal, quantos mundos de uma noite só foram derramados? Voltando aos dezessete anos. Depois de viver um século. Como uma criança de frente para Deus. Sim, era assim mesmo que os dois se sentiam, depois de quase uma década separados. Como uma criança de frente para Deus. Nada mais bíblico que isso. Mateus 5:6: *Bem-aventurados os que têm fome e sede de justiça. Um dia, esses serão fartos.*

* * *

No quarto ambiente do *Piscinas Russas*, encontro, numa das paredes, como se fossem dípticos emoldurados, *Bodas em Tipasa* e *Os justos*, livros de autoria de Albert Camus. Pelas datas das dedicatórias expostas, descobrimos, então, que ambos haviam sido trocados como presentes, durante a ditadura militar brasileira, pelos gêmeos Grimaldi. Também vemos alguns dos retratos que Malena tirou do seu núcleo familiar, ao longo de quarenta anos, bem como uma pintura, feita por ela, reproduzindo a imagem de minha mãe, Lágrima, aos prantos, naquela noite natalina em que ela descobriu Thomas, sentado, na frente do palco em que cantava.

"Desde pequena, Renata, eu me perguntava se havia qualquer coisa estampada na minha cara, sei lá, algum tipo de aviso ou sinal, algo que fazia com que todas as pessoas que se aproximavam de mim tivessem vontade de me machucar. Eu só atraía pessoas covardes. Quando conheci Thomas, óbvio, morri de medo de amá-lo, criei minhas máscaras, capas e resguardos, mas falhei, sucumbi ao que sentia, apesar de nunca ter me acreditado mesmo a salvo. A verdade foi que carreguei, durante toda a existência, uma espécie de esperança desesperada. Precisava tentar me redimir dos erros que cometi com minha mãe e, na juventude, cada vez que algo dava certo para mim, aumentava a minha sensação de dívida com o sagrado. De certo modo, inclusive, creio que atraía o pior como uma forma de equilibrar esse meu saldo imaginário. E agora, após o horror inicial de toda essa descoberta sobre Thomas, preciso confessar: fui invadida por uma imensa liberdade. As minhas contas, sim, finalmente, foram saldadas. Por isso, eu me concedi o direito de realizar o *Piscinas Russas*. Afinal, se os sinos de Teresa, talvez a única pessoa que possa mesmo compreender minha dor, nunca se calaram, foi pelo continente que abandonei em mim que eles dobraram."

Aida

É preciso escolher o que se herda, Malena. Somos moldados a partir das histórias daqueles que nos precederam, e você, mais do que ninguém, deveria compreender isso. Mas nem tudo que nossos antepassados nos legaram necessita ser levado conosco pelo resto dos dias. Escutar o testemunho de um reino não significa retroceder na nossa jornada. Está impedido de fazer uma passagem leve aquele que vive apegado a mobílias. De todo modo, sim, há mesmo quem, dentro de uma casa demolida, continue fazendo faxina. Uma pena tamanho desperdício. É importante que se gaste cada gota de existência até a morte, Malena. Não poupar um centavo de alegria. Somos matéria do tempo, você precisa se dar logo conta disso. Permanecemos naqueles que nos amaram e odiaram, mesmo depois daquilo que convencionamos chamar de fim. Pense na ausência de sua mãe, reflita sobre o quanto, mesmo em falta, ela sempre esteve contigo. Não, não é fácil destronar o próprio pai, eu compreendo, mas essa sua lealdade cega ao homem que lhe deu a vida é, curiosamente, parecida demais com a que devota ao seu marido. Portanto, não faz o menor sentido esse horror que você sustenta que Thomas lhe provocou e que finge ser o único motivo que a leva, agora, ao desespero. No fundo, você sabe que não se trata de nada disso. Inclusive, você e Thomas são até muito parecidos, ambos falham em ignorar que qualquer herança é um movimento de escolha, não uma garantia. Ambos, por medo do desamparo e desejo de onipotência, construíram suas existências em torno de fantasias. Claro, você, diferentemente dele, não agiu de um jeito tão deliberado, precisou do esquecimento como um recurso para lidar com seus próprios precipícios. Mas a identidade superficialmente forte que você forjou a partir da sua arte, no fundo, não passa de um meio que encontrou para fugir da realidade e continuar em covardia. Sei que agiu assim para sobreviver aos múltiplos abusos dos quais foi vítima. Porque a lembrança da dor também é dor. Circunstâncias como as que eu, você e Thomas atravessamos, Malena, nunca cicatrizam, elas viram a identidade da gente, cada recordação da ferida é o nascer da ferida de novo, a memória do horror nunca pode ser apagada, já que, uma vez experimentado, ele entra pelos poros da pele, é coisa da ordem do corpo e corpo são células que se reproduzem sem cessar, espalhando-se ao infinito até a morte do organismo. Veja o câncer que me consumiu, já pensou o quanto irônica foi a sua origem? Como você, por quase toda a minha existência, eu também não fui capaz de organizar o meu desespero em palavras, as sentenças me escapavam para que eu fantasiasse que era possível desaparecer de mim. A queda do lar é sempre o último requisito antes da vitória definitiva do pior, quando se tem a ilusão de uma família, a gente ainda se acredita minimamente protegido. Mas nem sempre, como você precisa admitir, laços sanguíneos nos garantem escotilhas. Quase consigo ver aquelas minhas cenas da adolescência, eu, durante muitas noites, rezando ajoelhada, implorando ao bom Cristo que aquele mal me abandonasse. Os pensamentos errados não me deixavam e aquela coisa gosmenta, pulsante, Malena, recusava-se a sair. Na época, durante quase uma hora, pouco antes de ir para a cama, eu me lavava de modo demorado na esperança de esquecer o que tanto me afligia. Com o tempo fui descobrindo que era mesmo naqueles breves instantes, antes de dormir, que os pensamentos me invadiam. E se eu já não era bonita como minhas irmãs, ao menos, precisava me manter limpa. E se eu já não era admirável como minhas irmãs, ao menos, precisava governar meus sentidos. Tinha que deixar minha pele com uma brancura invejável, translúcida, acima de qualquer suspeita ou indício. Com frequência, fazia meus braços sangrarem com a esponja porque a sujeira que me habitava insistia em não sair, ela ficava se regenerando, incessantemente, como a casca de uma lagartixa mutilada. Lógico: eu tinha certa consciência de que aquele ritual era sem propósito, mas isso de nada importava porque eu simplesmente não conseguia evitá-lo, ele me permitia, por instantes, a falsa sensação de controle sobre o que sentia. Porque ele me trazia, junto com a dor, também prazer e alívio. Como todo vício. Além do mais, me lavar era também uma desculpa para eu poder ficar um pouco sozinha. Sei que o meu tormento pode soar incompreensível para você, Malena. Artistas costumam ser mais livres. Mas preciso também lhe dizer que, naquele tempo, eu mesma não conseguia compreender ao certo o que estava se passando comigo, nunca havia tomado conhecimento de coisa como aquela, pensava ser uma alienígena. E tentava com todas as minhas forças me livrar daquela imundice. Tinha certeza de que havia um esgoto no meu íntimo. Às vezes, óbvio, eu também me indignava, argumentava para mim mesma que não havia escolhido, aquilo surgira de forma natural, orgânica, então, a culpa não era minha. Mas não podemos acreditar totalmente naquilo que somos, cultura é aprender a domar instintos, precisamos de cautela até mesmo para nos habitarmos. Nas manhãs seguintes, enquanto ideias se contradiziam em minha mente, depois de vestida, eu constatava, com algo entre raiva e uma satisfação doentia, que as mangas longas das minhas roupas, ao esconderem meus ferimentos, quase conseguiam me transformar na pessoa que eu tanto queria. Nesses brevíssimos instantes, mesmo com ódio, eu supunha que triunfava, Malena. Porque aquela coisa gosmenta, pulsante, viva, aquela que me tornava impura, parecia domada. Quando saísse na rua, aos olhos coletivos, eu seria como todas as outras moças. Ninguém imaginaria o quanto tudo me ardia.

Óbvio, Malena: meus pais jamais poderiam imaginar o que se passava comigo. Por isso, derrotada, eu não disse uma palavra, somente gelei, quando os vi conversando com o namorado de Deborah, um general, recém-chegado de Berlim. O que eles estavam dizendo? Eu estava escutando certo? Por que falavam de Jules e de sua família? O que significava aquilo?

Você sabe, Malena. Eu sempre soube. Há coisas que não suportamos ver. Que preferimos ignorar. Porque, se confrontados, precisamos agir. De algum modo, eu sempre soube. Assim como você. Mas eu não podia arriscar as migalhas de amor que meus pais me davam. E não queria inspirar a fúria do Senhor Jesus Cristo. Simplesmente, portanto, nunca contei para ninguém o que ouvi. Simplesmente, portanto, inventei explicações para mim e nada fiz.

Teresa

Nas minhas veias, sangue com sódio, Tom. Mas sólida, permaneci. Foi por isso que suportei tudo aquilo. Já imaginou se eu tivesse revelado o paradeiro de nossos companheiros? Imagine como depois teria me sentido? Eu, nua, com os pulsos e pernas presos numa cadeira, toda molhada, em choque, sendo obrigada a engolir sal. Paralisada de horror. Incapaz de chorar. Há momentos que jamais terminam de acontecer. Que ficam se repetindo, dentro da gente, como se fossem cenas de um filme contínuo. Aqueles homens tenebrosos falando meu codinome, debochando de mim. Nunca deixei aquele lugar, Tom. Porque lá, de muitos modos, assim como o filho que, em segredo, eu esperava de você, também morri.

As três que avisam

Material bruto.

Depoimento de Teresa Almeida Versant para Malena Matrice. Gravado em 24 de setembro de 2022, às 15:23, em sua residência.

[00:00:00]

"No período em que rodava *Quando os sinos não badalam*, eu tentei, desesperadamente, encontrar Nelson para que ele pudesse contar como se sentiu, na ocasião em que foi alvo de racismo no clube. Queria ouvir essa história tão marcante, a partir de suas palavras, e desejava que ele me permitisse mais informações sobre Tom, na infância. Pensava também que ele poderia me fornecer uma boa visão sobre como os demais membros dos Grimaldi se comportavam entre si. Achava que a presença do Nelson, no documentário, traria emoção e enriqueceria o trabalho. Inclusive, conversei com diversas pessoas para ver se elas conseguiam me ajudar a localizá-lo, mas nunca achei uma pista do seu paradeiro. Era como se ele tivesse se tornado um fantasma. Ou talvez nunca existido. Cheguei até a cogitar que ele tivesse desaparecido como Tom, na época da repressão. Por meses, busquei seu nome nos arquivos da ditadura que pude vasculhar. Só que os dados que dispunha, no período, não batiam com os que encontrava dos Nelsons perseguidos pelo regime. Por fim, conformada que não teria seu depoimento, resolvi ir atrás das duas Marias, as únicas irmãs vivas de Tom, na época. Quem sabe elas me revelavam algo inimaginável? Pessoas nunca são perdas de tempo, acredito que cabe aos jornalistas a habilidade de escutá-las em seus subtextos, investigá-las nos seus não ditos. Mesmo imaginando que não seria bem recebida, entrei em contato. Meses se passaram e não recebi retorno algum das minhas tentativas. Até que, um dia, enquanto limpava a casa, o telefone tocou e, do outro lado, simplesmente, era a Maria Mintaka. Quase desmaiei quando, dias depois, ela aceitou tomar um café comigo. Enfim. Lembro-me que, nervosa, cheguei ao restaurante, bem antes do combinado. Bom.

A Mintaka chegou pontualmente, cumprimentou-me com educação e pediu que eu explicasse o que pretendia com o documentário. Enquanto as ideias saíam de minha boca e eu tentava fingir alguma naturalidade, a verdade é que, por dentro, eu estava pasma. Nossa, aquela era uma das irmãs do Tom, nossa, o formato de seus olhos era parecido com os dele, meu Deus, eu sentia uma apreço natural por essa mulher que nunca tinha visto, nossa, imagine se estivesse diante do Junior, nem podia imaginar como teria me sentido. Mintaka me escutou com atenção e, usando um tom de voz amistoso, agradeceu a minha disponibilidade de conversar sobre a história de seu irmão. Logo em seguida, no entanto, sugeriu que eu tomasse cuidado com as minhas premissas. Ela reconhecia que seu pai, de fato, em vida, tivera muitos defeitos, mas assegurou que ele nunca faria algo assim tão terrível com um dos seus filhos, jamais ultrapassaria essa linha. Parecia crer, piamente, que o desaparecimento de Tom fora à revelia do patriarca da família. Fora isso, ela também afirmou não saber nada sobre o episódio de racismo do clube, nem mesmo da existência do Nelson parecia ter memória alguma. Ainda disse achar estranho que um acontecimento assim, tão grave e triste, houvesse lhe passado despercebido. Em certo momento, emocionada, comentou que amava muito Tom, que também sentia demais a sua falta, mas enfatizou que eu precisava saber que ele sempre foi um tanto exagerado nas suas falas, era um menino boêmio, apaixonado, idealista, natural que visse a realidade com lentes um tanto distorcidas. Malena, eu me recordo de ter experimentado uma grande decepção, enquanto escutava a Mintaka. Para mim, parecia óbvio que era ela quem enxergava os fatos de modo fictício e que não queria encarar o monstro que seu pai havia sido. Naquela noite, depois de nos despedirmos, caminhei pela cidade um tanto sem rumo, fazia frio, estava triste, pensava que contaria com um depoimento dela, mas, claramente, havia me enganado com isso.

Com falas saudosas de amigos de Tom e antigos companheiros de luta, *Quando os sinos não badalam* foi lançado em agosto de mil novecentos e noventa e quatro. Nenhum dos familiares dele aceitou gravar qualquer vídeo ou fazer comentários. Entendi que, por conta desse silêncio, dessa conivência dos Grimaldi com os militares, cabia mesmo somente a mim continuar buscando seus restos mortais e honrando seu legado.

Nunca desisti de descobrir a verdade sobre o que se passou naquela madrugada, Malena. Quase toda a minha existência girou em torno disso. Para ser honesta, sempre tive medo de chegar até aqui sem saber os detalhes do que se passou com Tom, mas me parecia ainda mais insuportável partir deste mundo em dúvida sobre as circunstâncias de sua morte. Nem na Comissão da Verdade conseguiram explicar o que aconteceu com ele depois de levado ao Juquery. Quando Renata, em plena pandemia, me procurou para dividir sua descoberta, para ser sincera, no início, foi como se eu tivesse voltado para a sala do DOI-CODI. Ou seja: um choque terrível. Revivi todas as torturas às quais fui submetida. O aborto que sofri. Meu mundo desabou terrivelmente, pela terceira

vez, não estava preparada para isso. Só que sempre serei agradecida a ela: acredito que não há nada pior do que restar na ignomínia."
[00:05:03]

Tom

Não adiantava procurá-lo nos mapas, Teresa. Jogar bombas e explodir prédios também de nada serviria. Porque aquele tribunal implacável que tanto combatíamos havia sido construído, na verdade, dentro dos nossos espíritos. Assim, se eu desejava mesmo me tornar uma pessoa melhor, tinha que renunciar a todos os dogmas que me foram ensinados, inclusive os marxistas. Precisava abraçar um absoluto humanismo. Agir de modo oposto ao dos meus algozes: era necessário que eu começasse a olhar para cada pessoa com cuidado, escutando-as em suas particularidades, sem lhes imputar características imutáveis por conta de seus pertencimentos coletivos. Fora isso, devia também evitar julgamentos peremptórios, sentenças condenatórias definitivas. E, não, não foi coragem, Teresa, o que me fez partir para o desconhecido. Mas o medo mais letal de todos: o de perder a única pátria que, de fato, podia chamar de minha. Porque foi depois daquela pancada, naquele cativeiro, vendo meu pai tão preocupado comigo, que descobri uma irrenunciável cidadania. E, sim, eu precisava abandoná-la justo para protegê-la. E, sim, eu precisava abandoná-la justo para poder existir de maneira própria, ir além de suas estruturas preestabelecidas. Mesmo que muito disfuncional, Teresa, compreendi que minha família era o único espaço seguro que eu possuía. Não, não estou romantizando laços de sangue e suas opressões, sei o quanto pode ser doloroso se sentir humilhado por quem deveria lhe amar, passei por isso e guardo cicatrizes. Mas hoje, compreendo que vários dos equívocos que cometi foram por conta disso, porque eu tinha uma espécie de necessidade de vingar o meu suplício. Não, por favor, antes de reagir dessa forma intempestiva comigo, conceda-me o benefício de sua atenção. Quero dividir com você como me senti. Porque todo exílio, Teresa, é sempre um tipo de violência, já que apartado das pessoas que lhe são caras, você se modifica tanto que acaba se tornando um outro muito distante de si. Não, não somos os mesmos em todos os lugares e gostamos de viagens porque elas têm um fim preestabelecido. Muito se ganha na fluidez opcional dos dias, mas quase tudo se esvai quando nos damos conta de nossa existência estática, perene e sem saída. E voltar para casa, naquele período, infelizmente, tornou-se um imenso perigo para mim. Afinal, eu estava condenado de morte tanto pelos militares quanto pelos nossos pares. Como os demais revolucionários reagiriam ao descobrir que meu resgate havia implicado nas mortes do Carlos e da Carolina? Você não acha que eles se vingariam? Que encontrariam outra forma de me atingir? Além do mais, Teresa, embora o grande senhor Luiz Antônio Grimaldi fosse muito influente, ele também tinha grandes inimigos dentro do próprio regime. E a descoberta pública de que um dos seus filhos era subversivo parecia a desculpa perfeita para que fosse colocado na berlinda. Situação que colocaria em risco, novamente, não apenas a minha vida, mas também as de todos os outros membros da nossa família. E foi prevendo um cenário como esse, Teresa, que quando meu pai tomou conhecimento da minha militância estudantil, ele colocou um de seus homens de confiança para me seguir. Lógico, teria sido muito mais simples se tivesse vindo conversar comigo. Mas ele sabia que, caso me abordasse diretamente, eu fugiria de casa, coisa que, com certeza, atrairia comentários e tinha potencial de lhe trazer inúmeros prejuízos. Em seu modo egoico de pensar os rumos do mundo, em seu ódio frio, é fato que o grande senhor Luiz Antônio Grimaldi também cometeu acertos com seus cálculos precisos. E se uma certa matemática social era o seu forte, ele não dominava, em absoluto, a língua da intimidade, não tinha a mínima compreensão de como estabelecer relações afetivas. Preciso confessar que coisa semelhante se dava entre todos nós, os Grimaldi. No nosso dicionário, palavras e facas se equivaliam. Inábeis emocionalmente, sempre evitávamos diálogos mais profundos pelo medo de eles causarem feridas. Pelos que eu amava, portanto, eu simplesmente agia. Junior, em seu íntimo, sabia disso e essa era a única coisa que importava na nossa irmandade. Nós resolvíamos os problemas um do outro, sempre foi assim. Desde meninos, dividíamos absolutamente tudo, nos compreendíamos em nossos pactos tácitos, nos complementávamos, portanto, que fossem para o inferno todos aqueles vizinhos que investiam seu tempo com boatarias. Eu sei que deve ser dolorido para você, mas Isabela era parte desse trato não mencionado. Tenho até que também admitir que, em grande parte, partir, desertar da minha comunidade, Teresa, ainda que tenha se revelado muito doloroso, ao menos trouxe-me o pequeno alívio de sair do julgo dos olhares alheios, de deixar de ser protagonista de fofocas diárias. E digam o que quiserem, mas tenho plena convicção de que Junior morreu dignamente, pois eu, da maneira que na época se fez viável, lhe ofereci todos os cuidados possíveis. Aliás, como você bem sabe, foi também a partir dos registros do hospital em que ele ficou internado que Renata me descobriu. Acho que você pode imaginar o quanto me foi catastrófico ter ficado sem notícias dele por tantos anos, o quanto sofri por tê-lo perdido de vista. Sim, Teresa, eu consigo compreender, reconheço o quanto deve estar sendo duro, neste momento, ter que lidar com tudo isso. Mas você disse para Malena que desejava saber a verdade inteira. Então estou aqui para dizer tudo que precisa saber, para lhe permitir todo o conforto que necessita. Bom, continuando: depois de me resgatar no cativeiro, meu pai me levou direto para o Juquery. Depois daquele nosso breve momento de comunhão, ainda no caminho, ele recuperou sua postura original e me informou que, no hospital, eu seria recebido por um amigo seu, médico antigo da instituição. E que esse homem, além de tratar dos meus ferimentos, também fingiria que eu era apenas mais um dos detentos, até que toda a minha situação estivesse resolvida. Em seguida, com um olhar vingativo, ele também me disse que era bom mesmo que eu convivesse um tempo com as pessoas de lá, que testemunhasse o que podia acontecer comigo, caso continuasse insistindo em ideias comunistas. Lembro-me de ter ficado em choque. Como assim, meu próprio pai, instantes depois de me encontrar naquele estado deplorável, decidiu que eu deveria ir para um hospício? Antes que eu conseguisse me opor, ele terminou seu raciocínio: *será apenas uma temporada, enquanto preciso resolver os trâmites do seu próximo destino.*

Não, por favor, Teresa. Não me peça isso. Não consigo entrar em detalhes sobre o que presenciei no Juquery. Porque não há idioma capaz de narrar toda a intensidade do horror que testemunhei. Parte do silêncio brutal que se apoderou de mim surgiu justo da minha incapacidade de articular aquela desumanidade que descobri. Além das sessões de torturas diárias que eram aplicadas aos presos políticos, naquele lugar, os demais internos também acabavam submetidos a crueldades mil, restavam isolados, tratados da pior maneira possível, sem comunicação alguma com suas famílias. Constantemente, eu me perguntava: não tinham os funcionários dali nascido de outras pessoas? Se sim, como haviam virado bichos? De início, tentei me rebelar, mas apanhei, apanhei muito, mesmo estando relativamente protegido pelo médico amigo de meu pai. Entendi minha impotência absoluta, me deprimi. E, assim, também compreendi que nenhuma existência é possível sem sua dimensão coletiva. Se não houvesse recebido uma imensa ajuda de algumas pessoas, sem dúvidas, teria mesmo sucumbido. De um descendente de italiano, acusado de ser comunista, fui tratado como um filho. Ele, todos os dias, me obrigava a tomar banhos de sol, narrava para mim seus sonhos de justiça. Sua visão idealista de mundo, até hoje, me acompanha e inspira. Não fosse também uma escritora sofridíssima, internada à força pelo marido, talvez eu não tivesse saído vivo daquela experiência. Embora já estivesse muito fraca, adoecida, no final mesmo de sua existência terrena, ficamos bastante próximos. Ela pouco falava, gastava quase todo o seu tempo entre escritos, mas me abrigou afetivamente, fez muito por mim. Morreu três dias antes de eu ir embora, provavelmente, de uma pneumonia não tratada. Eu colapsei, chorei como se tivesse perdido uma mãe. O modo como ela foi parar naquele lugar era inacreditável e eu havia prometido que daria um jeito de fazer valer sua história, que entregaria o livro que ela tanto escrevia para o seu destinatário. Você pode não acreditar, Teresa, mas sou uma pessoa digna. Quero que saiba que também não a desamparei quando precisou. Pedi para meu pai falar com o delegado Fleury quando você estava presa no Tiradentes, intercedi a seu favor como pude, acompanhei suas conquistas à distância, inclusive, no instante em que soube que você precisava de financiamento privado para realizar seu documentário, encontrei um modo de apoiá-la a alcançar seu objetivo. Perdoe-me por não ser o homem perfeito que tanto idealizou, mas sou o melhor dentro do que as minhas circunstâncias permitiram. E tudo que disse que faria, sim, cumpri.

A queda do romance imaginário. Isso é algo impossível de ser reparado. É realmente triste descobrir, Teresa, que aquilo que tanto se sonhou nunca será realizável. Mesmo sabendo que o abandono dos que eu amava era o melhor que lhes poderia dar, fantasiei o momento em que voltaria a me reunir com eles. Nunca cogitei viver por tantos anos exilado, jamais desejei existir para sempre como este outro enclausurado em uma nova língua. Estrangeiro em minhas próprias emoções, perdido entre desejos ambíguos e dores indizíveis, no entanto, acompanhei, passivo e a distância, o tempo destruir cada uma das minhas desculpas para não concretizar logo os meus planos de volta. Nessa época, nem família havia constituído, portanto, culpá-los por isso não cabia. Foi por pura covardia que evitei dizer em voz alta a certeza que já me habitava: que não era capaz de suportar mais perdas, que precisava esfriar a cabeça, inventar outra vida, enquanto fingia acreditar que as coisas da minha infância me esperariam. Porque, sim, Teresa, na verdade, eu não era capaz de renunciar a nada: tudo tinha que estar lá. Permanecer. Ficar. Rostos, mãos, coisas e pessoas. Minha mãe, em suas roupas pretas. Minhas irmãs, em sua amizade umbilical. Helena, em seu adorável mau humor sofisticado. Meu irmão e minha sobrinha: minhas maiores alegrias. Até meu pai, Teresa, eu queria igual, sinto dizer isso, mas eu o precisava como o sabia. Todos eles não podiam envelhecer, precisavam ficar estáticos nos seus devidos espaços. Separados. Imutáveis. Imóveis. Naquela mansão da minha memória. Anos depois, ressignificada. Naquela cidade sombria, mas de onde eu vinha. Naquele mapa em silêncio. Empoeirado. Resistindo ao passar dos dias: não há revolução mais implacável e devastadora. Com os anos, sim, Teresa, passei a ser acometido pelo mesmo terror, noite após noite. Vinha o medo de ser descoberto. Como Malena, Edoardo e Nathalia reagiriam? Se descobrissem que eu havia tido uma existência diferente da que imaginavam? Mesmo que uma longínqua? Eles precisavam mesmo conhecer os detalhes tenebrosos da história da minha origem? Nossos horrores e declínios? Não era melhor poupá-los de uma herança assim? Não vencia eu a morte quando me recusava a aceitar qualquer determinismo?

Sim, eu precisei ir. Na data da minha partida, lembro-me de olhar para o rosto de meu pai e pedir dele mais uma mentira: a promessa de que eles todos ficariam bem e nunca me faltariam.

Meus documentos falsos chegaram em vinte e sete de maio de mil novecentos e setenta e um. Fui levado para o aeroporto na madrugada seguinte. Peguei um voo só de ida para o Chile. Passei um mês lá. Depois fui para os Estados Unidos. Meu pai achou que seria uma boa ideia que eu começasse a conhecer um pouco dos negócios da família. Ernest, um de seus sócios na DK+, um homem sem filhos, já de idade avançada, se ofereceu para me abrigar. Assim, em Nova York, fui adotado por ele e sua esposa, Aida.

Aida

Sapatos são infiéis, Malena. E os seus, muito provavelmente, não a acompanharão nesta segunda queda que planeja. Portanto, precisa compreender, caso insista nesta insanidade, que eles se desprenderão ao longo do seu despencar, abandonando-a quando mais precisa. Sei que você não me suporta reflexo, mas somos mais parecidas do que consegue reconhecer. *A culpa não é do espelho se a cara é torta.* Isso também vale para você. Ora, se vivi sem inteireza não foi por responsabilidade divina, mas pela promessa que fiz de amor eterno a alguém que traí. A culpa, muitas vezes, se traja de loucura. E, assim, Malena, quando você estiver estirada, numa calçada imunda, com os olhos semifechados, seus pés restarão descobertos, em meio aos sapatos dos muitos transeuntes que, escolhidos pelo destino para testemunhar sua tragédia, serão obrigados a se interrogarem sobre si mesmos e a se perguntarem o que de tão terrível ocorreu para que uma mulher tão rica, interessante e bonita decidisse dar cabo à própria vida. Descalça, numa calçada, até a chegada da polícia, para todo o resto da humanidade, você estará desnudada e pouco importará a qualidade do seu vestido. Ao contrário das roupas, cujo caimento depende sempre do corpo de quem as veste, ajudando a criar uma identidade e podendo fazer uma parceria bonita, calçados costumam ser ingratos, não se adéquam, de fato, a ninguém, somos nós que precisamos caber em suas formas rígidas. Somos nós que acabamos obrigados a suportar os calos que nos causam, mesmo quando eles tinham nos prometido um caminhar tranquilo. Eu me lembro perfeitamente das botas dos homens que levaram Jules e sua família, Malena. Não porque eu as vi de perto, naquela noite fatídica. Mas por saber que o mal tem sempre uma mesma faceta e que esta, constantemente, se multiplica. Meu desespero guarda trilha sonora própria e ainda consigo escutar as súplicas deles, seus pedidos de redenção. Pela janela do quarto, eu os acompanhei sendo escoltados para o carro, tendo sua casa destruída. Enquanto isso, na sala da hospedaria, Deborah tocava piano, ao mesmo tempo que meus pais e seu namorado sorriam.

Não é muito atordoante quando descobrimos que nem o nosso corpo, de fato, nos pertence, Malena? Que ele se declara território independente, regido por leis estrangeiras, matéria distinta do que queríamos? Não se revela muito assustador quando a gente se descobre muito diferente daquilo que desejávamos ser e compreende que nosso destino, fatalmente, será povoado por muitos sacrifícios?

Superdimensionamos o desconhecido, Malena, apenas para depois descobrirmos que nossos fantasmas não passam de bexigas brancas vazias. Nas trevas do medo, inexistem companhias. E a vergonha profunda dos meus atos, deste meu poder nu, foi algo que, ao mesmo tempo, desfigurou-me e me tornou quem sou. Sim, Malena, por melhor pessoa que eu tenha sido, ao longo da vida, serei sempre alguém que não evitou que outra pessoa e sua família fossem levadas para um campo de concentração. E, não, é uma falácia essa história de neutralidade. Não passo de uma cúmplice daqueles assassinos. Sim, naquela época, eu era apenas uma adolescente, mas poderia ter advertido Jules do que meus pais fizeram. Sim, nem tudo pode ser redimido. Ainda que carregando o mesmo nome, depois de tudo que fiz, passei a representar minha própria antítese. Quem perde a confiança em sua espécie segue aprisionado pela eternidade, não faz travessia. Mas saiba, Malena: em algum momento, eu também fui uma pessoa generosa, digna. Morre-se, Malena, eu mesma já morri, mas as palavras dos que já partiram sobrevivem. Leia o que foi deixado para você. Encontre forças para encarar isso. Não há relação ideal, Malena. Nem mesmo a de uma mãe com sua filha.

Jules tinha uma pele levemente bronzeada, grandes olhos castanhos, muito vivos e expressivos. Quando me via, Jules sorria de canto de boca e, logo em seguida, direcionava seu olhar para baixo. Esse seu ato buscava mascarar sua timidez, mas conseguia justo o efeito contrário. Para Jules, Malena, eu era o mundo. E contemplar os vales, ao meu lado, lhe bastava.

Eu tinha medo do que sentia por Jules. Porque era muito forte o meu desejo de alisar seus cabelos negros, de encostar minha língua na sua, de poder tocá-la nua, de encontrar nas suas curvas o prazer que, em apenas fantasia, havia conhecido.

Jules me beijou, pela primeira vez, na véspera de ser levada. Jamais senti, novamente, coisa parecida.

Ao contrário de mim, Jules carregava uma estrela. Jules iluminava minhas noites e dias.

O acaso? Não exatamente. Mas começo pelo caso da casa. A minha. Antes, um conjunto de vidas organizadas. Ou assim meus pais contavam. Ou assim eu sabia. No entanto, eles, os outros, haviam chegado para destruir tudo. Eles, os outros. Aqueles que desejavam tirar de nós o mínimo dos mínimos.

Casei-me com Ernest, no verão seguinte ao fim de Jules e sua família. Minhas irmãs invejaram, profundamente, a minha sorte. Meus pais aprovaram o enlace. Ernest tinha posses, era um homem admirado e gentil. Mas eu não estava feliz. Apenas me uni a ele porque esse foi o modo que encontrei de fugir. Parecia-me insuportável continuar naquele lugar. Parecia-me intolerável uma vida ali.

Pobre ilha, pobres de nós, seus velhos habitantes incautos.

Antes de nos instalarmos em Nova York, moramos por um breve período em Roma. Ao longo de nossa união viajamos muito. Ernest tinha negócios pelo mundo, inclusive com os Grimaldi, que moravam no Brasil.

Durante mais de uma década, em preces, implorei, aos céus, por uma nova chance. Pensava que só alcançaria o verdadeiro perdão se conseguisse gerar uma nova vida.

No entanto, na calcinha, todos os meses, o sangue como resposta da ira divina.

Quando Thomas chegou para nós, ele estava muito machucado. Era apenas um menino.

Tive certeza de que ele seria a minha redenção.

Ecologia de gente, Malena, é corpo de filho.

Capítulo V:
O russo que eu disse

Нечего на зеркало пенять, коль рожа крива.

O Complexo Hospitalar do Juquery atingiu sua ocupação máxima nos anos setenta e ficou conhecido por ter, entre os seus pacientes, alguns detidos por razões políticas. E foi na Escola Livre de Artes Plásticas desse hospital, fundada pelo médico Osório Thaumaturgo Cesar, que Aurora Cursino dos Santos aprendeu a pintar. Entre os materiais que usava para produzir suas obras, estavam restos de papel-cartão descartados pelas pessoas com quem ela dividia os dias. De suas telas expressionistas, praticamente escutamos urros e gritos. Nelas, também pululam mulheres em situações trágicas, vítimas de um machismo que, nos anos cinquenta, nem ousava ser questionado. Quais destinos se ofereciam, afinal, para aquelas de nós que se recusavam a obedecer aos desígnios de uma sociedade construída a partir dos interesses estritamente masculinos? "Aurora, antes de tudo, era uma insurgente. Abusando de cores, transformando seus pincéis em faca, ela retalhava o que pensávamos ser uma verdade única e mexia na ferida de uma estrutura cúmplice do poder, ou seja, de um *status quo* cruel que insistia em ser naturalizado. Denunciando sozinha todo um sistema de violências, ela fazia de sua arte a expressão maior da raiva que a consumia. Tornou-se prostituta, depois de um casamento arranjado pelo pai. Sofreu diversas violências e, recolhida das ruas, acabou internada em manicômios, até chegar ao Juquery. No seu prontuário, constava que sofria de 'personalidade psicopática amoral', um diagnóstico incerto, usado para enclausurar mulheres com histórico de prostituição. Para mim, é claro que Aurora, uma amante da literatura, uma erudita sem educação formal, ainda que não tivesse manifestado qualquer conduta perigosa, foi retirada do espaço público porque contrastava com as expectativas de gênero estabelecidas. E não é tristíssimo saber que tantas perderam suas liberdades por conta do patriarcado, Renata? Não é horroroso que, por décadas, endossamos divisões preconceituosas e encaramos outras de nós como potenciais inimigas? Aurora se encontrava à margem dos cânones estabelecidos e deixou um legado artístico incomensurável para as gerações seguintes. Fui apresentada à sua obra por Thomas, que, ora, agora posso compreender melhor, sempre se mostrou interessado em arte manicomial", conta-me Malena, enquanto caminhamos juntas pelos corredores do Museu Osório Cesar, onde constam mais de oito mil obras de antigos pacientes do Complexo Juquery.

Нечего на зеркало пенять, коль рожа крива.

Durante muito tempo, nas profundezas do seu espírito de criança, sem que nem conseguisse articular essa ideia direito, Edoardo Matrice Weber supôs que não existia. Como se, um dia, de repente, um desconhecido qualquer tivesse o acordado de um sono profundo e, se aproveitando daquele seu instante primeiro de neblina mental, houvesse fincado um crachá em seu pescoço que o obrigava a assumir o papel do filho que seus pais tanto esperavam. Formatado à sua própria revelia, tudo nele soava fora de ordem, desde o nome com sonoridade e grafia incomuns em sua língua materna até as escolhas que supostamente fazia. Do que, no seu âmago, afinal, gostava? Sim, vivia tomado por uma angústia profunda e, incapaz de se apropriar do seu próprio palco, ele circulava por sua existência como uma espécie de ator inábil. Mesmo quando falava a verdade, Edoardo soava para si mesmo estranhamente mentiroso, falso. Não, nenhum lugar do mundo lhe parecia seguro o suficiente porque, apesar do carinho de sua avó Aida e da presença constante de seus pais em sua vida, não se sentia realmente amado. Quer dizer: embora recebesse atenção familiar, ele se acreditava em desamparo, na medida em que supunha que o objeto de afeição de sua família não era ele mesmo, mas um espantalho que haviam criado a partir de sua figura. Se o amavam não era pelas suas qualidades subjetivas, mas por conta da questão sanguínea que os ligava, portanto, no fundo, pareciam ser seus próprios reflexos que os atraíam. Magro, dócil e frágil, na infância, Edoardo se compadecia até de seres inanimados, sentia uma pena genuína de seus brinquedos envelhecidos, atribuía-lhes propriedades humanísticas. Fora isso, ele se envergonhava dos pequenos desastres que causava, tinha certeza de que os demais garotos de sua idade nunca derrubavam coisas sem querer, fora que se ressentia por, ao contrário deles, não carregar qualquer força explosiva e jamais ter desejado destruir nada. Embora, no seu íntimo, admirasse uma certa parcimônia que tinha, também compreendia que seu temperamento ordeiro fazia-o pertencer a um espaço inferior da pirâmide de masculinidades. Por idolatrar o pai, vê-lo como uma espécie de Deus, Edoardo vivia contaminado por uma raiva incubada, consequência clássica que relações de admiração irrestrita causam. Qualquer mínimo olhar de reprovação que Thomas lhe dirigisse, simplesmente, o fulminava. Quando menino, nas circunstâncias em que se pensava humilhado ou excluído pelos colegas da escola, para continuar vivo e suportar tudo aquilo, Edoardo não reagia, ficava petrificado para, logo depois, tentar seguir seu caminho com alguma normalidade. Em sua mente, tinha certeza de que havia criado uma estratégia infalível para suportar tantas pancadas: por instantes, tornava-se insípido, conseguia se dissociar do seu corpo físico, achava que tal providência o permitia fugir da dor que lhe imprimiam. Há ainda um outro ponto a ser considerado: muito inteligente, ele pressentia que aquela tortura, alguma hora, acabaria, pois se tornaria adulto e, diante das condições financeiras de sua família, expectativas brilhantes lhe esperavam. Apenas precisava respirar fundo, suportar até a chegada do futuro. Sim, assumiria a direção das empresas do grupo de seu pai e teria poder suficiente para agir de maneira orientada. E se por acaso, somente por acaso, algum dia, desejasse se vingar daqueles seus colegas bárbaros, certamente, isso seria não apenas possível, mas algo também bastante fácil.

Нечего на зеркало пенять, коль рожа крива.

Se a voz que habitava Edoardo era quase inaudível e ele teve que ir se aprendendo a partir dos seus cantos, sua irmã, Nathalia Matrice Weber, nasceu como se já tivesse sido enfeitiçada. Desde pequena, talvez porque tenha se mudado de país enquanto ainda estava apreendendo suas próprias palavras, talvez porque têm pessoas que já nascem destinadas a algo específico, ainda que os motivos para tanto nunca sejam devidamente esclarecidos, ela sempre falou um idioma próprio, ditado pelo mal-estar constante que experimentava. Não raro, na infância, Nathalia ficava acamada, sem que os médicos conseguissem dizer do que padecia. Também era tomada por febres inexplicáveis que, por quase nunca restarem acompanhadas de outros sintomas, sempre deixavam no ar a possibilidade de que ela sofresse, de fato, de alguma doença grave. Essa sua saúde claudicante tanto preocupava quanto, em segredo, irritava seus pais. Se costumavam ficar em desespero nos momentos iniciais dos adoecimentos dela, assim que a melhora se anunciava, eles passavam a desejar um pouco de distância das questões da filha, um respiro, um mínimo de paz, coisa que ela realmente nunca lhes dava. A verdade é que, mesmo que não de forma deliberada, desde que ela nascera, não haviam tido um instante de trégua, Nathalia mobilizava suas atenções em demasia, roubava o pouco de tempo que podiam dedicar a Edoardo. Ela fora um bebê de humor instável e tudo que lhe dizia respeito era urgente. Criança, quando não estava prostrada, costumava correr sem destino, mexia em coisas proibidas, muito desobediente, sempre restava envolvida em situações graves que pediam atuações rápidas. Sim, Malena, Aida e Thomas viviam exaustos e se ressentiam, no anonimato de suas almas, por precisarem abandonar seus cotidianos para resolverem os problemas dela, desejavam que crescesse logo para que ganhasse autonomia. E se nunca lhe houve uma época fácil, com certeza, a sua fase de quatro anos de idade fora a mais desafiadora. Nathalia se recusava a ir para as aulas, chorava de modo copioso. Todos pensavam que isso melhoraria com o correr das folhas do calendário, só que ela, apesar de todos os prognósticos, não se acalmava. Até que, obrigada a permanecer na escola, tornou-se paciente habitual da enfermaria de lá. Com muita frequência, Malena recebia ligações avisando que Nathalia estava sentindo dor de cabeça, que havia sofrido quedas, todo tipo de acidente lhe ocorria. Esses episódios, assim como algumas de suas fobias, começaram a assustar seus pais. Incapaz de sequer colocar o dedo do pé numa piscina, a menina também não queria aprender a nadar. Thomas e Malena, então, compreenderam que a filha precisava de cuidados psíquicos. Depois de alguns meses, a analista de Nathalia lhes revelou que seus desenhos indicavam que, mais do que o incômodo em estar viva, ela tinha verdadeiramente pavor de ficar órfã. Seus pensamentos giravam todos em torno de possibilidades de catástrofes e, mesmo com sua pouca idade, havia entrado numa espécie de disputa por poder com sua avó paterna pelo comando da casa. Seus sentimentos por Aida eram muito ambíguos, odiava ser repreendida por ela e considerava Malena uma mãe insegura, cautelosa demais para não desagradar a sogra, quase como se não batalhasse o suficiente por sua maternidade. Ou seja: uma mulher fraca. Como ela deixava Aida contrariar suas ordens? Sabe-se lá como, mesmo pequena, Nathalia sabia que sua avó Vivian havia morrido num lago e, portanto, também temia se afogar, seu pavor de água derivava disso. Não é absurdo que, nesta sociedade, costumamos defender a ideia de que cada pessoa deve ter um tratamento individualizado, mas forjamos uma caricatura do que significa ser uma criança e passamos a tratar todas elas de modo igual? Como se detivessem uma subjetividade única? Nathalia desafiava a tacanhez de ideias genéricas, afinal, nenhuma regra de manual conseguia lhe ser aplicada. E foi apenas quando começou a fabular suas próprias histórias, inventar personagens, que seu caos interior começou a ser domado. De garota problema, tornou-se uma ótima aluna e líder da classe. De filha complicada, passou a ser respeitada por seus pais. Sim, as comparações tácitas entre os meninos Weber começaram a ficar inevitáveis. E embora não demonstrasse, Edoardo se sentia injustiçado: se fora sempre o filho que não dera trabalho, por que Thomas e Malena não o admiravam tanto? Mesmo que fisicamente presentes, eles pareciam habitar universos distantes, não se comunicavam com ele de um modo satisfatório. Além do mais, amnésicos de suas próprias infâncias, tinham projetado perfis estáticos para seus filhos, construíram leituras muito rígidas de suas identidades, pensavam deter a capacidade de ditar o caminho que lhes seria adequado. Sim, Edoardo estava certo: Thomas e Malena não ousaram desafiar este que é o erro mais clássico de todas as parentalidades. Apenas haviam esquecido que Nathalia sufocava quando colocada entre margens.

Нечего на зеркало пенять, коль рожа крива.

Teresa havia aprendido que, em todas as vezes que sentira raiva, na verdade, estava com medo. Medo, muito medo. A raiva era o mecanismo que encontrara para lidar com sua incapacidade de controlar as circunstâncias que a cercavam, pois vinha sempre acompanhada de uma possibilidade de ação, da fantasia de que se ela tomasse alguma atitude, conseguiria reverter o quadro que a atormentava. Certas pessoas, em circunstâncias-limite, quando se acreditam ameaçadas, restam investidas de ódio, despendem toda a sua energia contra os que encarnam seus fantasmas imaginários. No entanto, definitivamente, essa não parecia ser a circunstância em que ela vivia, pois, ao longo de sua existência, apenas se dedicou a fazer valer a sua ideia de justiça. Mas não queria nada a qualquer custo, que fique claro. Qualquer vida, contrária ou a favor ao que ela acreditava, recebia o seu respeito. Não aceitava nenhum discurso que menosprezasse a experiência humana alheia e, embora sentisse dificuldade de confessar em público, sentiu alívio por não ter pegado em armas, mesmo depois de ter sido estuprada. Entendia os companheiros que, na época, trilharam esse caminho. Mas sempre foi uma mulher de princípios rígidos. E a questão é que não era ela quem tinha do que se envergonhar e, sim, aqueles militares. Até o episódio da sua prisão, como quase todo mundo que é bom, Teresa supunha que se agisse corretamente, apenas coisas boas lhe aconteceriam. Depois precisou amadurecer e ganhar mais noções de realidade. Só que, mesmo com esse histórico, não, ela não havia pensado na possibilidade de algo como aquilo que estava atravessando. Por que assim? Sem aviso? De modo tão inesperado? Era algum castigo? Compreendeu, então, que lutara tanto para encontrar os restos mortais de Tom, que ignorou a sucessão dos anos, pensava-se eternamente jovem, guardava a ilusão de que o tempo para ela não passara. Mesmo diante do espelho, naquele dia, não reconhecia em si sua idade de fato. Lembrou-se, em seguida, de suas companheiras de cela. Calita, Martha e Silvia, já naquele período, seja por conta das demandas familiares, seja devido às extenuantes jornadas que costumam ser impostas a qualquer ser do sexo feminino, pareciam muito mais velhas que ela. Sua mãe também experenciara renúncias inúmeras, tudo para acabar, ainda jovem, morta no chão da sala de casa. Trancafiada no seu apartamento, devido ao isolamento social adotado como medida de contenção do coronavírus, Teresa não conseguia parar de se interrogar sobre o que havia acabado de descobrir. Aquilo mudava absolutamente tudo. Teve vontade de ligar para Frei Betto, seu bom e grande amigo, pois ele, sempre com tanta fé em Jesus Cristo, talvez pudesse lhe dar alguma bênção ou aconselhamento. Porque a raiva que escondia seu medo estava muito latente. E ela precisava acreditar que havia feito as coisas do melhor jeito. Mesmo que, agora, tivesse se descoberto traída pelo que ignorava. Na mesa da pia da cozinha, via-se um envelope. Com uma folha de papel A4, ao seu lado.

Нечего на зеркало пенять, коль рожа крива.

Curiosamente, a lembrança, mesmo que difusa, parecia-lhe bastante clara. Quase como um quadro impressionista, cujas formas são melhor reconhecíveis quanto menos próximos estejamos da imagem. E Edoardo não era capaz de dizer quando aquela sensação havia tido início. Mas sabia que, ainda muito cedo, ele já se sentia vigiado. Desde pequeno, com frequência, capturava o olhar de seu pai o fitando a distância. Como se, de modo perene, ele o estivesse julgando, como se fosse dar nota para cada um dos seus passos. E sempre que repreendido, Edoardo supunha que isso não ocorrera pelo motivo que fora dito, mas por algo que fugia ao seu controle e que lhe parecia não apenas incorrigível, mas também incapaz de ser nomeado. Mesmo que Thomas quase nunca o criticasse de forma explícita, Edoardo experimentava um estado de eterna reprovação e se considerava um fracasso. Na infância, quando o pai viajava a trabalho, era tomado por um tormento ainda maior, pois fantasiava que talvez ele nunca mais voltasse e acreditava que, caso coisa assim acontecesse, era por culpa sua e de Nathalia. Passava dias, portanto, em horror, perguntando para a mãe a data em que Thomas retornaria, tentando dissimular o medo que vivenciava. Sabia ler, de modo perfeito, o humor do pai pelo jeito com o qual ele abria a porta de casa, pela forma como colocava sua mala no armário. Edoardo queria o tempo todo agradá-lo, pois Thomas, em sua cabeça, era o homem mais poderoso do mundo, e, infelizmente, ele, logo ele, seu próprio filho, parecia o seu contrário. Quando se mudaram para o Brasil, em mil novecentos e oitenta e oito, Edoardo sofreu de forma avassaladora. Desde que a irmã nascera, acreditava-se negligenciado pela família e, por um breve período, em vez de usar o inglês, começou a responder às perguntas que lhe eram dirigidas, imitando sons de animais. Na adolescência, em seus boletins, os professores costumavam escrever que ele se destacava por ser um menino calado. Mas surdos, esses adultos, na verdade, não compreendiam que seu silêncio era pura linguagem: daquela época, de positivo, apenas havia lhe restado as recordações do tempo em que passou na companhia do Otavio. Sim, de um modo que não sabia explicar bem, ele o adorava. Portanto, quando este, de repente, pediu demissão da empresa supondo um possível envolvimento seu na morte de dois antigos colegas de escola, Edoardo quase surtou. Era sério que até seu melhor amigo acreditava nessa falácia? Portanto, quando este, de repente, soltou que achava que Thomas estava envolvido num esquema de pagamento de propina para deputados, Edoardo colapsou. Sim, as acusações eram muito graves e a empresa estava sendo investigada pela polícia federal, no âmbito da operação Lava Jato. Só que, mesmo diante de tal circunstância complicada, ele seguia firme na convicção de que seriam inocentados. Talvez porque tivesse tanta certeza de sua inocência, nunca havia cogitado que Thomas, seu Deus-pai, tão cheio de discursos morais, pudesse ser um belo de um mau-caráter. A dúvida passou a corroê-lo por inteiro. Deu-se conta de que sua obediência filial o havia cegado. Thomas, de muitos modos, Edoardo pôde finalmente assumir para si, sempre fora mesmo um homem de atitudes e contradições nada suaves.

Нечего на зеркало пенять, коль рожа крива.

Mais velha, depois de anos de análise, Nathalia compreenderia que seus acessos de cólera, assim como as suas doenças de infância, advinham da relação conflituosa que havia estabelecido com uma força obscura, inominada, que a habitava. Que não pedia licença para tomá-la. Porque, sim, ela, violentamente, ansiava demais por pessoas e coisas, seus sentimentos eram intensos, desmedidos, muitas vezes, até contraditórios, incapacitantes. Por mais que resistisse, se soubesse insensata, ao contrário do passado, quando gritava e perdia as estribeiras, agora ela implodia diante de negativas, ficava destruída por dentro. Sem saber qual atitude tomar e guiada por essa coisa mandatória que nela morava, Nathalia ia até as suas últimas consequências íntimas para alcançar seus objetivos, perfeccionista, esforçava-se para fazer o mundo se moldar à forma como ela o concebia, tudo isso para, logo depois, quando aparentemente vitoriosa, no lugar mais elevado do pódio, restar devastada. Nesse ciclo, pelos extremos, Nathalia existia, oscilando entre os excessos de projeção que seus pais lhe destinavam e a percepção de que, na realidade, não era perfeita como eles diziam, portanto, não tinha valor, continuava sempre em falta. E essa sua demanda de reconhecimento constante, quando se misturava com impetuosidade, deixava-a sem saber qual atitude deveria adotar, pois intuía que tanto se aproximar ou fugir do que desejava eram caminhos que a levavam direto para o abismo, jamais conhecera uma mulher como ela que, no fim, não houvesse sido abatida justo pelo que tanto queria. Quando, ainda nova, descobriu-se artista, ela encontrou, entre as dificuldades naturais do seu processo, certo alívio. Por suas linhas, a força inominada passou a ter um direcionamento específico, inclusive, não havia um conto seu de juventude em que alguma de suas personagens não se suicidava. Durante um tempo, isso até foi motivo de piada no seu círculo de convívio, definitivamente, seus amigos não conseguiam vê-la como a pessoa atormentada que era. Talvez porque, ao contrário da sua literatura soturna, nos ambientes sociais, Nathalia se revelava vibrante, contrastando com a postura tipicamente entediada, blasé, fedida a cigarro, que boa parte dos autores insiste em adotar. Talvez também porque não lhes parecia que uma mulher charmosa, inteligente e de família rica podia sofrer, portanto, mesmo que não mencionassem, entendiam que a tristeza dela, assim como seus escritos, não passavam de caprichos. Essa percepção apenas se alterou quando, tempos depois, magérrima, perto da morte, ela precisou ser internada. Nessa época, estava rompida com o pai, pois ele não aceitara seu pedido de licença do cargo de Diretora de Relações Institucionais de uma das empresas da DK+. Ele, estranhamente, havia explodido quando ela lhe perguntou se podia tirar uma pausa de seis meses do trabalho e revelou seus planos de terminar o romance nunca começado de sua avó Vivian. Thomas, até então, achava admirável o amor da filha pela literatura, mas não admitia que esta se afastasse de suas funções para apostar em algo que supunha ser uma loucura. Em sua visão,

Nathalia tinha que colocar os pés na realidade, estava envelhecendo, sua hora de engravidar passaria, precisava adotar um senso mais prático. Só que o que ele não conseguia compreender era que escrever ficção para ela não se revelava exatamente uma escolha, mas um chamado, vozes ficavam explodindo em sua cabeça, alienando-a do cotidiano, portanto, parecia-lhe impossível conciliar tantas atribuições, havia sido convocada pelo grande sagrado. Assim, naquele período, tinha que ficar inteira no seu livro. Seu pai, então, dias após essa primeira conversa, durante uma discordância boba com ela sobre outra pauta, em plena reunião de Conselho, sumariamente, a demitiu do cargo. O espanto foi geral com tal atitude, Thomas costumava ser sensato, mas andava irritadíssimo com o comportamento de Nathalia, achou que ela precisava aprender, em público, uma lição. Não teria ele agido do mesmo jeito se fosse com outro funcionário? Por que ela deveria receber um tratamento privilegiado? Afinal, como faziam os artistas pobres? Deixavam, por acaso, de trabalhar? Em sua cabeça, Nathalia estava mexendo com um assunto sério que podia magoar sua mãe e estava na hora de ela crescer, não ia aceitar que continuasse agindo como uma menina mimada, ele a tornaria adulta, mesmo que na marra. Ciente de que seu pai até guardava motivos justos, mas muito ofendida com o jeito brutal com o qual fora por ele tratada, ela se refugiou para terminar o seu segundo romance. Especialmente, diante desse contexto, precisava que o livro desse certo, que fosse logo aceito por uma editora e publicado. Ambiciosa, sonhava em descobrir uma dicção própria, tinha consciência de que a sua persona não combinava com o ideal do que se costuma pensar ser um grande autor, mas sua fé na qualidade do seu trabalho superava qualquer obstáculo. Sim, criaria sua obra-prima, seu texto definitivo, testamento fundamental da sua presença no universo, transcreveria a língua do invisível, sua longa ilíada transformativa. Sim, claro, em muitos momentos, ela se percebeu atormentada. Uma sombra enorme, em cima dela, por vezes, pairava. Seu primeiro romance havia feito um relativo sucesso dentro do reduto literário, tendo até lhe valido indicações para prêmios, mas após a alegria inicial, isso passou a lhe pesar como um tormento. Não raro, enquanto escrevia, pressionada, ficava pensando em Hilda Hilst, Guimarães Rosa, Clarice Lispector e Mohamed MBougar Sarr. Deste último, em especial, um trecho a perturbava: "Mas sempre chega o terrível momento, no caminho, em plena noite, em que uma voz ressoa e te atinge como um raio; e ela te revela, ou te lembra, que a vontade não basta, que o talento não basta, que a ambição não basta, que ter uma bela caneta não basta, que ter lido muito não basta, que ser famoso não basta, que ter uma vasta cultura não basta, que ser sábio não basta, que o engajamento não basta, que a paciência não basta, que se embriagar de vida pura não basta, que se distanciar da vida não basta, que acreditar em seus sonhos não basta, que dissecar o real não basta, que a inteligência não basta, que comover não basta, que a estratégia não basta, que a comunicação não basta, que mesmo ter algo a dizer não basta, tampouco basta o trabalho duro; e a voz ainda diz que tudo isso é possível, é quase sempre uma condição, uma vantagem, um atributo, uma força, decerto, mas a voz logo acrescenta que, na essência, nenhuma dessas qualidades nunca é suficiente quando se trata de literatura, visto que escrever exige sempre outra coisa, outra coisa, outra coisa". E se ela não encontrasse a outra coisa? Sim, para Nathalia, nada bastava. Porque ela mesma não se bastava. Temia se repetir, falhar, não conseguir dar um passo mais alto. Fosse sua ambição menor, é possível que tudo ficasse menos complicado. Mas havia desertado da pátria do pai para ser leal ao que não sabia, queria alcançar o centro natural de sua própria autoria desconhecida. Como sua avó Vivian, compreendia que não existe lago raso, traiçoeiras são todas as águas, mas, simplesmente, não conseguia evitar, tinha que escutar o que sua própria estrangeira dizia. *Muito além do cão*, Nathalia repetia, lendo o velho caderno de anotações, herdado por sua mãe. *Muito além do cão...* Se necessário, desceria até o inferno para o romance inacabado de sua avó continuar.

Нечего на зеркало пенять, коль рожа крива.

Teresa havia, sim, tido outros amantes, além de Tom. Foi feliz, viveu o prazer com muitos deles, casou-se com Humberto, construíram uma boa vida juntos, até ele falecer. Mas amor, amor mesmo, ela apenas conheceu no início de sua juventude. Talvez pudesse, agora mais madura, reconhecer que aquilo que sentira por Tom foi uma intensa paixão. Só que a verdade é que ela não se importava com rótulos, havia sido salva por uma expectativa de futuro, porque foi o desejo de repetir as lembranças dos momentos que ela e Tom passaram juntos que lhe permitiu seguir sem esmorecer, apesar dos horrores que enfrentou quando foi presa pelos militares. Até mesmo isso a ajudou a lidar com a dor profunda que conheceu em dois mil e dezoito, quando viu alguns de seus parentes votarem em um homem que louvava torturadores que colocavam ratos em vaginas de mulheres como ela. Mentalmente, conversava com Tom sobre o que estava acontecendo.

Ficara, evidentemente, muito abalada em descobrir pensamentos horríveis em tanta gente que antes admirava e, desde então, nada mais havia sido como antes. Coisa que não fora privilégio seu, pois havia ocorrido em quase todas as famílias. Todos foram obrigados a se interrogarem a respeito dos estranhos familiares com quem conviviam. Quando haviam começado a pensar o mundo daquele jeito excludente, emburrecido? Como tinham retrocedido tanto? Ela entendia que as demais alternativas políticas tinham decepcionado em diversos quesitos, mas a solução para isso era tocar fogo no piso mínimo de dignidade que conquistaram? E enquanto estava escutando, na televisão, aquele homem dizer coisas desconexas, negar a importância da doença, falar em piscinas aquecidas, ela recebeu uma ligação. Um envelope que aguardava tinha acabado de chegar.

Нечего на зеркало пенять, коль рожа крива.

O mistério havia atravessado tempo e espaço. Ao menos, Thomas assim pensava. Como se seu sangue, caprichoso, tivesse se imposto ao de Malena. Como se ao dela não houvesse se misturado. E parecia chocante para ele ter que assistir tudo aquilo de modo passivo. Afinal, conhecia bem aquela história e não estava na plateia de um teatro, era a vida do seu primogênito que podia restar em risco se ele nenhuma atitude tomasse. Portanto, qualquer pai ou mãe conseguiria entender a agonia que o devorava. Sendo que o pior é que não tinha com quem conversar sobre o assunto: como explicar que seu filho, a cada minuto, ficava mais parecido com o irmão que ele, Thomas, perdera no passado? Sim, nada lhe poderia ser mais comovente do que descobrir, em Edoardo, tantos ecos daquele que, tão precocemente, o deixara. Por outro lado, sentia pavor só de imaginar o mesmo destino difícil para o seu menino. Não, Thomas não queria desonrar a memória de Luiz Antônio, muito pelo contrário: sob qualquer circunstância, ele o venerava e tudo, tudo mesmo, no mundo, havia feito para salvá-lo. Mas precisava assumir para si próprio sua dificuldade em aceitar que aquela tragédia se repetisse, diante de seus olhos, dentro de sua própria morada. Em Edoardo, desde os primeiros anos, ele reconhecia a inadequação que via no irmão, bem como a sua dificuldade de fazer laços. Talvez por isso, na infância do filho, exigia que seu cabelo estivesse quase sempre bem cortado: tal providência permitia que se sentisse mais parecido com o menino e isso lhe permitia uma espécie de salvaguarda. Talvez por isso, não desse atenção ao sofrimento escolar do filho, achava que ele precisava desenvolver musculatura, a vida não é mesmo para ninguém fácil. Suas crianças cresciam com pais que as amavam e se amavam, nada de material lhes faltava, não, ele não ia deixar que ficassem mimadas. Precisavam aprender a se defenderem, a usarem suas oportunidades. E em sua tentativa de protegê-las, sim, ele acabou tentando dar rumo ao não ordenável. E em sua tentativa de proteger Edoardo, sim, ele acabou também fazendo coisas das quais não se orgulhava. Desde a adolescência do filho, não gostava mesmo daquela amizade íntima dele com Otavio. Quando, então, o tal melhor amigo foi trabalhar na empresa, décadas depois, sua preocupação escalou, não queria que Edoardo se atrapalhasse, seus netos gêmeos haviam nascido, ele parecia bem-casado com a Claudia. Resolveu, portanto, não facilitar, lá dentro, o trabalho do cara. Mas a verdade foi que não precisou fazer muita coisa. Apesar do caos que as imputações mentirosas da operação Lava Jato trouxeram para os seus negócios, ao menos uma coisa boa aconteceu: tudo aquilo jogou uma balde de água fria na relação de Otavio com Edoardo. Sim, lógico, antes de tudo se revelar fruto de uma delação falsa, Thomas sentiu receio de que o filho estivesse envolvido em algum esquema de corrupção. Estavam no Brasil, os negócios precisavam prosperar, Edoardo fazia de tudo para agradá-lo, não era impossível que tivesse agido de forma questionável. Se, um dia, Edoardo lhe pareceu fraco, ter crescido num ambiente meio hostil fez com que o menino acabasse se descobrindo um leopardo. Na DK+, quando alvo de ataques, ele virava o jogo, transformava seus agressores em vítimas, calculava emboscadas. Sim, lógico, Thomas ficou apreensivo que o filho houvesse mesmo se vingado dos colegas de escola, que possuísse alguma relação com seus assassinatos. Edoardo havia sobrevivido aos ataques daquela manada de lobos, natural que desejasse dar uma lição, bem dada, nos dois psicopatas. Mas o fato é que foi um alívio quando a polícia descobriu que ambos foram executados por dívidas de tráfico. Assim, por quase três anos, depois de muito sufoco, a família Matrice Weber pôde viver pacificada. Até a noite de dois de outubro de dois mil e vinte. Quando Edoardo, em caráter de urgência, foi procurado por Nathalia.

Нечего на зеркало пенять, коль рожа крива.

Desde menina, atraída por complexidades, Nathalia Matrice Weber sabia que encontraria problemas para se relacionar. Isso começava, inclusive, no ambiente em que nascera. Pressentia que havia algo de artificial nele, a começar pela presença excessiva de Aida, na casa de seus pais. Embora, desde que tinham se mudado para o Brasil, sua avó não morasse exatamente com a família, já que havia adquirido um apartamento no mesmo condomínio, ela circulava por suas existências sem data ou hora marcada. Passava quase todo o tempo lá enfurnada e uma tensão impronunciável entre ela e sua mãe, bem como um festival de acusações mútuas não proferidas, equilibravam-se naquele ambiente instável que dividiam. Esses eram momentos em que a atmosfera ficava pesada e o frágil equilíbrio que tinham restava ameaçado. Qualquer mudança, sim, é assustadora, muitas vezes, escolhemos o ruim por medo de as coisas piorarem ainda mais, mesmo assim, em diversas ocasiões, Nathalia se perguntou por que Malena suportava aquelas circunstâncias, supunha que se estivesse no seu lugar, mesmo feliz com o marido, preferiria abandoná-lo. Não parecia para ela que seu pai exatamente amasse sua avó paterna, a impressão maior é que se sentia culpado por deixá-la sozinha. Em comum entre os dois, estava apenas a relutância em falar do passado, Nathalia percebia que ele e Aida detestavam quando ela lhes questionava sobre qualquer coisa antiga, falar de Ernest, o avô alemão que não conhecera, por exemplo, parecia alguma espécie de pecado, ambos desconversavam, nessas ocasiões. Ela cresceu, portanto, com a sensação de que era nessa história que estava o segredo que talvez os dois guardavam. E, mesmo quando pequena, não gostava das narrativas redondas que lhe eram contadas, tinha consciência da existência do mal e de que as coisas nem sempre acabam bem no fim. Aliás, desde sempre, assuntos densos a interessavam, nunca suportou enredos infantis, deplorava as princesas, não se identificava com nenhuma delas, todas lhe pareciam simplórias, prisioneiras daqueles seus vestidos de gala diários. Na adolescência, embora tivesse conquistado alguns amigos, entediava-se com as conversas deles, queria partilhar do universo dos adultos, por que eles não a enxergavam como par? Havia um desencaixe evidente no modo como se via e era reconhecida pelos outros. E essa dicotomia entre sua aparência e espírito a incomodava. Seu corpo, muitas vezes, exaurido, pedia-lhe que fizesse paradas, ela ignorava seus limites físicos, entregava-se ao seu fluxo criativo de um modo contínuo e, com frequência, esquecia de que estava viva, tudo que lhe importava era obedecer àquela sua força obscura, inominada. Ao contrário do imaginado pelo senso comum, sua beleza, inclusive, mais a atrapalhava do que concedia vantagens, pois tinha que lidar com preconceitos diversos. No entanto, já que havia se convencido de que escrever era sua identidade, pactuou consigo mesma que não viraria refém do que dela pensavam, seguiria em frente, todos têm questões, e ela precisava lidar com as suas. Sim, perdera o cargo que ocupava do pior jeito, fora humilhada, estava sobrevivendo do pouco dinheiro que havia poupado, continuava brigada com o pai, mas evitaria reclamações, o que precisava era entender o que sua avó Vivian tentara dizer, naqueles seus breves esboços do *Muito além do cão*. Por horas, de cara com as anotações, perguntava-se: *nelas podiam ser antevistos planos de suicídio? Por que mesmo aquela epígrafe tão triste de Emily Dickinson?* Avessa a qualquer postura alheia que soasse paternalista, na realidade, Nathalia apenas se preocupava em alcançar sua verdade literária. Sim, escreveria um romance estruturalmente sofisticado, homenagearia sua avó, não ligaria que considerassem seu texto elitista, afinal, reconhecia grandes leitores em todas as classes sociais. Ela estava farta dessa conversa preconceituosa repetida, na maioria das vezes, justo por um monte de homens com camisas de grife descombinadas e óculos de grandes armações de grau. Arte é o que nos conecta em nossa mais profunda humanidade partilhada, aquilo que nos lembra quem, de fato, somos, o que nos permite transcender juntos, ninguém precisa entender tudo sobre uma obra ou uma pessoa para poder amá-la. Nathalia havia, sim, percebido que seu pai ficara irritadíssimo com essa sua ideia de mergulhar na psique de sua avó Vivian. Que temia que ela acabasse contagiada por alguma espécie de maldição. Isso lhe pareceu uma bobagem sem tamanho, até uma espécie de indignidade. Quando, semanas depois, foi convidada para participar de um podcast literário e falou do assunto, era porque realmente se acreditava no pleno domínio de suas emoções. Mas qual não foi a sua surpresa ao se descobrir, horas depois, sendo atacada nas redes sociais. Alguém havia tirado uma de suas falas de contexto e, depois de replicá-la, saiu espalhando que ela não respeitava pessoas com problemas de saúde mental. Perplexa, ainda que tentasse se defender de tamanho absurdo, viu sua reputação ser jogada no ralo. Em minutos, deixou de ser seguida por pessoas que ela antes considerava próximas, passou a ser escrutinada no *Twitter*. Tudo que, em algum instante da sua existência, falara sem pretensões, acabou deturpado. No fundo, o que aquele bando de abutres queria era que ela tivesse vergonha de existir, mesmo que não tivesse feito nada de grave. Apenas queriam puni-la pela sua coragem em abordar temas hipocritamente pacificados, a partir de consensos arbitrários. Decepcionada e destruída psiquicamente, nesta madrugada, teve um ataque de ansiedade. Vomitou para se sentir melhor. Só que, infelizmente, o que antes sempre parecera episódios isolados, ao longo de meses, tornou-se um hábito. "Qualquer árvore que queira tocar os céus precisa ter raízes tão profundas a ponto de tocar os infernos", avisou Jung. Sua avó Vivian também fora bulímica e Nathalia, às vezes, se apegava a essa informação para se autoperdoar... *Muito além do cão...* Foi encontrada, pelo marido, desmaiada no banheiro do apartamento que moravam. Engolida da pior forma por sua força obscura, inominada, assim que saiu da internação, ao se dar conta de que não havia conseguido avançar uma linha no romance da avó, abandonou o projeto, rasgou tudo que havia produzido. Desanimada, voltou a trabalhar na DK+. Duas semanas depois, foi procurada por Renata.

Нечего на зеркало пенять, коль рожа крива.

Diante da tua grande face. Teresa queria ser uma dessas pessoas que dizem: *Deus no comando de tudo. Tudo no tempo de Deus. Deus sabe de todas as coisas.* Ela realmente achava que, desse jeito, sua existência teria sido mais fácil. Mas desde a morte de sua mãe, ela, arquiteta de si, recusou atalhos. Aceitou ser a protagonista de uma narrativa que versava sobre o que não aconteceu, uma sem meio e fim, composta de ausências e frases impronunciáveis porque não possíveis, já que jamais vividas, partilhadas. Quem escreve um livro sobre alguém que está morrendo se prepara melhor para a chegada de sua própria morte? Ou a pessoa fica ainda mais atormentada porque sabe que aquilo também lhe acontecerá? Teresa havia realizado o documentário sobre o desaparecimento de Tom porque o pouco que viveram juntos foi a coisa mais bonita que sentiu e precisava honrá-lo. Queria também um modo de guardar suas recordações, dentro de uma caixa, de vê-lo em movimento sempre que vinha tal vontade, de fixá-lo em imagens. Naquele instante, no entanto, não tinha mais certeza do quanto tudo isso, ainda importava. Depois daquele inesperado telefonema que recebeu, do chamado urgente do seu médico, suas circunstâncias haviam mudado. Já de volta para casa, descobriu-se sem aquela sua raiva costumeira, aquela que lhe fazia companhia quando tentava disfarçar seus medos. Nesse caso, até mesmo esse sentimento a havia abandonado, pois pouco podia ser feito, era pavor mesmo o que vivenciava. Até então, desde o instante primeiro da pandemia, fora tomada por uma profunda indignação ao ver o presidente eleito questionar a eficácia das vacinas, desejou assassinar os incautos que o apoiavam, horrorizou-se com a perspectiva de restar contaminada, de morrer de um jeito estúpido, de ser vítima de um vírus que, ao não respeitar fronteiras, provara para o universo inteiro que, ricos ou pobres, éramos todos frágeis. Só que, agora, depois do que havia lhe sido minuciosamente dito, o inferno ganhou outros contornos e contrastes, já que ninguém, mesmo os como ela, os que não dizem *Deus no comando de tudo. Tudo no tempo de Deus. Deus sabe de todas as coisas*, está preparado para ser por ele abandonado. Durante mais de quatro décadas, ela esperou, sim, pelo telefonema final, aquele que sempre termina revelando a morte de alguém amado, aquele que divide a nossa própria existência entre um antes e depois, aquele que cria marcos, aquele que desejamos ignorar porque, em nossa eterna infantilidade, acreditamos que se nos comportarmos assim, se não o atendermos, o motivo por trás dele deixará de ser verdade, pois se abraçarmos o nosso estado de ignorância, possivelmente, pelo menos por mais algum tempo, podemos fingir que tudo está igual, existindo na sua mais santa paz. Qualquer pessoa que já amou sofre por conta dessa ameaça, sente-se rondado por sua expectativa e, ela, Teresa, inclusive, lembrava-se de uma cena do *Mundos de uma noite só*, aquela em que a Senhora Menezes de Grimaldi, mãe de Tom, recebe, nestes moldes, a notícia que, naquele momento, parece-lhe a mais aterradora de sua vida. Em março, quando esse romance foi publicado, ela, Renata, a própria autora, filha de Lágrima, fez questão de lhe enviar um exemplar de presente. Teresa, inclusive, chorou ao se ver retratada, tudo aquilo lhe pareceu muito comovente. Só que, diante do que acabara de tomar conhecimento, era como se tudo que fora de si existia não fizesse sentido algum. Ela sabia que começaria uma nova jornada, precisava mergulhar em suas próprias águas, programar-se para aquela viagem inesperada. Sempre acreditou que o telefonema que nunca quis atender, aquele imaginário, aquele que lhe revelaria, em detalhes, as crueldades que os militares impuseram a Tom, viria numa madrugada. Talvez porque ele tivesse desaparecido, nessas circunstâncias, depois de sair de sua casa. Só que *Deus no comando de tudo. Tudo no tempo de Deus. Deus sabe de todas as coisas*, havia decidido que as coisas lhe passariam de modo distinto. E, sim, agora, não tinha mais como evitar, ela precisava confiar no canto da terra, em alguma escada para um paraíso prometido. Sempre fora uma mulher de coragem, mas se descobriu também uma pessoa de fé, ao implorar que a providência a abraçasse. Capacidade de reconhecer seus erros, de pedir desculpas, de se revelar equivocada, sim, ela tinha de sobra. Não precisou, portanto, dizer *Deus no comando de tudo. Tudo no tempo de Deus. Deus sabe de todas as coisas,* mas, ao seu estilo, entregou-se ao divino. Implorou para que não partisse sem entender exatamente o que havia acontecido com Tom. Tremia com o envelope nas mãos. Há um mês estava com um incessante pigarro. Que, não, não era fruto do coronavírus mal curado. Ou de uma pneumonia não diagnosticada. Mas de um câncer de pulmão. Metastático. *Não, não quero saber o que me espera, nem muito menos o tempo que me resta.* Sim, esse foi o motivo do telefonema inesperado. Da ida urgente ao hospital. No caminho de volta, rezou: *Quero saber tudo que ocorreu. Diante da tua grande face, Deus, eu espero o grande milagre. Não há justiça sem verdade.*

* * *

No ano de dois mil, ou melhor, na noite em que completei trinta anos, eu, Renata Belmonte, decidi fazer uma travessia em torno das minhas origens. Em especial, queria compreender a vida e a obra de minha mãe, Lágrima Grimaldi. Precisava compreender as circunstâncias do seu total afastamento familiar, já que ela sempre se recusou a me dar detalhes sobre o assunto, enquanto vivemos juntas. A partir, portanto, de uma profunda imersão em sua biografia e de uma viagem à sua cidade natal, escrevi o livro *Mundos de uma noite só*, publicado, no Brasil, em doze de março de dois mil e vinte, exatamente um dia depois da decretação da covid-19 como pandemia global. O trabalho foi bem recepcionado pela crítica e leitores, mas, intimamente, algo me dizia que ele não havia terminado. E foi assim que, enquanto estava em isolamento social, uma pergunta passou a me assombrar: por que a DK+, no final da década de oitenta, pagou todas as contas do hospital de minha mãe? Isso não parecia, a princípio, fazer o mínimo sentido. O valor era alto e, na condição de jornalista, sempre soube que não existe dinheiro sem justificativa. Algo, então, com certeza, estava me escapando. Decidi, portanto, que precisava tomar conhecimento do quadro societário da companhia. Em pesquisas, logo descobri que meu avô, Luiz Antônio

Grimaldi, teve uma participação na empresa, mas que havia vendido suas ações, em mil novecentos e setenta e sete, para Ernest Weber, seu então sócio, residente nos Estados Unidos e falecido no ano seguinte a tal transação. E quem havia assumido a operação completa do negócio foi seu único herdeiro necessário, Thomas Weber, nascido do seu casamento com uma alemã de nome Aida. Usei o bom e velho Google para achar retratos dessa família. Encontrei apenas uma velha fotografia de Thomas, mas se revelaram vastos os registros da carreira de sua esposa, Malena Matrice, bem como pulularam notícias sobre uma certa polêmica em que se envolveu sua filha. E foi desse modo que surgiu a primeira pista: era estarrecedora a minha semelhança física com Nathalia. Nossa diferença de idade não havia me impedido de reconhecer traços idênticos aos meus em seu rosto, ela parecia minha *Doppelgänger* e, diante da estranheza dessa circunstância, resolvi procurá-la. Na época, Nathalia havia acabado de reassumir a função de diretora de relações institucionais da DK+, depois de um período afastada. Apresentei-me a ela como repórter investigativa, por telefone, e disse que precisava de um posicionamento seu a respeito de uma denúncia que havia recebido. Anos antes, como era de conhecimento público, a operação Lava Jato havia prejudicado o valor de mercado da empresa. Mesmo depois de provada que a delação feita contra a companhia foi falsa, os danos corporativos foram consideráveis. A DK+, portanto, costumava responder para a imprensa de modo rápido. Como o esperado, Nathalia, imediatamente, convidou-me para uma reunião. E qual não foi seu espanto ao me ver e se deparar com um clone de si. Confusa, perplexa, ela até tentou disfarçar sua estranheza. Por óbvio, achava que tudo aquilo era uma coincidência absurda. Mas o fato é que, nessa data, eu já havia visto o vídeo de Thomas e Lágrima, na Nostro Mundo. Sim, também era estarrecedora para mim aquela circunstância, só que não havia como minha hipótese estar equivocada. Contei-lhe, de uma vez, tudo que havia constatado. Em choque, Nathalia me pediu que não fosse a público dividir a informação. Precisava de um tempo para assimilar o que eu dizia, queria escrever uma nota, talvez um artigo, tinha que acionar o irmão para interrogarem o pai juntos. Dei-lhe trinta dias corridos. Emocionada, quando deixei aquele encontro, não parava de chorar. Estava perto da descoberta da minha existência. E, dentro de mim, escutava uma valsa antiga se anunciar.

* * *

Ter certezas o tempo inteiro é apenas uma tentativa ineficaz de darmos conta da nossa própria vulnerabilidade. E quanto mais compreendemos sobre o amor, mais óbvio também fica o nosso desconhecimento sobre sua composição. O amor como uma melodia, algo que pode ser composto, mas jamais univocamente apreendido. O amor como uma música sem letra, aberto a interpretações variadas e significações subjetivas. O amor como um baile onde todos usam suas próprias máscaras. O amor como uma poesia sem rima.

Quem é você, menina vazia?

No quinto ambiente do *Piscinas Russas*, em uma das paredes, estão ordenadas as fotografias que Malena Matrice tirou de Aida, no dia da sua morte. "Naquela tarde, ela havia pedido para que sua enfermeira me chamasse e, em seguida, ordenou que nos deixasse à sós no quarto. Tinha a voz já muito fraca e começou a me dizer que ela e Thomas não eram quem eu pensava. Supus que estivesse delirando, sofrendo algum efeito colateral dos remédios, mas, como sempre foi maquiavélica, fiquei também com medo de ser a última pessoa a vê-la com vida. Todos sabiam que nos detestávamos. Será que aquela circunstância não fazia parte de algum plano seu maligno? Tive receio de que partisse justo do meu lado. Portanto, naquele momento de tensão, como sempre ajo nessas situações, recorri à arte. Peguei minha câmara e comecei a fotografá-la. Na hora, lembrei da Sophie Calle, de sua instalação *Rachel, Monique*, em que ela registrou a mãe, no leito de morte. E, enquanto eu tirava os retratos, talvez por perplexidade, Aida parou de murmurar. Um silêncio sepulcro selou nossa despedida. Quando acabou o meu filme, fui embora. Deixei-a ainda com vida."

Quem é você, menina vazia?

Нечего на зеркало пенять, коль рожа крива.

Emoldurados, os sete bilhetes com o provérbio russo eram as obras mais caras da exposição. "Eu fiquei completamente desnorteada quando descobri que Thomas, ao longo de todo o nosso casamento, havia mentido sobre o seu passado. Imagine você se dar conta de que foi feliz, por mais de quarenta anos, com um completo desconhecido? Que você não sabia nem o nome verdadeiro do pai de seus filhos? Um chão se abriu, entrei em pânico absoluto, pensei até em me suicidar. Do que, afinal, esse homem era capaz? Ninguém jamais cogita que terá que se deparar com uma situação como essa. Com o agravante de que Edoardo e Nathalia foram cúmplices da coisa toda, pois mesmo depois de cientes da gravidade do caso, também resolveram não me contar de imediato. Sei que temiam minha reação, tive problemas de saúde mental, eu havia deixado minha carreira, sonhos, país, tudo que mais amava para me dedicar a eles. E que estavam tentando contornar, sei lá como, o que estava acontecendo. Mas isso não diminuiu minha raiva. Muito pelo contrário. Já vinha percebendo, nos últimos tempos, Thomas supernervoso, impaciente, isso me deixava em estado de suspense, com frequência, eu lhe perguntava se havia algo de errado acontecendo e ele negava. Certa noite, enquanto pensava que eu dormia, deixou o quarto. Decidi, então, segui-lo. Ele foi para o escritório de nossa casa. Fiquei próxima da porta entreaberta e percebi que, em viva-voz, ele falava com nossos filhos. Quando assimilei o conteúdo da conversa dos três, eu quase desmaiei. Senti vontade de gritar, de confrontá-lo, dar um tapa na sua cara, só que achei que assim ele não teria o castigo que merecia. Tive a ideia, então, de exasperá-lo mais ainda. Ver até onde iria. Passei a programar a entrega dos bilhetes com o provérbio russo. Sabia que isso o assustaria. Entendi que só planejando uma coisa dessa magnitude, eu me sentiria devidamente vingada. Viva. A arte para mim, como você sabe, sempre foi a única saída. Fazendo esse gesto radical em torno da minha dor, não tinha dúvidas de que permitiria que renascesse a mulher que antes eu era, Renata: a Malena artista."

Quem é você, menina vazia?

Нечего на зеркало пенять, коль рожа крива:

A culpa não é do espelho se a cara é torta.

Não, tigre algum perde suas listras.

* * *

Uma mulher diante de sua dor e completamente entregue aos limites do seu ofício. Em trinta de março de dois mil e vinte e três, depois de quarenta anos de hiato profissional, Malena Taylor Matrice apresentou sua exposição, *Piscinas Russas*, na famosa galeria Nara Roesler, em São Paulo. No ano seguinte, viajou com seu trabalho para Nova York. Muita gente a criticou por ter exposto o marido e filhos, por ousar contar a história proibida dos Grimaldi. Mas ela devia isso para si mesma e Teresa. Assim como a todas as mulheres que, em nome de um amor, um casamento, haviam perdido suas próprias medidas, renunciado às suas individualidades. Que tinham temido envelhecer, serem abandonadas, que depositaram seu valor no ato mais radical da experiência humana: a ousadia de amar. De se entregar a um ideal. Se ela suportara as mentiras que Thomas lhe contou, por que ele não conseguiria dar conta da revelação de tudo que havia inventado? "Eu precisava me levantar, Renata. Me restituir de mim. Tinha que fazer um movimento para quebrar o ciclo em que fui colocada. Não podia consentir que nenhuma negação da realidade me dominasse. Tinha que pagar para ver, encontrar coragem, sair do lugar de dependência e subordinação emocional que me coloquei diante de Thomas. Criar uma rachadura na sua conduta. Revisitar seu passado. Conhecê-lo, de fato. Entendo os motivos que o levaram a tudo isso, seus pavores íntimos, mas ele precisava pagar também por tantos artifícios. Até descobrir os segredos da minha família, eu mesma não compreendia o motivo de eu ter me distanciado da minha carreira. Não desejava olhar de frente para meus fantasmas. Ao longo do processo de criação do *Piscinas Russas*, ficou óbvio para mim que, na verdade, sentia pavor de ser abandonada por Thomas, não queria repetir a história de minha mãe e, inconscientemente, achava que ele me precisava frágil, que não me suportaria bem-sucedida. Ann Lou, afinal, foi a escolhida de meu pai até o final dos seus dias... Homens não costumam ficar com quem os ameaçam. E apenas a artista que forjei para mim, ainda muito cedo, se revelava capaz de me dar a força que tanto precisava. Havia chegado a hora de eu suportar o que viesse, apostar na inteireza da verdade, dar um basta."

* * *

Malena Matrice Taylor sempre foi uma pessoa partida. Sua criança órfã ditou toda a ética de sua obra. E falar de si, fazer-se material de pesquisa, no seu caso, não significava apenas se desnudar. Ou permitir uma vulgaridade que a ninguém excita. Muito pelo contrário: esse seu exercício se revela apenas o ponto inicial para investigações profundas e coletivas. A dicotomia público-privado, a ambiguidade de uma mulher que escolhe se casar, mas resta subjugada, tem suas ambições diminuídas, sempre foi o seu principal tema de trabalho. Assim como sua relação com as possibilidades da linguagem. Experimentando a pintura, a escultura, a fotografia, ela não apenas se retratou, mas vasculhou os que a cercavam até o rasgo final de todas as possibilidades. A sua versão artista fora parida para que desse conta daquilo que não conseguia compreender. O não dito de todo horror é sua matéria-prima. Neste mundo errático, sim, ela é uma mulher errática. Mas também de fibra.

* * *

Malena me aceitou, desde o primeiro instante, como uma pessoa próxima. Talvez porque tenha percebido que dividíamos uma mesma característica: um coração dividido entre o desejo de se descobrir livre e o de formar uma família. Ter filhos nos transformou em pessoas que precisaram revisitar suas escolhas do feminino. Por fim, tornamo-nos inseparáveis: uma união improvável se fez entre mim, Malena, Teresa e Nathalia. Juntas, nesta jornada humana, mesmo entre partilhas, entendemos que sempre seremos mulheres solitárias. Mas que também nunca mais, depois de tudo que atravessamos juntas, realmente, restaremos sozinhas.

Um homem se aproxima de uma mulher, no seu leito de hospital. Por alguns instantes, eles se observam no mais absoluto silêncio. Em seguida, com um tom de voz baixo, trêmulo, ele lhe diz: *Há coisas que preciso contar, há coisas que apenas você poderá compreender.* No entanto, ao contrário da expectativa dele, ela permanece absorta, com os olhos fechados, sem proferir qualquer palavra. Ele então se desespera, implora que ela diga o seu nome, ao menos ela precisa saber quem ele é, somente ela será capaz de lhe dar o conforto de que tanto precisa. Passados alguns instantes, de modo suave, finalmente, ela se manifesta: *Por favor, feche as janelas. A luz de hoje me cega, assim como me ensurdecem estes sinos que não param de badalar.* Depois de ele atender seu pedido, ela prossegue: *Nada, nada pode explicar tudo isso. É mesmo como no diário de Kafka: hoje a Alemanha declarou guerra à Rússia. De tarde, fui nadar.*

– Teresa, por favor, me escute. Há coisas que preciso contar, há coisas que apenas você poderá compreender.

(   )

– Teresa, pelo amor de Deus, você sabe quem sou, conhece a minha história, meu nome.

(   )

– Por favor, feche as janelas. A luz de hoje me cega, assim como me ensurdecem estes sinos que não param de badalar.

Eu preciso te agradecer, Thomas. Por quase toda a vida, eu amei Tom. Agora, finalmente, estou livre para desprezá-los.
Quantas palavras. Explicações. Quanta covardia disfarçada de moderação. Eu fui estuprada. Torturada. Perdi o bebê que você nem sabia que eu esperava. Sim. Você é mesmo filho de seu pai.
Nada, nada pode explicar tudo isso. É mesmo como no diário de Kafka: hoje a Alemanha declarou guerra à Rússia. De tarde, fui nadar.

Preciosa brisa... Em silêncio, todos a observam conduzir Teresa para aquilo que ela tanto intuía: morte jamais foi piscina, mas sempre mar. Malena, Nathalia e Renata se abraçam emocionadas. Antes cinzas, portanto, finita, Teresa se torna as próprias águas. Sem bordas, inteira, pôde fluir, atravessar. E, não, conhecer os fatos do passado não destruiu sua vida. Muito pelo contrário: entendê-lo imperfeito a libertou de si e daquele seu luto que parecia sem fim.

Teresa partiu no dia dois de janeiro de dois mil e vinte e três. Frei Betto redigiu seu epitáfio. Na véspera de sua passagem, ela assistiu televisão e se emocionou ao compreender a existência em seu pêndulo. Não que guardasse qualquer mais expectativa de futuro para si. Sim, este é um mundo ordinário. Mas estava satisfeita. Morreu sonhando. Dormindo.

— Malena, tem algo mais que você precisa enfrentar. Há anos, mesmo vacilante, venho tentando provocar essa conversa. Acho que sabe disso.

— Não, Thomas, por favor. Sou incapaz de qualquer outra coisa agora. Tudo que estamos passando já é muito.

— Malena, eu prometo: passaremos por isso juntos. Penso que não deveríamos mais evitar esse assunto.

— Thomas, estou sangrando. E todo romance é como um país: precisa de mitos. Só assim pode continuar se fazendo possível e feliz.

— Bom, sempre respeitei o que você nunca suportou saber. Mas, dentro daquele cofre trancado, permanecem os originais de um livro que preciso entregar para você. Em alguma hora, ele terá que ser lido. Sei que é terrível. Só que eu não gostaria de continuar carregando esse peso sozinho.

Muito além do cão

Vivian Taylor

Esta é a minha carta para o Mundo.
Que nunca escreveu de volta para Mim.
Emily Dickinson

Minha filha,

O coração de uma mãe é a pedra que cai, o tempo que escorre, a vida se esgueirando da morte.

E, no princípio, eu precisava ser salva: afinal, minha existência tinha que ser mais. Portanto, em guerra, para me tornar quem era, refugiei-me com a outra que me habitava, no primeiro planeta que vi. Pensava-me, enfim, livre. Logo conheci o desejo, a carne, a terra. Cumpriu-se, pouco depois, a profecia: corpo de menina. Uma filha. Sobrevivi.

Só que estava tudo armadilhado: entre miragens, fiquei sem alternativas. Diante do estrangeiro, perdi minha própria língua. Veio o avental apertado, sufocante demais. Em seguida, os assassinatos de meus pais e do Nicholas. Quantas vezes, para lhe permitir uma existência de criança, engoli em seco, respirei fundo e, mesmo dilacerada, sorri? Pensava: uma mãe é isso. Coisa firme. Anos depois, voltei a acreditar em promessas vazias. Iludida, aceitei a viagem secreta de reconciliação, sonhava em recuperar nossa família. Só que o perdão, muitas vezes, é nosso próprio precipício. O amor sozinho nunca basta. Para seu pai, areia movediça, dinheiro sempre foi a única moeda possível. Soterrou-me aqui.

A literatura jamais será maior que a vida, mas somos feitos de palavras e estas páginas são o modo que eu encontrei de honrar a minha. Tenho fé de que minha história não contada, um dia, a alcance. Porque a verdade é como a noite: feminina, sinuosa, ela sempre nos escapa para encontrar seu reflexo nas águas. La mer, la mére. *Pela escrita, mãe e filha, finalmente, de pontas atadas. Saiba que nunca deixei de tentar contactá-la. Eu jamais a abandonaria. Que seu futuro seja misericordioso. Eu a abençoo para sempre, minha filha.*

Com amor,
Sua mãe

Brazil, inverno de 1970.

(...)

Cronologia

1961 – Nasce Malena Matrice.
1964 – Início da ditadura brasileira.
1969 – Morre a primeira Maria.
1980 – Malena e Thomas se conhecem.
1988 – A família Matrice Weber se muda para o Brasil.
1988 – Teresa começa a fazer o seu documentário.
2018 – Jair Messias Bolsonaro é eleito presidente do Brasil.
2020 – Eclosão da pandemia do coronavírus.
2022 – Luiz Inácio Lula da Silva é eleito, pela terceira vez, presidente do Brasil.
2023 – Claudia é presa, em janeiro.
2023 – A exposição *Piscinas Russas* é lançada.
2025 – É lançado o *Malena Matrice: Talvez uma biografia*.
2026 – Novas eleições presidenciais.
2027 – Nathalia lança seu novo livro.

Acreditamos nos livros

Este livro foi composto em Vollkorn e Futura
e impresso pela Lis Gráfica para a
Editora Planeta do Brasil em julho de 2025.